穿过
北大校园的
漫长青春

朱家雄 ▼ 著

北京大学

中国文联出版社
http://www.clapnet.cn

图书在版编目（CIP）数据

穿过北大校园的漫长青春／朱家雄著. －－北京：
中国文联出版社，2023.8
ISBN 978－7－5190－5165－5

Ⅰ.①穿… Ⅱ.①朱… Ⅲ.①中国文学－当代文学
－文学评论－文集 Ⅳ.①I206.7－53

中国国家版本馆 CIP 数据核字（2023）第 055926 号

著　　者　朱家雄
责任编辑　王素珍
责任校对　风　劲
装帧设计　张合涛

出版发行　中国文联出版社有限公司
社　　址　北京市朝阳区农展馆南里 10 号　　邮编 100125
电　　话　010－85923025（发行部）　　010－85923091（总编室）
经　　销　全国新华书店等
印　　刷　北京昌联印刷有限公司

开　　本　880 毫米×1230 毫米　1/32
印　　张　11
字　　数　251 千字
版　　次　2023 年 8 月第 1 版第 1 次印刷
定　　价　48.00 元

绽放文学精神的醒目光芒

邱华栋

认识朱家雄是在 1996 年，掐指算来，竟然有 26 年了，时间过得可真快！这一晃，我和他就都从年轻人变成中年人了。按时下的代际分类法，我是"60 后"作家，他是"70 后"作家，但其实我只比他大两岁，严格地说，我们是同代人。读了他新近写作的《穿过北大校园的漫长青春》一书，颇有些感慨。我想，他在"70 后"作家中的地位显然更加坚实了。

朱家雄很勤奋，早在新世纪之初那几年，他就陆续主编出版了《北大情事》《北大情书》《北大情诗》等系列北大题材图书，为此花费了许多精力。不过我只看过当中的《北大情诗》，印象比较深的是他在该书附录中记叙的他在湖南家乡上中学时对书的渴望——而当时他却没有地方可以看到许多的书刊。我想，在互联网时代成长起来的"80 后""90 后""00 后可真是幸运多了，一起步就有条件在电脑前怡然博览海量的各种信息以及网络上的众多文学作品。而这篇附录文章《诗歌与青春同在》，也正收入在本书当中。

朱家雄和我一样，也是开始写诗，后来把重心转移到了小说的写作上。朱家雄出版的《校花们》和《毕业前后》两本小说我都没有看过。我只记得第一次读到他的小说是收录在他主编的"70后"作家群爱情小说选《玫瑰深处的城市》一书当中的《艳遇》，写的是北大一个名为老K的男生在春、夏、秋、冬四个季节分别与四个女生春红、夏荷、秋月、冬雪认识和交往的故事。小说富于戏剧性，人物对话也很有意思。近期在《北京文学》杂志2021年第6期上看到他发表的组诗《人类与自己身边的动物》，觉得他的诗也写得很不错——显然，朱家雄并没有因为写小说了就不再写诗。

朱家雄的小说我虽然看得少，但《穿过北大校园的漫长青春》一书却让我了解了他年轻时代的种种努力，也让我知道了他所受文学熏陶之丰富和在文学创作方面的思考之深入。这本书是他历年来所发表的各种文章的一个精选，其中记载了不少他在北大听好些作家作文学讲座的场景和细节。那种真实近切而生趣盎然的现场感，读来令人怦然心动，仿佛自己也置身在讲台下那些专注而热烈的学子们中间。还有他所写的关于小说创作、诗歌创作的理解与心得的许多篇章，显然每一篇都是在长期实践基础上认真思考、仔细推敲才得以完成并发表的，每一篇都散发着强烈的文学精神的光芒。

再就是他所写的关于"70后"作家与"80后"作家之比较的那些文章，这些文章都收在第六辑《两代新锐的奋斗》，集中展现了"70后"作家们在文学创作上的不懈努力，许多观点和评述都不无道理，甚至可谓切中肯綮。作为"70后"小说家中的重要一员，朱家雄或许有个同代作家无法攀比的独特之处，那就是他主编过好几本"70后"作家的小说选，而这或许也是他多年来始终用心注视着同代作家的发展的一个重要原因。

我还以为，朱家雄对与他同代的"70后"作家的关注程度之高，或许也和"70后"作家群曾经遭遇的各种困境有关。而且我觉得，"70后"作家群在一定阶段上的完成不足与命途多舛，未必就一定是件坏事，有首歌不是也这么唱吗——"不经历风雨怎能见彩虹？"我想，朱家雄及他的同代作家们，就算有些人真走得不那么顺，但如果确实能做到矢志不移地持续发酵、勤勉用功，努力绽放自己的才华，那么，再大的困阻、再宽的壕沟，他们必定都是可以克服和跨越的，这些经历也都会转化为某种特别的财富的。

正如曹文轩所评价的，这本书"佐证了他的步履在同代作家中的扎实、坚韧和醒目"，朱家雄在"70后"作家的重要性和独特性已是不言而喻。我以为，他早已从当初的文学青年成长为我们时代的一位知名小说家，并且随着他的创作成果的不断问世，这种重要性和独特性势必也会越来越显著。

（作者为作家、中国作家协会书记处书记、全国政协常委）

目　录

第一辑　燕园深处的气象

第二辑　追梦路上的咏叹

第三辑　文学写作的体悟

第四辑　　天马行空的诗思

第五辑　真诚用心的阅读

第六辑　两代新锐的奋斗

附录：媒体专访

后 记

第一辑

燕园深处的气象

我认识名人，名人不认识我

——小人物视野里的风景之一

　　大街上人潮滚滚，摩肩接踵，使人一下子就产生了茫茫人海的感觉。芸芸众生，凡人居绝大多数，名人是极少数；名人广为人知，凡人为亲友知，这是最正常的事了。我们对名人的认识往往是表面功夫，如果我们不仅仅局限于表面的认识，而是深入到他们成功的背后，做深一层的认识，那我们的收益就会明显起来。

魏　巍

　　北大确实是个好地方，各种名家都愿意来此一游，来一展风采，因此生活在北大，不用往外跑，守株待兔就能见到很多著名人物。这不，三角地又张贴了醒目的广告：从《谁是最可爱的人》到《地球的红飘带》——著名作家魏巍来校演讲。

　　魏巍是 1991 年 12 月 11 日来的。他的知名度高，电教报告厅里黑压压一片人，坐的坐，站的站，大多是以文学爱好者的心态等着老作家来谈谈文学。不想，魏巍没谈他的报告文学，他把《东方》《地球的红飘带》也全部抛在一边不提，他说的是国际形势。老作家身体很好，脸庞红润泛光，看上去比实际年龄年轻得多，说起话来声音是少有的宏亮。魏巍谈苏联的局势，中国的形势，他把世界当一盘棋，自己纵横于棋盘上空。老作家情感浓烈，立场鲜明，让人清彻地触摸到了这位部队作家一贯的革命性和坚定的党性。在激情中他不时抛出几句放光的句子，记得他说了一句给大家很深印象的话："不管国际风云如何变幻，我们坚持社会主义方向的决心绝不动摇，只有社会主义才能救中国，只有中国才能救社会主义。"

魏巍讲得有激情，有气势，所引的事实又有力地论证了他的观点，因而作家语落处，就响起一阵阵哗哗滚动的掌声。他头脑清醒，逻辑性强，没有讲稿，顺口谈来，却是气势雄健，颇能激励人。听众都不出声，大厅上下很安静，大家明白，这是一种对真诚的尊敬。

魏巍痛斥了戈尔巴乔夫，认为是他把苏联搞垮了。他说东欧的社会主义国家全乱了，苏联也不行了，现在，只有中国依然稳稳地矗立在世界的东方，这是社会主义的希望，中国是社会主义的坚强阵地……以前大家只在中学课本里读到他那篇著名的富有激情的报告文学，不想这位老作家还有如此出色的演讲，如此富于鼓动性。

演讲完毕，大家依旧是一拥而上，扎堆要求签名。

姚雪垠

那一次见到的不只是老作家姚雪垠，还有李准、朱子奇、陈明几位，他们是一起来的。

1992 年 5 月 12 日，北大中文系举行了庆祝《在延安文艺座谈会上的讲话》问世 50 周年的座谈会。1942 年参加了毛泽东主持的延安文艺座谈会的一些老作家，比如姚雪垠、刘白羽、李准等受到了邀请。刘白羽因故未来，到会的是姚、李、朱、陈四位作家。50 年前，他们风华正茂，50 年后，已是白发老人。

我坐在会场里，像所有的人一样等候。门口一阵喧哗，一群人在互相握手寒暄，老作家们来了！落座之后，不少人次第起立致词，欢迎的掌声一阵接一阵，厚厚的著作是一行一行写出来的，不佩服不行。作家们从下午两点半一直谈到六点，师生们也意犹未尽，兴致盎然。他们回忆四十年代，说起五六十年代，发表对当前文学现状的看法，展望未来的文学前景，但中心问题都在《讲话》上。他们都对《讲话》作了很高的评价，事实上，1942 年的讲话对他们的思想影响很大，他们由此改变了创作的方向。《讲话》有一种俯瞰全局的宏阔气势，他们都佩服那篇为无产阶级文学定方向的长文。他们都和毛泽东本人有一些接触，谈到毛泽东本人，他们都无比敬佩这位世纪的伟人、民族的伟人。

姚雪垠八十二的高龄了，走路需学生搀扶，可谈话的气势却很足。李准很健壮，笑声和句子一齐从声音里飞泻出来，给人谈笑风生的印象。朱子奇、陈明不像前两位那样又高又壮，却极精神。他们都有说不完的话，只因时间的关系，都把讲话做了压缩。他们的语言穿过烽烟四起的战争年代，那逝去的往事又浮出了记忆的水面，从《李自成》到丁玲其人，从《黄河东流去》到解放区的诗歌艺术。他们谈文学时多是整体的把握、宏观的看法，是从几十年代文学生涯里提炼出来的体会、心得。

这些老作家因为年事已高，参加活动公开露面的机会很少，所以见一次不容易，我们感到非常荣幸。

谢 冕

谢冕，北大教授，当代文学专业的博士生导师，著名诗评家。

最初知道这个名字，是在一本本诗集的序言里。作为诗歌理论家，他与李元洛、朱先树、吕进等名字一样为诗歌界所熟知。见到他，自然是在北大校园。有一次，我骑车经过勺园北边的荷塘，他正沉思着从对面走来，待我发觉，诗评家已经到了身后。还有一次是在中文系的一个办公室里，我正和一位老师说话，里面有人背向而坐，我说了一阵话，走到坐者侧面，猛然发现坐者竟是谢冕老师。当然，他并不认识我，只是我认识他。我没有主动和他说话，我不知道自己当时的心态。

谢冕以诗论家的身份引人注目是在 1980 年。那年 5 月 7 日的《光明日报》发表了他的文章《在新的崛起面前》。此文旗帜鲜明地为一群青年诗人的崭新诗风呐喊助威，从而引发了上世纪 80 年代初那场关于"朦胧诗"的论争。后来，谢冕还在《文艺报》等报刊上发表了《通往成熟的道路》《失去了平静以后》等诗歌理论文章，态度坚定地为朦胧诗撑腰，结果导致了一连串的批驳文章、商榷文章，比如丁力发表了《古怪诗论质疑》，宋垒发表《诗歌评论要进行真理标准的补课》，张恩和发表了《深深植根于民族的土壤》等等。一系列的文章针锋相对，争论的结果是朦胧诗得到了承认，地位空前。谢冕为朦胧诗立下了汗马功劳。他还写了不少新诗理论方面的著作，在诗评界占据了很重要的位置。

谢冕老师的课我听过一回，是 1992 年 6 月 27 日，在中文系的"新时期文学专题"一课上，这门课是当代文学教研室的老师们轮流讲授的，谢冕就讲了这一次。他谈的是"五十年代到九十年代中国新诗概略"，他谈到上世纪 50 年代新诗向格律诗的转化，谈到新民歌体诗，四十年诗歌史。他一一展开，谈到新诗潮、后新诗潮。他说："新的诗人们想为'群'代言，但是群不理解他们，把他们视为异端。他们感到孤独，想代'时代'发言，但时代视他们为弃儿，他们感到孤独。"到底是著名的诗评家。

大大小小有些名气的人很多，光北大就有不少，比如青年评论家黄子平、张颐武，学者就更多了，比如孙玉石、钱理群、陈平原，比如乐黛云、王宁，比如季羡林、张岱年，等等。这些知名人士在某些时候掠过视野，给人以难忘的印象，只是因为他们飞掠时的速度，我无力一一捕捉他们光彩照人的形象。他们的演讲，总能使听众受益匪浅，记住这一点也许是最重要的。

出了文化圈，又想到曾经亲见的刘欢、葛优、英若诚、杭天棋等等。想到见过的厉以宁、吴树青、陈章良，想到企业界人士如四通总裁段永基等，各行各业都有自己的杰出人物。

情况往往是名人在台上，凡人在台下，这很正常。小人物见到名人，聆听他们，感觉他们，就知道每个人都是一种风格，每个人都是一片天空，经过他们的风景地带的人，必然会或多或少拥有一份新质。我们认识名人，名人不认识我们。也许有一天，名人认识了你，而你，可能也是名人了，你又成了除你之外其他小人物视野里的风景。

本文刊于《大学生》（1993 年第 6 期）。

我瞳孔中的名人

——小人物视野里的风景之二

　　刚到北京时，十分兴奋，毕竟是从湘楚之远而初栖京城。古都名胜万千，我的观光欲喷薄而出，于是马不停蹄，一鼓作气览尽京华风光。

　　其实，这座旅游名城还有另一张面孔，另一种风景。作为全国文化中心的首都，这里聚集了政界、科技界、影视界、文化界、工商界等各领域里的很多知名人士。在京城几年，我多多少少见到了一些比之普通人是大角色的人物。我想，他们也是首都的一种名胜——生动而独特的名胜。我不会画画，多年来那么多美丽的自然风光从我眼前流逝，我没有画家的遗憾而是坦然处之。唯独这片大人物风景激起了我做风景速写的欲望，扼制不住，信手画来。

莫　言

　　见到过两次。第一次是 1992 年 11 月 18 日，莫言到北大来演讲。几天前三角地就贴出了广告：从《红高粱》到《酒国》——著名作家莫言来北大演讲。到了那天黄昏，天下起了小雨，室外一片蒙蒙雨气，但大家都不在乎，冒雨跑来，电教楼的报告厅里，黑压压地挤满了学生。

莫言来了！欢迎的掌声从人群里响起。

莫言说，小的时候就渴望到北大学习，一直未能如愿。这么多年过去，终于来北大了，不过多年前没有料到，来北大是上讲台，坐在这里真是荣幸之至，云云。莫言好谦虚，北大学生的掌声好热烈，骄宠惯了的北大人最爱听这种开场白。人群创出了一个好氛围，莫言兴致益佳，他用洪亮的声音侃侃而谈。从山东高密的乡村说起，说到军队的生活、作家的生活；从文学上的起步说起，说到《透明的红萝卜》《红高粱》《红高粱家族》，说到刚写完的长篇小说《酒国》。说到佳境，作家的灵感临空闪耀，照亮了台下台侧人群的视野。于是掌声如潮，一波一波次第拍向讲台。后半部分时间作家用来回答大家的提问，于是不断有人站起来朗声请教，不断有人霍然而起质问责难。莫言好身手！三言两语皆击中要害，冰释了疑问，避开了矛锋。那些递纸条提问的更多，从后排向前排传递的纸片纷纷扬扬，像流水上漂荡的无数落花，蔚为壮观、幽美。一会儿，莫言桌前多了一小堆纸条，莫言一张一张展看，当众念题，当众游刃破题。我坐在台下，递上纸条也提了几个问题，比如：您对海明威的作品怎么看？莫言答：海明威自然是大作家，语言简洁有力，并获了 1954 年的诺贝尔奖，但我并不喜欢；我喜欢的作家是福克纳、马尔克斯。莫言的作品深受福、马两位的影响，又自成风格，中篇小说《红高粱》的绚烂辉煌给人留下了深刻印象，一如《喧哗与骚动》《百年孤独》一样广为人知，难怪有学者做过莫言与福克纳等人的比较研究。

莫言的讲演获得了很大的成功，最后大家纷纷涌了上去，要求签名者蜂群般把莫言连同讲台围了个密密匝匝。我也挤近了要签名，但见众手穿空，汹涌张扬，题字本的扉页敞开，将落作家墨宝的空白暴露无遗。我忽然退出人丛，不签了，我走到楼外清凉的空气中去。莫言牺牲了一个晚上的写作时间，却也值得，他给几百学生留下了一个精彩的夜晚。我在微雨中漫步，回味着作家的演讲。

第二次见到莫言，是 1993 年 3 月 14 日。听教文学的老师在课堂上说，王府井新华书店这天有著名作家签名售书。我在这天上午赶到书店，一进门，就见左侧摆着好几位作家：莫言、刘毅然、刘恒。王朔本来说好来的，却缺了席，一些王朔的读者颇感遗憾。四位作家的作品分别是：《酒国》《欲念军规》《逍遥颂》《千万别把我当人》。莫言坐在那里，神情平淡，不时有读者购其作品，请求签名留念。我也买了一本《酒国》，他写下"炽风"（我的笔名）两字，写下一个冒号，问我："你想写句什么话？"我说随便，于是我见到这样一句：酒不醉人人自醉！后面是其大名和日期。我就试着和作家攀谈。

莫言老师，您去年到北大来演讲一回，我去听了，很精彩的。您没忘吧？

对，是有这么回事，快半年了，你是学生？

我是中文系的学生。很喜欢您的作品，尤其是《红高粱》，印象很深。对了，北大中文系的曹文轩老师您还有印象吗？

忘不了，他到军艺讲过课，我在军艺文学系学习时听过他的课。好多年没见面了。

只聊了一会，后面要求签名的读者就涌了上来，我只好闪开，在一边的书架前翻书。我不时向那排作家望几眼：刘恒戴着一顶学者帽，很有风度，他微笑着给人签名，轻声交谈；刘毅然也是，他不笑，但面色诚恳，人少时，不时用有穿透力的眼神环视店内。

汪国真

汪国真热了一阵子，又被批评界骂了。不少人在说，汪国真保持着他的纯洁，我在人格上同情他，但在文学上、诗歌上我不同情，倒汪派战胜了保汪派。正在这时，台湾却出版了汪国真的诗集，情景不错。

不管怎样，汪国真的名字是广为人知了。在批评界倒汪之前，我见过汪国真本人。从日记上我得知，是在1990年的11月18日，比见莫言正好早两年，一种巧合。

那是一个很好的秋天，在海淀青龙桥一处会议室里，坐着七八十位诗歌爱好者。上午九点，汪国真来了，主持人石先生为大家作了精彩的介绍，大家用掌声表示欢迎。汪国真的讲座题目是《我的诗，我的路》。他从自己的起步谈起。汪国真说：1985年第10期湖南的《年轻人》杂志发表了他的诗《我微笑着走向生活》，然后《青年博览》转载，中央人民广播电台也播出了这首诗；1987年，他写下《热爱生命》一诗，发表于1988年的《追求》杂志，后来，《叠船的小女孩》《旅程》《默默的情怀》等作品先后发表，1990年出版了第一本诗集《年轻的潮》……汪国真一派书生形象，说话平和，语言朴实、通俗。他谈自己的家、自己的成长经过、自己的种种情感。听众来自北京各处，有不少高校的学生，还有上班的人，大家饶有兴致地听着。汪国真不时朗诵着他的诗作，"既然选择了远方/便只顾风雨兼程""既然目标是地平线/留给世界的只能是背影"（《热爱生命》中的诗句），平平淡淡的诗，充满人生哲理的警句。又比如《我微笑着走向生活》一首，"我微笑着走向生活/无论生活以什么方式回敬我""什么也改变不了我对生命的热爱/我微笑着走向生活"。这是他比较满意的作品，表达了诗人进取向上的人生态度。听得出来，爱情诗中他对《叠纸船的小女孩》《默默的情怀》两首很满意。汪国真为听众回忆写诗的情境，叙述诗作表现的生活细节。

中午大家合影，不少人抢着与汪国真合影，一时间诗人应接不暇。下午，座谈开始，大家提问汪解答，有人攻势凌厉，气氛很是活跃。我把早琢磨好的一段话说了出来："我认为诗歌是一种宗教，广大诗歌爱好者就是他的众多信徒，因此，推广诗歌艺术就是扩大一种宗教的影响。诗歌能训练思维，陶冶心灵，可也能使人痴迷疯狂，你以为诗歌艺术是否会影响人对现实生活的理智面对？"两年多了，当时汪先生是怎样回答的，我已不能记起，其实，那时我的主要心思是在于自己的提出，而不在听取回答上，也难怪忘了。那时我已写过几行"诗"，便拿了一首请他评点指正。汪国真看了，说："时间这柄锤子／很容易使东西变形"一句不错，诗的缺点在于写得太绕，还可以直接些。我听了，觉得像是那么回事，诗人言之有理。

后来，汪国真日渐火了起来，诗集不断地出，其磁带、贺卡之类也不断上市。我第二次见到汪国真是他在首都各高校演讲的那一次，他在北大二教演讲，讲题照旧。我去得晚，人很多，教室门口也站满了人，我探头往里一看，诗人正在讲台上侃侃而谈，只这一眼，我就抽身出来，向校园走去，因为讲题一样，而我已经听过。

西 川

西川是一位青年诗人，1985 年自北大英语系毕业，听说当年在北大校园是与海子、骆一禾并列的"北大诗坛三剑客"，颇有才华。他在《环球》杂志工作，在北京，因此有机会常来北大，而我也就有机会先后见到诗人达四五次之多。

尤其是第一次，西川给了我很深的印象。那是 1990 年的 12 月 18 日晚，西川回母校演讲，其时海子、骆一禾的遗作《土地》《世界的血》两部诗集刚刚出版。老实说，西川颇具诗人风度，从内到外，都是挺有分量的诗。我在此前对诗人应该有怎样的外观形象这个问题一直茫然，见了西川之后，心里想：原来诗人是这种模样。西川一进二教的教室，大家就被吸引住了，长发、胡子，很粗犷，脸型开阔，目光深远，显得雄放而深沉，着装是一派现代诗人的随意。西川很有诗人的内在魅力，还没有开口，大家的情绪就已事先驶入了诗歌。西川开口了，声音浑厚旷远，苍凉的气息扑面而来，讲的内容又具有强烈的震慑力，大家不由得屏息聆听，几百人的教室里鸦雀无声。其实，爱诗者们的内心声响巨大。西川很动感情，海子与一禾都是他的好友，却先后在1989年3月、5月去世。痛失朋友的人怎么能够平静？面对海子以身殉诗的惊世之举，面对一禾用脑过度被死神叼走的壮烈。诗人西川回母校演讲是凭着一腔沸血为诗招魂，他苍劲的声音回荡空间，敲打着每一位听者的心灵。我在台下静听，只觉得火焰沿着血管向全身燃烧，一种献身火海的英雄主义使我的灵魂飘扬起来。西川回忆起海子、骆一禾生前的一些细节、事迹，说起海子辉煌的天才，说起他在政法大学昌平分部贫困的物质生活和冲击极限的创作。西川说起骆一禾的创造、才华，为人处世，这一切都如图画浮现在听众的眼前。西川说起他们用生命制造大诗，用冲刺结束生命，听众感到，那血红的悲壮感滚滚而来。西川朗诵着他们的诗篇："我要做远方的忠诚的儿子/和物质的短暂情人/和所有以梦为马的人一样/我不得不和烈士和小丑走在同一道路上……""在这个春天你为何回忆起人类/你为何突然想起了人类/神圣而孤单的一生"（以上为海子诗句）；"这是大地的力量/大雨从秋天下来/冲刷着庄稼和钢/人生在回想/树叶在哭泣/公园里流着淙淙的黄叶和动物"（以上为骆一禾诗句）。西川的诗朗诵很出色，又饱蘸激情，听者为之动容。这一晚西川让人佩服。诗人的演讲放射出巨大的震慑力，使台下只有纯粹的掌声和纯粹的安静轮流笼罩。演讲结束后，西川带来的两大捆诗集，海子的《土地》、骆一禾的《世界的血》，立即被抢购一空，供不应求。

西川后来还来过北大几次，一次是为未名湖诗歌朗诵会作评委，一次是与五四文学社社员座谈，还有一次是参加戈麦诗歌讨论会，这些活动我都参加了，因而得见。

我以为，最好不要把汪国真的诗和海子、西川等人的诗放在一起比较。汪诗好读，这是其长；要论诗艺，当然是圈内的海子等人为高。汪诗清新秀丽，但意象过于传统而显陈旧，创新不多，缺少一种大气概。而海子等人的诗则是大换了血的，全新的异质感，沉甸甸的很有分量，诗中跳动着血，激情，生命！他们的诗层次不一样，接受的范围大小不同。比较而言，我更欣赏后者。

本文刊于《大学生》（1993 年第 7 期）。

迎面而来，叫你目不转睛

——小人物视野里的风景之三

忙碌的作家们不可能每所大学都去亮相，他们只能有选择地去。我敢说，北大是他们的首选之地。

许多高校（尤其是外地高校）有兴趣"瞻仰"一下文学界名人的学子们恐怕不会有这么多机会吧！我觉得自己应该留心，把自己的见闻写下来，就像电视转播一样，通过《大学生》这个"电视台"，把作家们在北大的活动转播开去，那样或许就能看到更多人放光的眼神。

1993 年 5 月 4 日，是北大 95 周年校庆日，中文系也举办了庆祝活动，其中最引人注目的是邀请了几位系友作家来校畅谈创作体会。

汪曾祺

5 月 10 日晚 7 点，应邀而来的老作家出现在会议室门口。中文系主任、现代诗研究专家孙玉石教授与汪老手拉手，在众人的掌声里，像兄弟一样步入会场。

老作家汪曾祺七十三了，作品以中篇小说《大淖记事》《受戒》最为著名。1939 年到 1943 年他在西南联大中文系学习，算来该是抗战时期的北大人。

"我是怎样成为一个作家的？"汪老开始说这个话题，"我的一个特点：上课不做笔记，愿意看什么就看什么，不愿意看就不看。搞理论的必须系统地学习，当作家不一定要按部就班。"汪老顿了一会儿，"看和自己的气质接近的作家的作品比较容易形成自己的风格。"他说到自己，"《离骚》伟大，但我读《九歌》"（《离骚》整篇情感炽烈，文采绚烂、结构宏丽，《九歌》诸篇主要是风格清新优美的抒情诗，汪老喜读与自己性情相投的作品）。汪老还说了一些自己喜欢的作家，比如都德。他设问："好好的一个人怎么成作家了？"汪老说自己"爱东张西望，看各种事物，小时候的街巷现在都记得清清楚楚。那时候看得细呀，别人用竹子作耙，银匠做银器，我都很有兴致地细心地看"。老作家说了句题外话，"现在记忆不行了，比如今天的会，差点就记成是明天了"。众人庆幸地笑。

汪老说自己写的小说很多是十九岁以前记忆中的题材。他说："对生活要观察、感受，但更重要的是对生活的思考。作品很重要的是要有思想，一些青年作家认为思想性就是政治性，我不同意。思想性是作家对生活的独特的收获，要有一个长期的反复的思索过程，作品才能获得思想。一部作品最为重要的是思想，其次是语言。世界上没有没有语言的思想，也没有没有思想的语言。一个作家的作品里语言的质量反映了一个作家全部的文化积淀或者说是文化素养。所以作家必须读书，下笔要有神，就要破万卷。"

老作家谈到作品的具体作法时说："第一句很重要。要处理好句与句之间的关系、句与句之间的顾盼之情。"他对作品的结构持随便态度，主张有意不重视结构或不太看重结构。汪老崇尚散淡人生，谈话间也是一派散散淡淡的风味。他说自己"以一万至一千字的小说为长，长篇没写过。长篇是另外一种思维方式，我还不熟悉。苏童很有名吧，说实话，他的小说我还没读过"。好坦率！

他表白："我是个乐观主义者，不赞成现在年轻人的孤独感、失落感。"汪老最后说到王朔，"与王朔在一起并没有觉得他是有些人说的那么糟糕，尽管有时说些狂妄的话，年轻时不说什么时候说，狂妄是年轻人的特权！""今晚就到这里吧。"他没忘了幽默一下，"家住12楼，回家晚了电梯会停电，爬楼我是不能胜任了。"

陈建功

5月17日，中文系的这位故人应邀返校，照例是孙主任接待。观众们看见作家棱角方刚，头发又黑又直，听众们听见作家说起"北京市民与小说"这个话题。陈建功是77级的学生，毕业12年了，代表作有《飘逝的花头巾》《辘轳把胡同九号》《找乐》等等。

陈建功说起自己的经历。第一首诗歌《欢乐》发表于1973年，很不像样；曾被推荐为南京大学工农兵学员，但终没去成。那些世事给作家带来了内心痛苦，甚至感到了人格的扭曲，往事使他感到沧桑。在上北大前他曾经挖了十年煤，他说"北大是我人生道路的一个转机"。他对北大一往情深，"北大所给予我的，终生难忘""北大使我的文学创作有所突破"。

陈建功说到了小说上，"现在，小说为什么这么失落、凄清，我以为有多种原因，比如文化消费的多样化、经济的发展等等，但有没有小说家自己的原因？小说自身的原因呢？为什么我们的通俗小说通俗作品有市场，而严肃文学却失去了大群读者呢？"陈建功与赵大年合作写有长篇小说《皇城根》，还拍成了电视。作家说到自己的作品，"《皇城根》，小说是通俗的，顺着老百姓的思路走、价值观走，悬念也牵着人走，但电视拍坏了，玩深沉，表现人性恶，这不是由通俗作品表现的。

不过，电视也有一部分拍得比小说高明。非通俗类作品恰恰是要为读者重新筑造一个世界，比如《红楼梦》，贾宝玉并不是个好少年，不好好读书，吃胭脂，其实这个人物凝聚着作家对这个世界的看法，是他重新塑造的一个世界"。

陈建功说到作家情感的敏感带的问题时，举了些例子，"张洁写《爱，是不能忘记的》，这正是张洁，写别的爱情就不是张洁了。张弦写爱情的苦果，也因此成了张弦。每个作家都有自己情感的敏感带，王蒙的敏感带是痛苦，他是真正经过了很多痛苦的。""每一个人的气质、性格、经历都不同，都有自己的独特世界。比如刘震云的《官人》把人与人之间的勾心斗角写得惊心动魄，这就是刘震云的世界。""纯文学一定要有颠覆力，在审美上给读者以颠覆力……"

陈建功说："写作得注意挖掘汉语言的潜力，比如莫言、刘恒、苏童等等，都有很好的小说主题、立意和很好的语言。"他认为，"每一个地域都有自己的特点，民间艺术中充满了许多可以借鉴的形式，这就是我为什么要研究平民北京这个问题。"陈建功说到北京市民的特点，四合院的温情，封闭式的思维方式，中庸平和的哲学，爱面子的心理，自嘲中的优越感。作家在最后亮出了他的思考，又加上一个论据："在莎士比亚的身后，有整整一个民族合唱队在合唱。"

刘震云

北大中文系邀请的第三位作家是 20 世纪 80 年代初毕业于本系的刘震云。这位新写实小说最为中坚的人物目前名气很大，代表作有《新兵连》《一地鸡毛》《官人》《官场》《故乡天下黄花》等。我盼望已久，但那天既没在三角地见到广告，也没听人说起，预约了来但终于没有来，刘震云这家伙忙什么去了？我本打算让汪、陈、刘三位北大毕业的作家占满一篇题为《北大把硕果摆在文坛》的文章，但刘震云没有来，他打乱了我的"部署"，这个设想就变形成了读者您正在读的这篇文章的这个模样。

刘震云没见到，不过照片倒早见到了。《青年文学》（1993 年第 1 期）封面上有刘震云的半身像，气质宁静深沉，一种洞察人情世态的睿智感融合在坚毅的神色里，风骨不凡。见了这封面，就算见到他本人了吧。

但是后来，刘震云又来了，尽管姗姗来迟，毕竟消解了这一遗憾，也许是注定了的缘分。

他是 6 月 24 日来的。刘震云轻松自若、谈笑风生。他回忆了当年在北大的生活，他说自己那时是一个安安静静的孩子，不大爱说话。作家还回忆了故乡的人与事，四年部队生活的趣事逸闻，笑料不少。当年的刘震云并不打眼，这一次回到母校，刘震云已是名满文坛的著名作家了。他的演讲幽默机智，近三个小时的时间里溅满了听众们舒爽的笑浪，刘震云给人留下了难忘的印象。

刘毅然

刘毅然是 1993 年 5 月 24 日来的北大，这位作家近年以小说创作渐渐出名，主要作品有《摇滚青年》《金属灵魂》《欲念军规》等，也上了《青年文学》封面。我在王府井新华书店见过他一回，那么这回是第二次见到他了。

他是一个面孔白皙、相貌英俊的作家，这次感觉与上回不一样，我觉得他有明显的书生味。他的讲座分为四个标题：一、欲望与想象；二、虚构与真实；三、痛苦与孤独；四、偏颇与极致。刘毅然对"生活是创作的唯一源泉"这个观点不以为然，还说了一些自己的看法。作家说他自己小说里的不是自己的真实生活，而是完全虚构的，他强调虚构的重要性，因此想象、虚构等也是创作的源泉。另外，我还记住了作家的一句慨叹："我始终认为，我们这一代作家还是没出息的一代。"

王　朔

原以为有些作家无缘见面了，比如王朔，不料在 5 月 19 日见到了他。

中文系的计老师开了门"城市文学专题"的课，我跑去旁听了几次，于是有缘见到了王朔。

教室里人很多，坐不下了，于是换到了一个大教室里。进门时，我看见讲台边站着一个三十多岁的人，脸上带着微笑。

王朔不知说什么好，他问大家，大家并没有给他出主意。说实话，反响不是太热烈。王朔就自个说了，他谈自己怎么写小说的，"刚在道上混时，好像什么都没有了，好的全给别人占了，剩下的没什么好的了，心里恨恨的，只好写小说，现在条件好了。当然我觉得自己没什么仇恨的了，我希望社会稳定，长治久安"。王朔说，"空虚是一种高尚的感情，人的感觉在空虚中变得非常敏锐。"王朔对知识分子印象不好，在小说里总是施之以挖苦调侃。

王朔是在漫谈，谈话没有中心，也没有线索，只是很随意地想到哪就说到哪。王朔又谈到写作体会，"快乐只是在写作过程和刚写完的成功里，接受者的反馈过来时，已没什么好高兴的了，早在关心下一件事了"。王朔表示要少写点剧本，要专心写写小说才行，他表示了向言情小说发展的想法。他还认为写作不能当终身职业，过几年要做商人去。尽管王朔想法很多，但他觉得"我最成功的事情还是写作，如果没有作品、至少是表面上有一定魅力的作品，光在街上空嚷嚷恐怕也不行"。王朔认为："小说的操作方式是一种比较沉闷的操作方式。"他说："写长篇小说时，产生了很多想法、灵感，但不可能一天写完，一天只能写一天的量，这样就难免会流失不少灵感。"他觉得"任何一个作品的影响跟当时读者的情绪都很有关系"，王朔又说："农村小说作为鉴赏品，挺好，但读者并不多，小说读者大都为城市青年，像莫言、贾平凹都是挺好的农村小说的代表作家，我想以后的趋势是城市题材小说，将来我也是比较重要的城市小说作家了。"王朔有他自己对文学前景的预测，看上去还挺自信的。

王朔的漫谈进行了两个小时，各种各样的问题错落不羁，各种各样的观点随意而出，自自然然的。他说的最后一句话是："我认为一个聪明人能以较少的代价换得较大的名誉。"

报上有人倡议，采访名人写的稿子发表以后，作者应付给名人一笔采访费。我不怕。首先，我没采访过任何一位作家，这都是他们自己"送货上门"来北大，让我给撞上了。其次，我若不在这些文章里写一写，诸名人在北大的光辉言行恐怕就不会广为人知了。

你是不是看到许多名人一个接一个，风度十足地向你的瞳孔走来，这就是我试图制造的效果。

本文刊于《大学生》（1993 年第 8 期）。

思想的北大先贤

去年编了一本叫《北大文章》的书，出版了，就想写几句。收入该书的文章乃是北大十数位先贤毕生所写文字的一部分。这些先辈英才是我们所要记住的，他们的文字也是要永远地流传下去的。

被早年毛泽东赞为"思想界的明星"的陈独秀，在 20 世纪一二十年代的辛亥革命、五四运动和第一次大革命的历史上都留下了巨大的足迹，无论是摧毁封建文化还是倡导新文化运动，无论是揭露蒋介石的叛变，还是为抗战鼓与呼，他始终都保持着高昂的斗志，他以雷霆般的文字扫荡着愚昧落后然而却是顽固的旧文化、旧势力，他摧枯拉朽的坚定和无畏是一个时代的丰碑。

中国最早传播马克思主义的先驱者，中国共产党主要创始人之一的李大钊，其雄健、青春而激越的文字为后人铸造了一座战斗者的铜像。

近代民主革命家、教育家蔡元培从清王朝的腹地走来，他是进士，是翰林，是大儒，但他并没有沉没其中，而是自觉地跳将出来，站到了革命者的行列中。他立志以教育作为自己毕生的事业，他力图以教育来推动国民的前进，并且身体力行，在言论和书写上应当说也获得了空前的成功。

1912 年曾担任北大校长的严复，曾经是北洋水师学堂总教习，眼睁睁地目睹和经历了北洋水师的惨败和覆亡，他心中的哀痛何其深重。他在愤懑中奋笔写下了《原强》《救亡决论》等政论力作，他"怒其不争"的情怀足以穿透历史的隔断直抵今日，直抵我们的胸膛。

鲁迅，中国现代文学的旗手，在动荡、沉重的年月中始终保持着一个批判者的坚定和愤怒。他以"我以我血荐轩辕"的悲壮情怀冲锋陷阵，他的投枪与匕首如密集的箭矢穿梭在鬼魅遍野的阵地之上，他的文字总是这样沉毅苍劲。

著名散文家、诗人朱自清留给我们的印象是轻逸而超拔的。他从外表到内里，都有着古代文人一般的形象与风范，而他也以真切的文字记录了暴行与沦陷。他展望着中国的新生，他抗议侵略者的轰炸，他为青年指出前方的道路。毫无疑问，他的这些文字都使他的形象变得更为丰满、全面。

生命里长期被沉郁和落寞所缠绕的现代才子郁达夫，他坦诚直露、无遮无拦而又才华横溢的文字是我们所熟悉的。可他还有另外的一面，他关心时政，以笔奋战且不屈不挠。他在流亡东南亚的岁月里撰写了大量的时评与政论，他把对日本侵略者的恨和对祖国的爱统统倾泻在这些战斗的文字中，他在抗战胜利的时候牺牲了，可是他的热血文字将永远流传。

浪漫多情的诗坛才子徐志摩，一边写着他的情诗，倾诉着他热烈的爱情，一边却也在为灵魂而写作。他对内心深处的探索与检讨使我们得以提高警惕，他对生活的热爱、对美的向往与追求都足以引领我们向上起飞。

刘半农，一个语言学家、文学家，该出手时就出手，在新文化运动的关口上他跃出战壕奋力拼杀，他的无畏与胆识为他赢得了新文化斗士的美誉。可以说，他的性格也表现在他所有的文字当中。

钱玄同，一位主治音韵学的学者，当他对封建文化发起进攻时，他的攻击目标是明确的，并且他打得准，打得狠。他是提倡民主、科学的最勇敢的战士之一，他的功劳直到今天我们也能清楚地感觉得到。

傅斯年，这位五四运动中的学生领袖，《新潮》杂志的实际主编，在学生时代就以激扬的心参与了历史的书写。这样的人，不用读他太多的文字，相信我们也能感知他的拳拳赤子之心。

丁文江，一位杰出的地质学家，20 世纪 30 年代曾任教于北大，在抗日战争中固然仍潜心于他的科学事业，可他的爱国精神还是在他的文字中喷涌出来了。也许我们可以说，这是北大的血质在起作用。

本文刊于《中华读书报》（2003 年 8 月 20 日）。

"北大精神"今安在

　　北大实在太有名了，未名湖畔任何的一点风吹草动，几乎都能成为报章上的新闻。尤其近几年，有关北大的"负面新闻"竟然莫名其妙地多了起来——也不知是有人故意挑北大的刺呢，还是北大确实并不完美，存在若干需要解决、克服的问题和弊端。总之，久在高处的北大颇有些正逐渐被请下神坛来的危机——于是倍感受到莫名挑剔的北大人就有了"北大无小事"的自嘲，并且颇显出了些严阵以待的警惕性。但这似乎并不能避开和击退人们对北大的质疑和责难。

　　因为北大在历史上的辉煌和伟岸，因为北大对 20 世纪的中国颇有唤醒、感召乃至引领之功劳，又因为人们对现实世相种种招摇的丑陋的不满，所以人们对北大有高的期待、严的要求，乃至因爱之深而责之切。分析起来，这些可能"有损"北大形象的形形色色的所谓"发难"，恐怕绝大多数其实并非是人们故意要为难北大，而只是人们褒赞真善美，弘扬公道与正义，实践社会理想和普世价值的真诚愿望，借议论发生于北大的各种"小事"，得以细节化、具象化地表现出来。缭乱喧腾中的人们，其实是在变相地表达着对"北大精神"的怀念和追思，乃至是在高声呼唤"北大精神"的归来！

果真如此吗？姑且让我们来作些具体的分析。

比如说北大不允许旁听生随意进课堂听讲了，又比如说北大规定凡进北大者须持有效证件登记后方予放行，还比如说，因暑假来北大参观的学生旅游团过多，北大拟限额接待甚至决计闭门谢客不再接待之，云云——媒体对这类事件的报道和渲染通常都表现得很卖力，而不无尖锐的评论者则通常借此抨击北大变得保守、封闭、自恋了，并质问北大为什么不能像蔡元培时代那样放下架子、敞开胸怀、时刻以自由平等的心态和理念治校和处世。

有关北大的负面新闻还有不少，比如堂堂教授竟然抄袭外国学者的论著充作自己的学术成果，比如北大把在国际刊物上发表论文的数量作为衡量北大教师水准的最高标准，还比如说北大在引进海外人才的事情上似乎有弄虚作假之嫌，等等。媒体的报道显然引起了公众对这些问题的关注，评论者则尖锐地抨击了北大的"堕落""僵化"和"撒谎"，云云。

这样的"曝光"也好，那样的"呵斥"乃至"发难"也罢，挨批的感觉当然不会很美好，但我以为，北大又何妨以"有则改之，无则加勉"的态度来认真面对。而且，只要这些媒体和评论者并非是有意想要抹黑、妖魔化北大，则北大就应该虚心听取这样的那样的声音。在我看来，这些声音大抵于骨子里应当都是在呼唤"北大精神"的回归的。那么，"北大精神"究竟又是什么呢？

著名学者、北大教授钱理群说得好，"一百个人心中就有一百个北大"——按同样的道理，一百个人心中也就有一百种对"北大精神"的理解。尽管如此，我以为"北大精神"也当有一些核心的内涵是相对确定的。所谓的"北大精神"，我们既可以从北大师生在新文化运动、五四运动等历次重大历史事件中的表现体会出来，也可以从各位北大先贤的有关言论中或多或少地把握到若干。

　　所谓的"北大精神"，我以为第一重要的内涵恐怕非蔡元培所提倡的"思想自由、兼容并包"莫属，然后是陈独秀所特别欢迎的"民主"和"科学"两位先生，再就是胡适格外注重的"独立"品格，李大钊所身体力行的革命气魄，还有鲁迅所指出的"北大是常为新的，改进的运动的先锋"，以及马寅初所表现出来的勇于直言的不屈不挠的抗争与坚韧，以及张岱年所提的"直道而行"的信念，王选身上所展现出来的开拓创新的心劲和智慧，以及汤用彤、冯友兰、朱光潜、王力、季羡林等一大批学术大师一直强调和实践的为作出学术贡献而甘于长期坐冷板凳的努力钻研的劲头儿……当然，也有在新文化运动中北大人所表现出来的革新激情和思想锋芒，也有在五四运动中北大学生所表现出来的勇敢无畏和强烈的爱国主义精神，也有西南联大时期北大人所表现出来的勤奋顽强和"刚毅坚卓"……或许，所谓的"北大精神"在根本上其实与一切美好事物都建立有天然的密切联系。她应该饱蘸和浸淫着创新、民主、自由、爱国、进步、科学、平等、包容、多元、真理、求知、实践、发展等思想元素，或者也应当涵盖有理想主义、人文精神、浪漫情怀以及自信、勇敢、无畏、拼搏、优秀、卓越、高尚、正直、奉献等人世间最富感召力的词汇——或许，北大精神应当就是能够对个人的完善与社会的进步乃至整个民族的思想及素质的提升产生正面作用的那种东西。

　　如此说来，"北大精神"就绝不仅仅只是北大这么一所大学的私有财产，而应当属于全社会，属于一切中国人乃至全人类——前联合国秘书长安南不是说过这么一句话吗——"北大是人类繁荣的希望之源"（这句话里的"北大"显然指的就是"北大精神"）。如此说来，"北大精神"也就可以当之无愧地自诩为中华民族最为宝贵的精神财富之一，乃至是中华民族各种宝贵精神财富的高度提炼和集中体现！不是吗？20

世纪初期的中国知识分子大多都注重在学养上打通中西，而发展于那一时期的前身为京师大学堂乃至可以上溯到国子监的北京大学，也就天然地建立起了两种传统，一是来自近现代西方的思想文化传统，包括民主、自由、科学等理念；一是源自中国古代的思想文化传统，包括仁、义、礼、智、信等核心价值观。既能对中、西两种思想文化传统兼收并蓄，又能在守正的基础上时刻保持创新的精神，与时俱进、永远站在高处而不是自甘堕落于庸俗、市侩乃至污淖当中——这大致应当就是北大对自己的要求，乃至是全体中国人对北大的期待。有这样的"北大精神"在，也难怪北大在国人眼里的形象会是那样巍峨，也难怪人们容不得北大出任何一点瑕疵，否则就要跳起来指摘之、纠偏之。

遗憾的是，这样的指摘往往并不是空穴来风，而是言之成理，这样的纠偏往往都是一语中的，直击问题的关键。这年头，似乎没有谁知道北大究竟是咋了，竟然这么经不起大家的打量！

我想，"苍蝇不叮无缝的蛋"这话大多数时候或许还是很有些道理的吧——但我又以为，许多时候我们与其说北大又出了什么问题，倒不如说是因为长久以来北大都在不断地丧失着继承与发扬"北大精神"的热情和劲头，更不如说是我们这个社会（而非仅仅是北大这样一所大学）已然在欲望的迷乱和某些莫名的困顿中丢失了最可宝贵的"北大精神"，或这种精神的醍醐灌顶般的唤醒、提升和驱动。

难道不是吗？其实，只要稍稍留意一下我们周围的人群和事物，特别是那日日流转不息的种种不堪的世相百态，我们就能很容易地搜索到这种无奈的丧失，也就是"北大精神"在社会生活中的广泛缺位。

但种种的不良社会现象却不能不让人感到失望和愤怒，于是一些人就通过某个事端把这种失望和愤怒发泄到北大身上——北大委屈吗？我以为是既委屈，又不委屈——说北大不委屈，那是因为北大在这些具体的事情上确实存在其需要解决的问题，说北大委屈，则是因为若把暴露于全社会各个角落的问题全交给北大来扛也确实有失厚道和公正。

　　毋庸讳言，北大在许多方面做得并不好，在微观、具体的层面上是如此，就宏观而言，恐怕也是没有尽到其作为"精神领袖"所应尽的责任的。我想，大家尽可以批评北大的这个问题和那个缺点，也不妨拿北大当出气筒，把在别处受的委屈和憋闷借着指责北大而发泄出来，没关系，北大不是某一个人的北大，而是全体中国人的北大，她应该能包容这一切的。

　　但我想，要把解决整个社会所暴露出来的这一切问题和缺陷的希望完全寄托在北大这样一所学校的登高一呼上却是没有用的。首先，北大有自己的麻烦要处理，特别是要弘扬乃至光复表面上红旗飘飘实则沉沦已久的"北大精神"；其次，大家也应该清楚地知道，所谓的弘扬和光复"北大精神"绝非是一所学校的事，而应是全民全社会的事；第三，当社会病了，当人群需要"北大精神"来疗伤，来振奋精神的时候，我觉得作为有社会责任感的知识分子和官员也好，作为普通民众也好，无疑都应该认识到，这其实需要全社会从制度层面上做大的手术，惟其如此，才能从根子上解决问题。

　　"北大精神"失落已久，我们在这里衷心地期盼其早日归来，不仅仅归于北京大学，而且要归于全社会，如果这多少显得有些理想化的"北大精神"能够在全中国人（包括社会各阶层的所有成员）的头脑里扎根，包括在政府体系和社会结构的各个部分中扎根并运转起来，发生作用，则"北大精神"也就到了迎接其新的辉煌的时刻。

　　本文约作于 2009 年。

未名湖畔访季老

季羡林教授虽已至望九之年，可要做的事相当多，老来人更忙了。所以，采访季老的事费了些周折。当然，最终还是见到了他。

7月末的一个傍晚，我来到风景优美的北大校园，沿寂静的未名湖畔北行，不一会儿就来到傍水而建的朗润园——季老的居处就在这里了。

季老满头银发，神态谦和、平易。虽说刚出院不久，但他精、气、神却如平素一样好。我已经听说，每日黄昏，季老都爱在宅前的湖边小坐，养生静思，自得其趣。这次，还是按季老的习惯，我们来到湖边石上落座，面对绿意掩映的湖水交谈起来。季老的研究广涉梵学、佛学、吐火罗文、语言学、印度学、东方学、民族学、敦煌学、比较文学等诸多领域，且造诣很深，是公认的学界泰斗。季老还精通六七种外语，是很有成就的教育家、翻译家和散文家。季老以其学养之巨为世人敬仰。

季老年轻时在清华求学五年，后又留德深造十年，第二次世界大战后归国，长期执教于北京大学。他几十年里一意求索，勤奋不倦，终成一代大师。目前正在编辑、我们即将见到的24卷计800余万字的《季羡林文集》，将使我们能够全方位领略季老的学术成就和精神风采。

与季老闲谈很愉快。眼前是半池的荷叶，绿流香远；耳畔是季老娓娓的话语，意幽旨高。展望新世纪，季老说："下个世纪将以东方文化为主导，来改变人与自然的关系。"他认为，西方文化中的有些东西发展到今天，已破坏了人与自然的关系，比如环境污染问题就很突出。季老说："东方文化主张'天人合一'。天，就是大自然；人，就是人类。这是我的理解。东方文化认为人与自然不是敌对的，是和谐的、一体的；而西方文化的某些观点则认为人与大自然是敌对的，我以为不是这样。"

交谈中，我向季老介绍了《文化月刊》这本杂志。季老接过最近的一期《文化月刊》，兴致勃勃地翻看。季老说："中国人民不是缺少福利，是缺少文化，提高人民的文化素质是当务之急。"末了，季老祝《文化月刊》越办越好。

风起摇荷动，林梢红渐消。在天光与水色的辉映下，鹤发童颜的季老精神矍铄、容光焕发。我们衷心祝愿季老健康长寿！

关于季老的近况，本文不多说了，还是请大家读读本期杂志内他的《在病房中》吧。

本文刊于《文化月刊》（1997 年第 8 期）。

敬悼张岱年

近日在报章上看到北大教授、著名哲学家、国学大师张岱年谢世的消息，心里便有些唏嘘和感伤。唉，一代大师就这样走了。

其实我和张岱年老先生非亲非故，也没有师生的关系，论辈分，甚至差着三四代人，但此刻，我却从心里怀念他老人家。想起近些年来，以我之浅陋，竟得着机会先后两次登门拜见于他，也实在是三生有幸了。

最早见到张岱年老先生，应当是在20世纪90年代初期——当年在北大求学的时候，几年之中，我听过的各类讲座仿佛是有几百个的，印象中，其间就有一次是领略他老人家的精神风采的，只是年头久远，具体的时间和讲座的内容已不能记得了。

回想起来，我是1998年才真正与老先生有了直接联系的。那一年夏天，我正为自己主编的第一本书——《北大情事》而忙碌起来，几乎每天都在打电话联系作者——各系各级的北大师生和社会各界的北大校友。为了让这本从情感角度展现20世纪北大人精神风貌的书显出我所设想的品位感和厚重感来，我是不惜花费许多时间和精力的。在半年多的时间里究竟打了多少电话，在电话里究竟又说了多少话，我已不能记得，但我所联系过的北大人无疑是在二百人以上的。这其中有许多是我在北大求学时所认识的，也有许多是我知道乃至是久仰大名但却并无联系的，其中就有令人景仰的张岱年老先生。

当然，也还有很多别的有名的人，比如星空灿烂的中文系就有严家炎、谢冕、段宝林、程郁缀、温儒敏、曹文轩、王岳川、戴锦华、张颐武、孔庆东以及金开诚、袁行霈、褚斌杰、乐黛云、唐作藩、孙玉石、洪子诚、钱理群、陈平原、韩毓海等等，总之，凡是数得着的，我的电话就都打到了。又比如其他系的名家汤一介、侯仁之、萧灼基、厉以宁、晏智杰、潘文石、林毅夫、刘伟、辜正坤、陈章良等等，这个名单实在很长，我虽无力在这里列出全部的名字，但我却极愿借此机会向他们表达我深深的敬意。

至于已经离开了北大校园的，那也是有许多的，比如李瑛、叶永烈、傅璇琮、崔道怡、邵华、刘松林、陈建功、高洪波、周国平、刘震云、老鬼、马相武、李银河、唐师曾、英达、李书磊、张璨、西川等等。总之，那时候的我，就是这样不遗余力地大范围地撒着网寻找着作者的，现在想来，这大抵是很可笑的。所幸的是，我为之努力不懈的《北大情事》一书终归在 2000 年 1 月由海南出版社出版了。

忘了当时的自己是怎么就想方设法地找到了这些人的电话，总之我放下了手头的一些事情，成天就只知道一门心思地给他们打电话约稿。说实话，这样题材的稿子真不好约，许多人并不愿意以这样的方式把自己的爱情故事公之于众，且不说大家都这么忙，且不说我并不是出版社的策划编辑，书稿齐了之后究竟能不能出版其实也还是个问题，但德高望重的张岱年老先生却是认真地对待这个事情的。

那时，张岱年先生的听力已经不大好了，记得初次与他通话，年届九旬的老人家好不容易才听明白了我的意思——仅仅为了这样一件小事去打扰他，这使我感到有些内疚，但老人家却郑重其事地要我写封信把向他约稿的原委和要求详细说说。听到这样的答复，我很高兴，看来，这事还有戏！不过另一方面，想到老人家的年龄和身体状况，我其实也没有抱太大希望，但我还是遵嘱照办了。不久之后，我收到了老先生的回信，他老人家还真寄来了文章，是一篇新写的几百字的短文。虽然这篇文章属"往事"范畴而非"情事"范畴，从篇幅上来讲也不是很合用，但我真的很感动。于是我怀着一腔的敬意当即回信，并且我还提要求，希望老先生另写一篇，要长一点，越长越好，云云。没过几天，我就收到了老先生的第二封信。所幸的是，写这篇悼念文章的时候，我竟在抽屉里找到了这封信！斯人已去，墨宝犹在，我想我还是把这封信全文录在这里以免日后不小心遗失了吧。

朱家雄同志：您好！

来信收到。我所写实在太短，但是我年老体衰，实在不能多写，而且也想不起有什么壮烈的事可写。拙文不合要求，可以不用，尚请退回为感！可请少壮同志多写。

匆匆，祝

好！

张岱年

（19）98. 10. 4

我再次感到了内疚，大师如此高龄，能惠赐一篇短文已属极为难得，我竟然还"要求"他另写一篇，而且要是长文，真是不知道自己有几斤几两了。我连忙依老先生的意思，恭恭敬敬地把文章寄回退还了，至于信中提到请他做该书顾问的事没有，却不记得了。

其实，除了张岱年，北大的几位"国宝"级学者比如季羡林、张中行等，我也都联系过的，但都因为年事已高的原因没能惠赐大作。关于季羡林先生，其实之前我还很荣幸地打过交道的。1997 年我在《文化月刊》杂志做编辑的时候，因为那时我手头有季老家的电话号码（系在校时于图书馆偶遇季羡林向其当面讨要到的），就在编辑部讨论关于封面人物的选题时报了他，记得当时领导和同事是一致赞成采写季老的。于是我乃与季老联系并在未名湖畔面对面地作了采访，于是第 8 期的封面人物就是神采和风范均无比儒雅的季羡林先生，我的那篇按领导要求控制在千字以内的采访文章则刊登在了扉页上。

　　话再说回来。退稿之后的一年，我和张岱年先生就没有再联系。到1999 年 9 月，出版的事有了希望，10 月底，合同也签订了，且和出版方谈到了一些细节问题，比如邀请一些名家担任顾问甚至题词之类。于是我就在心里拟了一份顾问名单和题词名单，然后就逐一打了电话，结果一切都很顺利，我获得了诸多前辈名家的支持，并且他们以为这是一件有意义的事。记得 11 月上旬给张岱年老先生打电话的时候，老人家的听力依然不大好，仍然是经过一番努力，他才听明白了我的意思。老先生初步地答应了，只是要求我拿上书稿给他看一看，还告诉了我他的住址。于是，几天后，我就带上书稿到中关园某楼拜见我所敬仰的张岱年先生。

　　记得为我开门的是他的夫人，一位语音清晰、腿脚灵便的老太太。进得门来，却见须发皆白的老先生穿着件毛式中山装，戴着一副老式眼镜，神态质朴而慈祥，就如印象当中我们所常见的和蔼的老爷爷的形象，只是他口齿已不大清楚，行动也已不大方便，但老先生还是站在客厅里看着我进了门，还说了句什么，然后领我进了书房。在一张圆桌边坐下之后，我就开始介绍这本书的有关情况，末了，又把书稿摆在老先生面前请他审看。别说老先生还挺认真，戴着老花镜，他仔细看了看目录，又大体地翻了翻书稿，还挑了几篇稿件浏览了一遍。末了，他说稿子质量不错，又说有些作者比如段宝林等人他也认识，之外，他还特别指出自己对解放前的老北大人比如蔡元培、胡适等人的故事比较感兴趣，他就是冲着这些人才答应担任顾问的。

待到我请他惠赐墨宝为本书题词的时候，张岱年老先生乃凝思片刻，又征求了我的意见，终于挥笔写下了这样一句话："这本书很有意思，反映了北大人精神生活的一个重要方面，值得一读。"还落了款，标上了时间。老先生题词用的是钢笔，字迹清朗通达，很有美感。尤使我惊讶的是，老先生的字竟然是少见的遒劲、流畅，绝不像一位年已九旬的老人所写，其力道甚至远甚过年轻人的字迹。可惜用的不是碳素墨水，书印出来之后似乎并没有李瑛、邵华、曹文轩等几位顾问的题词那么色重。但我心里一直记得，其实在几位顾问的题词中，就属最年高的张岱年先生的字写得最劲健、有力。墨宝领到之后，又聊了一小会，我乃起身告辞，而老先生也不顾劝阻，硬是起身送我到门口。

其实，我也试着想请季羡林老先生担任顾问来着。因为曾经采访过他，所以我对于邀请季老做顾问的事，心里还是很抱有希望的。但不知为什么，季老却没有答应，原因似乎是这个题材他不想做顾问，又似乎是当时他正住院，没有时间看书稿。总之，我对季老的景仰之情并没有因此而有所改变，只是为自那回的采访之后没有机会再次见到他老人家而感到有些遗憾。要知道，毕竟仅有的几位国宝级大师当时均已是望九之年，随着时间的推移，任何人想见到他们，其可能性都是越来越小了的。

至于张岱年先生，后来我主编的《北大情书》一书他也欣然应允担任了顾问的，为此，自然又相应地通了几次电话。不仅如此，到2002年秋的时候，我还得着机会再次登门单独拜谒了老人家一次呢。其原委，是为自己策划的《北大名教授自荐论文代表作》丛书上他家去谈书稿的创意和选稿思路来着。现在看来，这就是我最后一次见到我所景仰的张岱年老了。其时，老先生的家已搬至北大和清华之间的蓝旗营小区，记得老先生的寓所比起先前已是宽敞了许多。在装修得很好的大客厅里，端坐在沙发里的老先生着装有型有款，须发也梳理得很齐整，风雅非凡，神采有如印象中的存在主义大师萨特一般地富有魅力，气韵更似先秦时代闲雅澹定的高寿大哲。这就是我所能回想起来的关于这位当代哲学泰斗的最后形象，应该说，这最后的一面，老先生给了我无比清晰、深切和永久的记忆。

遗憾的是，由于种种原因，我早已编好的《北大名教授自荐论文代表作》第一卷、第二卷竟然到现在也没能出版，也不知道能在什么时候，我可以在教授们极为可贵的支持下，通过自己的努力把这个系列的图书奉献给广大的读者朋友。在编选这套书的过程中，我有幸读到了许多教授的精彩论文，即使这件事暂时遭受了挫折，但我自己能感受到的收获却是不小的。比如张岱年先生的若干论文，当我被他口头授权可以自行选收他的论文作品时，我就获得了阅读他的最好的机缘。

在我看来，张岱年先生的《中国哲学大纲》等哲学著作，包括许多论文，如《中国文化发展的道路》《中国文化与中国哲学》《中国知识分子与人文精神》《中国思想源流》等等，既是高屋建瓴、广涉古今、渊博精深的力作，又都写得深入浅出、新颖独到、雅俗共赏，委实是大家境界。

在知识界深切悼念、缅怀张岱年先生的此时此刻，我想，我们更应该记住他为后人留下的一篇又一篇的精彩论文，和那一卷又一卷丰美厚重的著述，并由衷地感谢他为光大本民族传统文化和文化传统所作出的巨大贡献。

本文刊于《中华读书报》（2004 年 5 月 19 日）。

悼别邵华将军

2008 年 6 月 24 日子夜，我从网上看到中国摄影家协会主席、军事科学院百科部副部长邵华将军因病于当天 18 时 28 分不幸在北京去世的消息，异常震惊。我完全没有料到，这位才华洋溢、与社会各阶层均有广泛联系的和蔼亲切、平易近人的师长前辈，竟然会在这个时候如此突然地离开这个无数次出现在她镜头里的美丽世界。

7 月 2 日清晨，我早早地出门赶往八宝山革命公墓。这天上午 9 点，邵华将军的遗体告别仪式将在八宝山举行。

一路上，我不禁回想起 1999 年冬我登门拜访邵华将军的情景来。

1998 年夏，在为《北大情事》一书开始四处组稿的过程中，我偶然得知毛泽东儿媳邵华将军是北大中文系 1966 年之前的毕业生，于是我想方设法打听到了邵华将军家的电话号码。邵华老师听说我编《北大情事》，似乎觉得是有意义的，遗憾的是，一番游说之后，她并没有答应写一写她和毛岸青的爱情故事。也许是为了对我的盛情约请表达某种回应，邵华老师乃向我推荐了她的同样毕业于北大的亲姐姐刘松林（即刘思齐），说或许刘松林会愿意写写她和毛岸英的故事？于是我就按邵华将军告知的电话号码联系刘松林前辈。可惜几番沟通之后，态度同样亲切、和蔼的刘松林老师终也没有答应写这样一篇文章。

时间转眼就翻到了 1999 年的秋天，经过长时间的张罗与奔忙，《北大情事》终于被告知将由海南出版社出版了。应出版社之约，我打电话为该书邀请到了很多顾问，我也没忘记打电话约请邵华老师担任顾问，并且提出了希望她能为该书题词的请求。令我倍感荣幸的是，邵华老师并没有拒绝，甚至专门为此安排出一个时间，让我带上书稿登门。

那个冬日的傍晚，我如约前往位于北京西北角军事科学院附近邵华老师一家的住所。记得赶到那里时，天已黑了下来。我在门口卫兵的岗哨处作了访客登记。然后就激动且忐忑地走进了这个我多少感到有些神秘的院子——我甚至在心里猜测这是不是毛主席当年也曾住过的地方。夜色下的院子虽有路灯照明，但一切还是显得很模糊。我跟着前来接我的同志前行，不觉间就进了一栋小楼。

一位女秘书安排我在一楼的会客室里等待。不一会，邵华老师就来到了会客室——传说中的邵华将军原来就是眼前这样的普通、亲切、谦和，绝没有高高在上的架势，只有在人民领袖的家风熏陶下自然形成的朴素、平实与淡然、从容。交换了名片之后，邵华老师在落座的同时也示意我在一侧的沙发上坐下。因为时日遥远的缘故，具体的对话我已不能记得很清楚。只记得简单的寒暄之后，我介绍了《北大情事》的大致情况，末了，又把那沓厚厚的书稿递过去请邵华老师过目。

邵华老师把书稿翻了又翻，并且从中抽出若干重点作者的稿件认真阅览。她一边看，一边也会偶尔地点头，乃至询问于我。坐在一侧的我心里多少有些不安——我很担心邵华老师究竟会不会答应担任顾问，但当我看见她不时点头表示对稿件的肯定，心里就渐渐地变得踏实起来。我抓住时机果断开口再次邀请她担任本书顾问，并希望为之题个词，云云。邵华老师对书稿的质量似乎是满意的，竟也不再犹豫而是欣然应

允,略作沉吟,"那我就写'青春万岁'四个字吧?"我说好啊,简明
扼要,还很响亮!于是邵华老师提笔一挥而就——在"青春万岁"这四
个字之后是一个惊叹号,下一行是署名,再下一行则是落款的时间:
1999 年 11 月 23 日。

到八宝山了!我不得不把思绪拉回到现实中来。看看表,离九点还
差半小时——我以为我算到得比较早的了,却不料告别厅前的广场上早
已是轿车满目、人潮汹涌——这可都是从四面八方自发赶来与邵华将军
作最后告别的啊!

我随着一长列桌案前的许多队人流中的一列缓缓前行,在桌案上的
一本签到簿上签下了自己的名字,我把领到的小白花佩戴在胸前,然后
接过一本封面上印有邵华将军遗像的纪念册认真翻阅——当中的内容是
邵华将军的生平介绍。作为毛岸青夫人的邵华将军,作为一代伟人毛泽
东的好儿媳,她的一生可谓历尽苦难却又充满光荣。

等待了半小时左右,我终于随着自己所在的队列缓缓迈步进入告别
大厅。邵华将军的遗体静静地仰卧在鲜花丛中,我默默上前,满怀悲伤
地瞻仰那最后的凝定而鲜明的容颜。在拐角处,隔着环列而站的军人,
我看见肃然端坐在角落里的毛新宇和他的夫人刘滨微微垂首,神情沉重
而悲痛。

永远忘不了拜访邵华老师的那一幕,也永远记得她老人家对我和我
主编的《北大情事》一书的真诚关照和有力支持。可惜邵华老师走得太
早,太突然!享年 69 岁的她,显然还有许多她想做但还没有来得及做
的事情在等着她去打理啊!可天堂的召唤,却让她把这一切都轻轻地放
下了。

本文刊于《中华读书报》(2008 年 7 月 16 日)。

北大中文系名师印象

　　北大中文系自开办之日起，不论是在蔡元培的时代，还是在西南联大时期，不论是在 1952 年全国院系大调整之后的阶段，还是在气象万千的八九十年代，从来都是大家荟萃、名师云集。在这里，老师们和风细雨润物细无声，在这里，学生们朝气蓬勃渴求无止境……记忆中，北大中文系其乐融融、其情脉脉的整体氛围给人的感觉真的是非常的舒坦和美妙！

　　就是在 20 世纪 90 年代前期这样一个环境里，我亲身聆听了许多师长所开设的许多门课程。我的听课范围远不止于我所在的班，本科生的课、研究生的课、作家班的课、教师进修班的课，我都旁听、偷听过不少，实在有点听课家的味道。

　　回想起来，我印象比较深的课程与老师还真不算少。"新时期文学专题"是一门系里的大课，由谢冕等多人轮流授课，每位老师各讲几次，一个学期即结束，且没有现成的教材。谢冕先生是促成朦胧诗全面崛起的扛鼎人物，是新时期文学旗帜性的评论家和理论家，名声卓著。来听他授课的人非常之多，大教室里人满为患，而他带点福建口音的宣讲更以高屋建瓴的论述和热情洋溢的气场鼓荡起众听讲者心海里的风帆。可惜的是，他的课时似乎只有两三个半天。忘了曾任中文系系主任、在金庸武侠小说研究方面开了先河的严家炎教授的"现代小说流派史"课是给哪个班开的了，这门课程的教材就是他自己的专著《现代小说流派史》，虽然我没买来细看，但是课听得还算比较完整。熟悉《现代文学史》教材的人应当都能体会到这是一门独辟蹊径、角度新颖的课，也是对以小说史为主线的《现代文学史》的一种很好的完善、补正和开掘。富有创新精神的严家炎先生是堪称文学研究的一代大家。再就是时任中文系系主任的孙玉石教授的"现代派诗歌研究"课，孙主任诗学造诣底蕴颇深，无论是讲李金发、废名，还是讲徐志摩、卞之琳、戴望舒乃至穆旦、郑敏，那都是细密精深、丰富扎实。那时的我正处在对诗歌写作较为狂热的阶段，所以非常喜欢听孙老师开的这门课，印象中大约是一次也不曾落下的，当我从头到尾坚持着听下来，我感觉自己着实是获益匪浅。

有些重点的课程我甚至还听过不止一遍。比如"当代文学"这门课吧，我既在本班听了一年曹文轩先生比较有激情的宣讲，之前也跟着别的班听过佘树森、韩毓海合讲的课，时间也是一个完整的学年。另外，我应该也曾听过多次计璧瑞讲的这门课。谢冕先生的得意弟子张颐武先生为某班讲授的"当代文学"课后来我也听过几次，只是因为这门课程已经听过不止一轮，就没有坚持而只是感受了一下他涨满了新潮理论和术语的讲课风格。2003 年调入北大中文系执教的陈晓明先生那时到北大来办过一个关于先锋文学的讲座，记得我当时是去听了的。现在已经非常有名的孔庆东当时应该是在读严家炎先生的博士生。而谢冕先生的博士生马相武则在 1991 年毕业时就去中国人民大学中文系任教了，现在的他早已自立门户。

再比如共有四本教材的"古代文学史"这门课吧，除了本班所排的历时一年由费振刚、张建讲授的这门课之外，我还跟着别的班完整地听了课时排了两年共四个学期的"古代文学史"。记得四本教材是由褚斌杰、程郁缀等四位先生各讲授一本。储斌杰先生声音洪亮高古，讲课的效果非常好，什么古代神话、《诗经》《楚辞》之类，年事较高的褚教授都讲得意境开阔，余味无穷。之外呢，我也偶尔听过袁行霈、孙静和葛晓音等教授的古代文学类课程。底蕴丰厚、颇有气度的袁行霈教授讲起课来可谓声若洪钟，其意气洋洋，其酣畅淋漓，你只须听他一个讲座就会长久难忘。身为民盟中央副主席的袁行霈教授现在担任的职务大概比以前任何时候都要多，中央文史研究馆馆长、全国人大常委会委员、北京大学人文学部主任及北大国学研究院院长等等，颇有一点"学而优则仕"的味道。

北大中文系开的课很多，同时要听许多班的课肯定是顾不过来的，所以除了最感兴趣的课程之外，许多课我都不得不浅尝辄止，何况有的课在时间上还互相冲突。陈平原先生的课听起来感觉养分充沛，可惜我只听过一两次，记得他讲康有为、梁启超的时候，侃侃而谈引经据典却是信手拈来，其做学问之扎实也可见一斑。王岳川先生关于解构主义、后现代主义一类的西方文论课程内容丰富，异质感强，我试着听过两门，有一门还坚持到了期末，但他给大家开列的参考书我却一直也没有找来读过。渴望了解西方的东西，但却仅仅限于了解而无有深入，如此，我听课的成效也就可想而知。

至于其他老师的课，我约略记得听过的还有唐作藩的音韵学、乐黛云的比较文学、段宝林的民间文学、钱理群的鲁迅研究、董学文的文艺理论、戴锦华的电影赏析、陈跃红的诸子著作选读、蒋朗朗的台湾文学等等。当然，因为种种原因，那时的我尚有许多好的课程没有听到，尚有许多好的老师没有遇见，比如金开诚、洪子诚、温儒敏等等，这难免是有些遗憾的。而更为遗憾的是，在北大中文系求学，无论是在新世纪的今天还是在上世纪90年代前期的那个时候，毕竟都有太多的大家已先后作古。即使有极少数的名师依然健在，却也因为年事已高而不再公开授课，年轻一代自然也就无有机会倾听他们的教诲了。从陈独秀、胡适、鲁迅、刘半农、钱玄同、朱自清、俞平伯、沈从文到朱光潜、王力、冯至、卞之琳、林庚、吴组缃、王瑶、陈贻焮等等，这些名字相信大家都耳熟能详。好在我们尚可从他们写就的著作间去感受他们的博大精深。

光阴荏苒，求学于北大中文系的时光虽早已散淡如梦，当年的那些记忆长久以来却始终印象深刻。印象中，北大中文系的名师们是真正做学问的一群，他们既在学术的道路上精益求精、永不懈怠，又时刻以他们敏锐、深沉的目光探索在文化界的最前沿。印象中，不光中文系，北大诸系的名师们何尝不都是这样？前一阵在网上偶然地看到2005年年底北大中文系系主任在建系95周年的庆祝会上所讲的一段话："北大中文系魅力何在？在传统深厚，在名家云集，在学风纯正，在思想活跃……"我想，这几句话概括的不仅是北大中文系的魅力，并且也是整个北大的魅力。

本文刊于《中华读书报》（2006年4月16日），收入本书时有修订。

往前走就是一切

——记曹文轩教授

在曹文轩的一本著作里，扉页上那幅作者像给了我很深的印象：那是一位沉思者，目光掠过天空，遥望远方；眉宇间凝结着一种清峻和坚定，眼神中流露出忧郁和睿智。

曹文轩先生是北京大学中文系教授，1954年生于江苏盐城农村，正当壮年，事业蒸蒸日上。作为年轻有为的学者、评论家，他的《思维论》《中国八十年代文学现象研究》等都是颇有分量的专著，后一种著作曾荣获北大首届青年优秀科研成果一等奖和中国当代文学研究会第二届文学评论科研奖。作为作家及中国作协会员，他的文学作品迄今已获各种奖17项。

曹文轩教授在工作上是勤奋的、认真的，这在北大中文系，有目共睹。因了这些，他硕果累累，38岁即晋职为教授。

曹文轩1993年10月赴日讲学，历时一年半，已于今年4月中旬回国。在东京大学任教期间，他接到了台湾联合报基金会的访台邀请，原因是他的小说作品在台湾岛上获得两项大奖：颇有影响的短篇小说集

《红葫芦》被台湾最具影响的《中国时报》评为 1994 年度十本好书之一；由《民生报》《国语日报》等多家报刊发起的 1994 年度优秀读物评比中，其小说《山羊不吃天堂草》获长篇首奖，《红葫芦》则获短篇首奖。台湾方面为此在台北、台中召开了两个大型作品讨论会。一家台报刊登了评论文章，字里行间，感叹岛内作家竟纷纷落马。

据曹文轩透露，在日本讲学期间，他创作了一部题为《朦胧岁月——红瓦房、黑瓦房》的小说，这部 40 万字的长篇目前已经脱稿，用作者自己的话讲就是："用的是比较古典的一种写作方式。自己的性格和长处不是善于在形式上作很新颖的追求，长处在于从思想深度、美学价值等方面做一些努力。"曹文轩比较喜欢这部"大面积地动用了自己的生活"的小说，他觉得这部小说比之以前的作品是有意识地迈上了新的台阶。现在，有多家出版社已竞相前来索稿，无疑，这是一部力作。

说起曹文轩的创作，自然有一番话说。他著有短篇小说集《云雾中的古堡》《忧郁的田园》和中短篇小说集《曹文轩作品集》等。他的小说，背景多为农村，也许，20 年的农村生活对他的影响太深了。一个把童年留在乡村，把少年时代的记忆播种在泥土的清香里的人，怎能不千万次地梦回土地，怎能不借一次次的创作神思故乡，一次次地重享水牛、稻田与溪沟的温馨？对一个在 20 岁那年闯进北大、闯进都市生活的人来说，土地、乡村和炊烟永远是他梦萦魂牵的传说，他心的居所。他的近作《山羊不吃天堂草》是写一群小木匠来城市闯荡以后成熟长大的故事，情节与故事的发生地是城市，可这些小木匠都是农村长大的孩子，实际上，整个小说的深层背景依旧是农村。至于刚脱稿还未出版的长篇《朦胧岁月》——写作者 20 岁之前的生活经历的自传色彩很重的一部小说，其背景仍然是农村。由此可见，作家曹文轩有很重的乡土情结。

曹文轩尤其擅长儿童文学，他的小说《再见了，我的小星星》曾获第一届全国优秀儿童文学奖，这是儿童文学创作很权威的奖项。而他1991年秋创作的长篇《山羊不吃天堂草》则一口气拿下了第二届全国优秀儿童文学奖一等奖（1986—1991）和第三届宋庆龄儿童文学奖金奖。还有一项奖比较重要，这就是其小说《蓝花》于1993年10月获得了冰心儿童文学新作奖。

曹文轩是北大中文系的老师，自然，教书是本行。他教"当代文学"课，授课一年，给学子们以很深的印象。曹老师上课讲授的是自己的体系，其中饱含着学术上新颖的见解。还有，他很注重授课语言的文学色彩。讲课时很投入，颇富激情，似乎每次上课都是在作演讲，在台上慷慨而论，因而他的课很吸引人。

曹文轩老师讲课时声音昂扬，平时说话则平和宁静。他不是那种在表面上大肆挥扬虚张声势的人，他显然是很有个性，很有内在力度的人。

刚从日本回来的曹文轩教授面对的事情很多：修改长篇小说，完成国家教委人文社会科学研究规划项目中的一项——专著《小说的艺术》写作，带研究生，开一门新课"新时期文学现象研究"……曹文轩教授说："绝不东张西望，绝不左顾右盼，往前走就是一切。"

本文刊于《北京日报》（1995年6月16日）。

我在边缘看名人

一、牛群与"牛兄""牛弟"同乐

1993 年秋，著名相声演员牛群进了北大中文系的作家班。用报上的说法描述就是："牛群在未名湖畔吃草。"牛群自己曾在公开场合说：来北大是为了加强文化根底，做一个学者型的圈中人。不知道牛群是否有意于当作家，但他在搞摄影，这一点大家都知道，不少报刊曾发过牛群的摄影作品。

北大学生的业余生活还是丰富多彩的。有一次，北大学生会女生部举办了一场大型的假面舞会，其中有个抽奖的项目，没想到抽奖人竟是牛群。参加舞会的人进门时都领了张有号码的奖票，有几百人参加，谁是幸运者呢？牛群抽奖了，他从盒里摸出一张奖票，主持人念道：117号。大家都看手中的号码，四面张望。我是没抱一点希望，几百张里抽一张希望是很小的，我懒懒地看了一下自己的号，大出意外：我中奖了?! 我惊讶地把手举了起来，叫道："我就是。"我挥着纸条走上台去。

"祝贺你，中奖了！"牛群热情地说。

我不知道说什么好，对着麦克风只说了一句："谢谢！"

牛群把奖品——一只五颜六色拙朴的布公鸡递给我。事后大家都说我与名人有缘分。

后来中文系举办元旦联欢晚会，牛群当然成为座上宾，与中文系主任孙玉石老师并肩列席。大演员在此，怎能不露一手。

果然有牛群的节目。牛群约好冯巩来一同演出，可冯巩临时有事脱不开身，不能到会。于是牛群便随便请出一位与他配合，表演相声。有位九二级新生自告奋勇，上到台上。牛群请年轻的学生称他"牛兄"，说这样亲切随和些。牛群平日把比他年级高的全尊为师兄、师姐。这次，他便与这位"师弟"来了个临场发挥，即兴而作。

平时在大课的课堂上不难见到牛群。有一次我就见到他坐在最后一排，戴着说相声时不戴的金丝边眼镜，一副全神贯注的样子。牛群果然是在北大"吃草"，补充养料、充实自身。

二、葛优"炒"笑话"口"到擒来

葛优被看成是丑角。丑角一样可以成为"大腕"，因为他演得好，有自己独特的风格。

福建电影制片厂拍摄了两部由葛优任主角的影片，去年秋天的一个下午来北大做首映式。为一睹明星风采，观众自然踊跃。影片放完后，摄制组主要成员和主要演员出场与观众见面。台上一排站开 10 多个人，葛优最打眼，因为他那张脸大家最熟悉。主持人请他们轮流讲话，有人说一段，有人仅仅说一句，大家一律报以热情的掌声。该葛优了，葛优的前额格外亮，台下的掌声也格外的热烈。

葛优以他特有的语调说了一段开场白，在大家的强烈要求下，他嘿嘿一笑答应说两个笑话：

王家的孩子和全家人在客厅里待着。孩子喊一声：爷爷。扑通，爷爷倒地死了。孩子又喊：奶奶。扑通，奶奶倒地死了。不得了，出怪事了，孩子喊谁谁死。孩子又喊：妈。扑通，妈也倒地死了。爸可担了心，可别再喊我呀。可孩子还是喊了：爸。老王闭了眼等死。奇怪，老王这当爸的可没倒地死去，倒是隔壁的老张扑通一声，倒地而死。老王纳闷坏了。

葛优诡秘地笑了，问台下：你们说是怎么回事？

观众们哄堂大笑，开心无比，大家都会意了：老张才是孩子的亲爸，老王不知道孩子他妈和老张有关系，一直给蒙在鼓里。

葛优幽了大家一默。接着又讲下一个笑话：

两位男同志在厕所小便，甲同志站了十多分钟，愣没解出来，乙同志刚进来就顺利完了事。甲很羡慕地对乙说：你好幸福！这么干脆利落，我一刻钟都没完事。乙愁眉苦脸地说：你才幸福呢。

葛优又诡秘一笑，他问观众是怎么回事？

没人知道是怎么一回事，葛优亮了谜底：乙同志尿裤子了。

此言一出，大家立即又爆笑一场，快活之极。

葛优提供的笑话确实好笑。也不知道这两个笑话是他自己想出来的呢，还是他从哪里读来的。可台下两千人，就没人在此之前听到过。如果真是葛优想出来的，那他可真是"创作"表演合二为一了。

三、刘欢："曲高"不"和寡"

作为歌手的刘欢可真是名声赫赫，大街小巷都能听到他那开阔起伏的歌声，人们对他的歌声熟悉不过，可见他一面的机会却很难得。

刘欢来北大了。

刘欢说他是应朋友之邀来的，说是一个联谊会，没想到是演出。大学生可不管你是否有备而来，热烈的呼声此起彼伏，大家要求歌星为大家唱几支歌。

刘欢一头浓发，脸型雄放，那天着一身西装，外套一件风衣。他说：为大家唱一首英文歌吧。于是流利优美的英文歌曲在大厅内回旋。

一曲终了，掌声不已。可大家意犹未尽，许多人喊：再来一首要不要？观众群起呼应：要！大家难得有这么一个机会，以两元门票逮个大歌星听一回，自然不肯轻易放过。刘欢感此热烈，便在麦克风前说：我为大家再唱首法文歌吧。刘欢坐在钢琴前，边弹边唱。我们虽听不大懂他唱了些什么，但艺术的感觉不用语言也是可以沟通的，大家陶醉在优美的歌声里。刘欢的手指和音符一样流畅，欢快优雅地在琴键上滑过……

刘欢多才多艺是一位才华型的歌坛大腕。也许是因为在北大，他露了几手漂亮活，挺棒的英文、法文，还有挺棒的琴艺。

最后是他的绝活，刘欢唱了那著名的《弯弯的月亮》。舞台上，刘欢显得很魁梧，他一手持麦克风，一手在空中做着手姿，而幽远浑厚的歌声从他的喉舌间扩展到整个大厅里，飘荡着，盘旋着。

曲毕，大家一再要求他再唱。晚会的主持人代刘欢婉辞再三，刘欢的演出才算结束了。而晚会，到刘欢这里达到了最高潮，也就圆满地画上了休止符。

刘欢和演员们在台上谢幕，我看着他，估摸着他的身高。明星在台上真的显得很"高"，我想，那是因为他站在鲜花与掌声中，处在人们关注的中心位置上。我又想，如果明星们走下台，回到生活里来，回到人群中来，你或许会说：明星和我们一样高。我们处在"边缘"，看那华光飘荡的中心场地人来人往，绚烂多彩，内心当平静如水。

本文刊于《农村青年》（1994 年第 6 期）。

北大寻梦族

北京大学牌子很响。北大是公认的中国第一流的综合性大学，拥有第一流的学术和第一流的人才。她的优势显而易见，她的影响传扬四方。不知从什么时候起，北大就成了全国上下由衷向往的地方了。

我告诉你一件事：在北大一带，驻扎着一个"寻梦族"。这个群落分布在北大校园及其四周地带，他们少为人知，尽管经常在北大活动，相对于北大人，却仍算是外星人，朦胧而神秘。

说到这里，你的好奇心可能已经被我惊动了，而你对任何事都要刨根问底，看来，我只能给你介绍介绍这个寻梦族了。

寻梦族在寻找自己已失去过或尚未得到的梦想，他们都有自己想象中的理想光环。寻梦人从全国各地来到北京，像风中的蒲公英一样纷纷飘下，散落北大的地域里。他们向各个方向发展，学什么的都有，绘画、音乐、演唱、法律、哲学、英语、经济、书法、文学创作等等，应有尽有。具体到个人，应该说，寻梦族成员都在努力提高自身素质，努力拓展自己的人生道路。这也是寻梦族之所以存在并呈现出发展壮大趋势的重要原因。另一个原因，是因为北大的吸引。众所周知，北大是新文化运动的正面阵地，是五四运动的首倡之地，在现当代的中国，北大都是思想与学术的重要发源地。历史的辉煌，现实的声誉，对求学者都构成一种巨大的向心力。"桃李不言，下自成蹊"，寻梦族以北大为落脚点，把梦想挂在北大这棵大树上。有一位在北大地域里生活了两年的同胞拿到了一张大专自考文凭，遂在十几里远的一家公司上起班来，人也住到公司的集体宿舍去了，干了一年，他又从公司搬了出来，而在北大附近租了间民房住下，说是离不开北大的文化氛围。他宁可每天骑半小时车去上班，再骑回来到北大受受熏陶，听听讲座什么的。这就是北大的魅力。北大宽博温厚的文化氛围正是叫人依恋的北大的体温。

寻梦族租房而居，或边工作挣钱向目标努力接近，或由家庭寄钱"供养"一心钻研既定方向。他们是一群有志向的奋发向上的人，他们是一群奋不顾身的流浪者。流浪，是他们洞悉了生命之本质后获得的一种精神。

顺着我的手所指出的方向，你望过去，那一群人就在你的视野里。

1992 年 11 月，在北大三角地搞了一个画展，一个现代派画展，影响很大，也很成功。作者是一群流浪画家，他们从气质、外貌到服饰举止，都像他们的作品那样，现代味十足。这一群流浪画家居住在北大附近的福缘门村一带，或自学多年，或美院毕业，或辞了工作。总的一点是，他们热爱绘画艺术，这几乎成了他们的生命。为了艺术，他们从各个地方来到北京，专心习画，北京是全国的文化中心，搞绘画搞别的什么艺术都有独到的优势。他们也在北大活动，但不囿于北大，而是满城闯荡。他们租住的民房既是卧室又是画室，他们整日潜心作画，艺术水平日渐提高。他们的经济来源以卖画为主，他们的画并不便宜，这使他们的生活有了一定保障。

这一群青年画家已小有名气，但他们还是一群流浪者，上不着天，下不着地，没有一个安稳恬静的港湾。但他们对此并不在乎，他们拥抱着生活。正是因为对生命有一种明晰和坦然，他们才选择了流浪之旅。几年了，他们默默地做着不为人知的努力。北大三角地的这次画展，是他们激情洋溢的宣言，人们不由得把目光向他们投去。

寻梦族中有这样一部分人，他们以考研究生为目的，任务非常明确。

A君，北大物理系毕业后，分配在郊区一家工厂，干了半年，不满意了，就在北大边上租了一间民房住下，专心致志学习功课，准备卷土重回，读硕士。

河南的B君与四川的C君，都是学会计的，大专毕业辞职不干，一起"落草"，在这里并肩作战，意欲发动第二次考研冲锋。

有一些考研究生的学生仅是高中毕业，他们或在北大旁听，或干脆自学。因为基础的缘故，他们的奋斗周期要长些。

考研究生是一件不太难也不太容易的事。不是所有的人都能考上，也不是没有人考上。考研派抱着背水一战的心情跳上了这列战车，很专注，很投入，也颇悲壮。但他们说，正是这种激烈的竞争，这种不进则退的形势，更能考验人，更能激发人的斗志。

一个缺乏激烈与动荡的环境容易使人平庸淡静，使人缺乏应对激烈局面的素质。流浪就是把自己放置在风口浪尖，让帆船渡过最大的考验。流浪是对自己既定或将定的稳定与平和的背叛，流浪者要有置己于绝地而求新生的胆魄。

寻梦族从远处走来，走进了烈日下，走进了狂风里，虽然天气恶劣，可是他们脸色刚毅，就像手持一把无畏的宝剑，就像手持一盏夜行的灯。一旦选择了夸父逐日的赤诚，他们就不在乎是成功还是失败。

D君，山东人，1984年他来到北京，直到目前，他仍在北大一带生活。寻梦八年，其中滋味谁人能知。他把物质生活水平压到最低限度，以维持这种局面的长期性，而全身心在精神世界里飞翔。D君在北大旁听了中文系、经济系、哲学系、法律系、政治学系的许多课程，学识渊博起来，他打算过两年考个博士。现在，他在深钻两门外语。D君的书法也练了多年，写的毛泽东体的字，龙飞凤舞，到了以假乱真的神似地步。1993 年上半年，他将在北大搞一个毛体书法展览，规模较大，校方各相关部门都已答应，到时将给出必要的援助。

八年了，他从一个 20 来岁的小伙子变成一个 30 出头的老青年了，他放弃了老婆、孩子与家庭的温馨，代价是巨大的。也许，要成才早就成才了，怎么会落到这一步田地？这样一想会让人生出同情之心，生出"哀其生之不顺、怒其意之不变"的情绪来。可你看他的神态，昂扬自信，一点也不见让人可怜的神态。他不愿和人透露太多，只说自己预感将会大获成功，过几年就知道了。

D君这种人非常少见，但毕竟有了他，一位新时期寻梦族发展历史的见证人，一位资深的寻梦族"前辈"。他很奇怪，是不是？成功失败也说不准，是不是？作为一个现象，D君的赤诚逐日与对命运的背叛，刺亮了别人的眼睛。这事不像现实，倒像一个传说。

E君，也是一位奇人，他 1988 年从湖南来到北京，长期钻研哲学和佛经。他说再过三五年就离开北京到大山里去，出家做和尚，避开尘世，潜心修炼佛法。他对那些别人不理睬的古奥艰深的佛经爱不释手，常朗声诵读。他常说的话是：活着没劲！我都要疯了，想自杀！平静下来后他又谈一谈弘一法师，然后照常生活。似乎是出世思想比较重的原因，他赚了不少钱，却不在乎钱，常无偿助人钱财。他激烈情绪的下面，是他的理想：在这里广泛学习，勤思多写，将来做一名学识渊鸿、哲思睿智的高僧，乃至创立学说，自成一家。E君自然是不合时代与世人的潮流的，但奇人就在于少。

F君 1990 年在北大化学系毕业，被分在一家工厂上班，不久，他辞职不干，去澳大利亚待了半年，之后又回到北大一带，他打算过两年去美国。他已结了婚，现在，夫妻两人都在生意场上忙，专业暂时放置一边，F君在市场经济的下海大潮里忙得团团转。但他明白：总的目标是去美国。

想出国的人有不少，也可算作一派了。他们忙着学英语，考托福，考 GRE，这些关过了，还得办签证、护照什么的，都是些挺耗神的事。一位河南的女生，师专毕业后来到北大地带猛攻英语，她北大的男友有把握去美国读硕士学位，只待两个人双双过关，共赴大洋彼岸。一位理科毕业生念本科时就已攻下托福、GRE 考试，毕业时他没参加毕业分配，也在校外租了房住下，并在一家公司当部门经理。他常在北大出入，挺忙的，其实是在等待机会，一俟时机来临，就远走高飞，去异邦深造。

寻梦族中，既有搞"持久战"的，比如流浪八年的 D 君；也有只待几个月的匆匆过客，有的出国志士仅待了个把月就大功告成远走他乡。寻梦族成员有共同点，即总的精神是向上追求、奋发努力，具体的目的却又是五花八门。

M 君，华南理工大学毕业的高才生，工作不久即从广东来北京。他对传统文化很有兴趣，他想受受北大的熏陶，体验一下北方与南方的差异。他在中关村一家公司上班，住在单位，吃却在北大。北京这份工作的工资自然比广东那份低多了，但他不在乎，反正也是临时干干。他常到北大来参加各种活动，工作也不忙，空闲时间老泡在北大。有一段时间他通过关系到北大校内住了一段，他说是重温大学生活。两年过去了，他对传统文化已颇在行，还学了经济类课程，收获不小。1992 年12 月，他离开这座古都，到深圳闯天下去了，他说他会永远怀念燕园，怀念北京的。

四川来的两位，一位学建筑工程的，毕了业，不安心，没到单位报名就来了。他弹得一手好吉他，能唱歌，能作曲写词，在成都的大学校园时，是校乐队的主力，"十大歌星"之冠。他看准了自己的优势，要尽力开发一下这笔财富，看来，他的人生之旅拐了一个大弯。另一位是高中毕业生，书法很好，想发展一下这个特长。他在北大广泛地听文化、文学等方面的课，书法与传统文化关系甚密，与文学等艺术有可以沟通的地方，他在打这方面的基础，书法家的素养是不能太浅的。他的另一手准备是考中央美院的研究生，他在做着有关的各种努力，看来，得下几年工夫才行。

北大这块地盘是个好地方，寻梦族人都有一些常识：毛泽东在几十年前就在北大一带，虽然时间不很长，却足以称得上是寻梦族的祖师爷了。丁玲、沈从文、李苦禅等名家都是住在北大一带寻梦而走出来的，都是"先辈"同道。这些成功的先例鼓舞了寻梦族人，他们雄心勃勃。

尤其搞文学创作的，"先辈"的情况更是熟悉，因为成功者中文学家最多，丁玲、沈从文、胡也频等等都是在这种飘泊中追寻着文学梦，并获得了巨大的成功。这样流浪的日子充满了各种滋味，却也正是文人们所喜欢的生活，这种生活蕴藏着素材和灵感。

P女士，来北京闯了四年多，她把在北大吸取的营养转化成诗，在各种刊物上发表了不少。就在 1992 年 12 月，她出一本诗集，当月的《文艺报》马上登出了评论文章。她露了笑容，但脸庞上更多地写着这几年的艰辛努力，她又在向更高的目标奋斗了。

一位南方人 S 君，来北京时是一个高中毕业的文学青年，家里让他专心学一个专业，将来好考研究生。他选择了法律专业，又自学，又旁听。可他的创作欲望总是撩拨着他，终于半路上他改道了，去中文系旁听，想考中文系的研究生了。S 君后来又觉得，在系里混久了，中文课就是那么回事，下不下决心考研究生他还得重新考虑一下。他的生活是有根底的，文学上确实也很有希望，发表的一些作品鼓舞了他。S 君说没准自己会决定流浪一生，专事文学创作，搞出点有分量的作品来。

这就是我指给你看的寻梦族，一群放逐生命的浪子。他们在校园与社会之间巡行，既坚韧不拔，又放荡不羁。他们保持着自己的孤独与宁静，只是默默地操作。也许，现在的贫穷是对未来的一次大数额投资，带给未来的收益不可估量。他们在认真地巩固自己。他们把多余的梦想扔出老远，更多地做着实实在在的努力，他们把要寻找的梦握在手中。

你听到他们的歌声了吗？那样独具风姿。请沿着他们独特的歌声，深入他们腹地的风景，但愿他们梦想成真。

本文刊于《北京青年报》（1993 年 1 月 17 日）。

生存在北大流域的流浪部落

在北大固有的文化气质直接辐射的范围内，居住着一个当代的流浪部落。部落的成员来自全国各地，为求学这一共同目的走到了一起。他们的层次和起点不一，高中生、专科生、大学生、研究生都有。不管是哪个层次，他们都在原有的基础上向更高一层攀登。他们以学文科类专业居多，如哲学、中文、外语、会计、金融、法律；此外还有搞艺术的，如书法、乐器、绘画、文学创作等。

我们首先要肯定：这种流浪部落的出现是好事。至少他们客观上打破了单一化的人才成长途径，对他们自己对社会都有益处。笔者接触了一些该部落的成员，最大的感觉就是：他们是一群很有志向的勇于向生活挑战的人。

流浪，生命中的一种精神

旧时代的流浪者有三类：一类是乞食求生的底层贫民；一类是浪迹江湖的侠义之士；一类是怀才不遇而狂放不羁的文人。此外，还有王朔作品中塑造的流浪汉，这种流浪汉物质上并不贫乏，由于精神上的失落，他们摆出一种流浪的派头，这是一种象征意味的流浪（以上四分法是北京大学曹文轩先生的观点）。而本文中的这个流浪部落则洁身自好，不从属于以上任何一派，该部落以其追求上进的精神自立门户。

流浪，是生命中的一种精神，一种奋力向上的生命力。

请看这些蓬勃的生命在怎样奔突。

A女士，安徽人，她在北大的亲戚是国内有名的科学家，她寄居在亲戚家那套二层的小专家楼里。她是南方某大学中文系大专毕业生，辞职来北京想考中文系比较文学专业的研究生。她说考研不是目的，而是过桥，她真正想干的是进入电影界，从搞编剧开始，最后希望能有一家自己的电影公司。A小姐说，社会照这样发展下去，不是没有可能的。

B君，男士，湖南人。凭着亲戚的关系，在北大教工宿舍里弄到了一个床位，安顿下来。他的目标也是考研，他想学热门的国际金融专业。他颇为乐观地谈到自己的理想：第一步考上研究生，第二步赴美攻读博士学位，第三步在美国开创实业，将来叶落归根惠泽故里。

C女士，山东人。1991年高中毕业，半年后只身投奔北大，至今不足一年，但已颇有闯荡江湖的豪迈气质了。听人说她凭着自己的能力打通关节，在女生楼谋得了一席之地，混迹在北大女生堆里。C小姐颇好文学，常常写诗，产量不小。她学了三个月的中文，遂改学法律。她很想从政，做一个女强人。

D女士，安徽人，三十岁左右，是那种一条路走到黑的人。她来北京四年多了，一直在文学路上艰难地闯荡，几年来倒也发表了不少作品。她几乎专营诗歌。她的经济来源主要靠自己，她每年抽一段时间挣钱，当挣的钱足够维持她一年的生活时，她就静下心来读书、写作。她写诗，苦苦思索；她打工，四处忙碌。她在内心世界与现实世界间忙碌，但这双重的忙碌并没有压垮她，她内心有一种巨大的追求在支撑着她。1991年她的一本诗集要出版了，她为此很高兴了一阵，到最后却要以自费形式出版，她交不起，于是告吹。

有一位在北大流域里生活了两年的同胞，拿到了一张自学大专文凭，于是得以在十几里远的一家公司找到了一份工作，人也住进了公司的集体宿舍。他住了一年就从公司宿舍里搬了出来，又在北大附近租了间民房住下，他宁可每天骑半小时车去上班，说是离不开北大的文化氛围。现在此君又可以在晚上到北大听讲座、受熏陶了，他对北大体温的依恋，不免叫人感到北大的宽博温厚。

独行在校园与社会之间

这一群人生活在社会与校园这两个庞然大物构成的夹缝中，他们感受到了强大的压力。他们既不是在社会上混得不错的人，也不是在校园里凝神静气读书的人，他们是少数派，并因此显得孤独，但恰恰是因为孤独，他们获得了自己独特的心态和体验。

他们当初是以进行重大人生抉择的姿态选择了这条流浪之路的，他们从大多数同龄人的轨道中脱离出来，滑到仅属于他们自己的轨道上来。在出发之前，他们有这样几种心态。

心态一：仰慕北大，想知道北大是什么样，北大的学生是什么样。以他们做参照系，找到自己与他们的差距，这样就能激励自己努力上进，向一个高的目标看齐。

心态二：高考失败就来到这里。塞翁失马，焉知祸福。在这里拼搏几年，比高考胜利，说不定能取得更大一些的成功。

心态三：想证明给自己看，也证明给别人看。高考失败了，觉得自己有很大潜力，谁笑到最后谁笑得最甜，要和他们比试比试。

心态四：上不了大学是一种失落。到北大来也就知道了上大学是怎么一回事。既弥补了失落，也捕获了属于自己的生活。

以上几种是流浪者临行前的心态，透着昂扬的朝气。那么在流浪途中，他们又有什么心态呢？

心态一：人生难得几回搏。现在既然有这么个机会，那就尽力，即使最终没有成功，也没有什么可抱怨的了。

心态二：想干一番大事业，不在这里混出个模样来誓不罢休。

心态三：搞艺术的当然要流浪。为了这最富有生命本质色彩的几年，甘愿押上自己的一生。

心态四：注重的是现在，不想考虑流浪的终点和流浪的路程。

心态五：何必活得那么累，几年后，回家找份工作，安居乐业地生活就行了。

抱着各种目的，揣着各自的心态，流浪者们巡行在校园与社会的边缘。

他们在这个独特的位置上，也就有了他们独特的体验。

体验一：北大的学生住在集体宿舍，我们只能租房，按月交钱，按月居住。这就要在民居中找寻，讨价还价，直到双方满意。一旦搬家那滋味不好受。

体验二：进出北大，常遇门卫盘查，没证件就要登记。反反复复登记，非常麻烦。

体验三：社会上的人有单位管，大学生有学校管，我们只有暂居证，归派出所管。派出所是出了事才管你，其实是没人管。这种自由，有点无所适从的感觉。

体验四：到北大旁听，先是不敢，再是尝试，做贼心虚地坐在后边，后来胆壮起来，最后发现老师也不太认识学生，完全可以鱼目混珠。大学生们开始是好奇地看你一会，兴趣消失后就视若无睹了。

体验五：幸运的话，能找份工作干，挣钱虽不多，却也能维持自己的生活。但要学习就最好少干，两者不可兼顾。流浪很自由，但自己要驱动自己忙起来。

他们的视角也是独特的，他们是从外看事物，逐渐接近并深入事物，他们能很全面地收获一个认识过程。比如对北大，他们以局外人的身份看着它，仔细观察它，这是从外看；他们在校园里学习，就是身在其中了，这是从内看。他们既在山内，又在山外，他们的思维是全方位的。从两个视角看东西，自然会有比较的心理，比较后的印象是鲜明突出的。在经常性的比较中，获益也是极明显的，这并不一定是书本上的东西，而是人的某种素质。他们在比较中发现自己同别人的长处和短处，所以一般说来流浪族的心理素质比科班生们好，特别是沉着镇定、独立自主等素质。生活的浪头他们见惯不惊，无论面对什么，他们都有些镇静自若的风度；他们不爱叹息，而是积极地去解决问题和迎接挑战；他们处在没有保障没有约束的器皿中，只有自己调控自己。流浪族抛开了最多的依赖性，独立自主成了他们的一个功能器官，所以他们能马上进入生活的角色。

当大学生们还在围墙里预演步入社会的优雅姿态时，流浪族已站在社会的边缘把它抚摸了好久，他们比大学生抢先一步与社会握手，提前驶入社会化进程。在社会与校园之间，生活失去了诗歌和宁静。当粗糙的社会生活扑面而来时，他们沉着冷静，因为此前的流浪已经足够粗糙，流浪使他们承受和迎接了全方位的考验。

对于流浪族来说，北大，是一个象征。不知这一象征性的而又饱含着深情的追求，对象牙之塔里的正式居民们有何触动？

本文刊于《大学生》（1993 年第 1 期）。

谈笑皆鸿儒，往来群英无庸举
——校园人物群像

生活在人头攒动、朝气蓬勃的大学校园里，生命变得坚实、充盈，我感到自己的内部充满了向上张扬的倾向和力量。我知道，是这样一个鲜活昂奋的氛围感染了我，而这氛围，正是校园里的芸芸众生共同营造的。

W君，中文系的，有学术气。其特点是自然，不管怎样陌生的人，相谈几句，便能感觉到他的这个特点。自自然然而谈，悠悠闲闲的情趣，他让人感到轻松，感到舒坦。课堂上凡有学生讨论时间，W君必抢先发言，往往登上讲台，像授课老师一样引经据典，恢宏而论，不时还捏一支粉笔在黑板上写下几个词条。

W被保送上研了，有人问他为什么要研究古代文学，不去干点下海挣钱、写作发稿之类的事，W朗声答道："人各有志！"W君是一意上山钟情学问的那种学生。

G君，这却是位有志于从政的同胞，高中时即任多种学生职务，到北大来，先是做班长，后是做系学生会主席，现在，竟做到了校学生会主席，"仕途"一帆风顺，何其畅快哉！G君本打算干到系学生会主席就甩手不干，说要好好读一年书才行了，后来，校学生会换届选举，也不知怎么的，G君还是决定参加竞选。之后四方游说，广泛联络，一番奔走，与群雄逐鹿燕园，结果，G君竟获大胜，当上了校学生会的主席。当了主席，自然忙啦！他从宿舍里搬出来，到校学生会的办公室里住下来，想来更有利办公。听说，他还是像以前一样，和同仁们组织了不少活动，吾不知其详，就不多写了。

B小姐，信息管理系的，曾以机智、敏捷的答辩征服选民，登上校学生会副主席的宝座。至于在班、系所任各种职务，所获各种奖励，自是不在话下。1993年5月，B小姐还上了中央电视台，在《东方时空》节目里做大学生辩论赛的主持人，真是风采不凡。她心里最想说的话是："无论何时何地，都热情、积极地投入生活。"的确，她对生活是热情的，每在校园里遇见，未及打招呼，她的笑脸就迎着阳光开放了，那笑容是灿烂的，给世界增添温暖的。

Z君，技术物理系的，长得清清秀秀，留披肩长发，要是他再着一身女装，你准以为这是位漂亮的小姐。一次，我在浴室里洗澡，忽见一长发女子闯入蒸汽中，我骇然大惊，此女转面过来，颇为秀丽，我定睛一看，好熟悉的一张脸，原来是Z君，真是虚惊一场！

与Z君相识是因为诗歌，在一次文学集会上，我看见一位清秀的艺术家似的人物在大谈诗歌，印象很深，会后我便主动找他结识，这位就是校园诗人Z君。我写过几首长诗，苦于无人鉴赏，拿了两首给Z君看，Z君细阅之后，略发评议，接着又是滔滔一番宏论，除了他写诗的一些心得外，所谈的大致都是世界诗坛外国诗人之类，我知道他是很有水平很有见解的。诗人Z总是很忙的，每次在校园里遇上，他都是匆匆一人独来独往。Z君的诗作曾在一次未名湖诗歌朗诵会上获得头奖，记得那次，Z登台诵诗，激情洋溢，神色庄肃、昂奋。诵毕，双臂伸展，向台下听从示意，给人留下了很好的印象。

E，九一级女生，现任校学生会女生部部长，居此职，司其职，俨然北大女生的头领。E部长及其同僚曾成功地主办过许多活动，其中尤以"北大女生生活艺术节"的影响为最盛。E部长说："主办这个艺术节旨在树立北大女生的公众形象，丰富北大女生的生活，为北大的校园文化建设尽一点力。"一系列的有关女性的讲座、座谈出台了，盛大到了有狂欢气息的假面具舞会也出台了……校园里，写有"女生生活艺术节"字样的大红条幅招展在燕园的风里，北大人真感到了热烈的节日气氛。女生E还有一口好辩才，1993年6月，她曾参加中央电视台《东方时空》节目有关"上山下海"主题的辩论赛，E小姐力主上山，以优秀的巾帼风姿大战诸下海英男。很重视专业学习的她说："参加、组织一些社会活动主要是培养、锻炼自己的能力。"

一次，几位妇女界名流来北大，与同学们座谈"大学生异性交往与爱情"这一话题。这是个热门话题，听众塞道是情理中事，来宾感此热烈，侃侃而谈。不时有新锐观点抛出，博得众人掌声，师生间坦诚探讨，气氛欣然。谈到后来，人群中忽地立起一人，学生模样，即席发表了近半小时的有力的演讲，大家深为所震。他纵横捭阖、四方而论，他气势雄健、言辞丰美，他镇定自若、风度惊人，人群不由为之动容，为之静听。他说到媚俗，说到精神的高度，谈到诗歌、海子，谈到物欲、人欲、金钱，他深沉而叹。他问："为什么一些北大女生叫我看低呢？"他有理有据地对一些女生貌似独立实则依赖貌似前驱实则庸俗的现象施以批喝，最后报以感叹和惋惜，叫人信服。斯人论毕，轻轻带了门出去，把大家弃于短暂的寂静里，待一片掌声梦醒而起，斯人已杳然不知去向。真高人也！可惜不知道他姓甚名谁。

校园里的人物往来驰骋，校园里的人物风采各异，我就是写上三天三夜，也不够沧海一粟。我只是尽力写了前文的诸位，不知读者以为你周围的校园众生是否也是这样地生存着、折腾着。看吧，在厚实的大地与高远的天空间，无数少年正如光芒，昂然穿行在时空的隧道里，新世纪的曙光，已打在他们第一个人的身上、精神上。

本文刊于《大学生》（1994 年第 5 期）。

北大学生辩论队：穿过辉煌后的沉静

　　北大的辩论是有传统的，早在 1986 年新加坡的亚洲大专辩论赛上，北大人犀利而丰华的辩风就已充分地展现在世人的眼里。现任职于外交部国际司的马朝旭，从 1989 年到 1993 年，作为联合国常驻代表团的成员，经常走上国际讲坛发言。这个马朝旭，北大的经济学硕士毕业生，就是当年决赛场上的最佳辩手。当年的北大队是整个赛事的冠军。1993 年冬季的万家乐杯一赛，英姿飒爽的北大人仍然是冠军。尽管这一次辩论赛没有当年的规模，但至少我们可以说，北大人的锋芒与雄健没有丧失，北大的内核与精魂一如既往地在燕园的人流里闪耀。

　　北大辩论队的核心成员：陶林、卢莹、朱健刚、胡景晖……一些极平常的名字。如今，这些名字却会使人联想到恢宏而论、锋芒毕露一类的高温词语。的确，他们是从口枪舌剑的赛场上杀到辉煌中来的。

　　在决赛中荣获"最佳辩论员"称号的胡景晖，带着思索的神情说："不管别人对你评价高还是低，关键在于自己对自己有一个清醒的冷静的认识。不论在巅峰还是在谷底，你都要朝着你的方向努力，这一点才是最重要的。"

让我们且循着他们来时的方向，追寻那一路的足迹。

陶林，社会学系91级学生。小时候看过电视上的演讲赛，深受影响。在重庆一中读书时，他获得了实践机会。那时的陶林，热衷于演讲，并且还拿过第一名。那时的他，觉得自己在台上八方而论而台下欢呼沸腾，那场景很激励人。考入北大后，他如鱼得水，参加首都四高校选拔赛，参加北大杯赛，以至万家乐杯辩论赛，屡创佳绩。陶林是一辩，在赛场上他擅长于理论阐述、建立框架，他反应快，说话速度快，自己严密无漏洞，且善于抓住对方的漏洞。用朱健刚的话说就是："富理论功底，反击坚实、有力。"

不过，陶林觉得辩论"有些不诚实，并不是以前想象的那样贴近现实，并不真的是我们捍卫真理的武器"，要想舌战取胜，就得走"既能捍卫自己的观点，又为观众所接受"的路，这是诚实讲理的陶林所不愿接受的。从前的陶林喜欢台下的热闹场面，现在，他说："必须把群众的欢呼看得轻点，否则就不能坚持走自己的路。"不过，他觉得辩论赛也能训练人的综合素质。

陶林感到自己要静下心来读书，珍惜光阴。谈到将来，他觉得自己的思想经常在变，自己还处在一种不确定性之中。他用四十年代一位无名氏青年的话来表达自己的心态："必须去找，找，找，走遍地角天涯去找……找一个东西！这个东西是什么？这是生命最可宝贵的'东西'，甚至比'生命'还重要的'东西'。"

卢莹，91级国经系学生，辩论队唯一的女选手。她曾在第一场与林大队的对抗中获得"最佳辩论员"的称号，她觉得这一场她的"气势表现得比较好"，她说她那时"刚刚大病一场，希望有激烈的活动来振奋自己"，于是就上了场。

卢莹性格上好强，什么事都喜欢试一试，到北大后广泛参加各种活动，是个很有能力的女孩。说起初中那一次演讲，她颇感自豪。她年龄最小，年级最低，却独得一等奖。高中的演讲比赛中，她是全校第二。有了这样的经历，辩才自然就生成了。

卢莹认为学业比较重要，她总觉得时间不够，所以她在万家乐杯辩论赛的准备过程中，学习比平时更认真。她说："人不是完美的，但人总在追求完美"，"越学越觉得知识少，要不断地充实自己"。她以为平时无系统、模糊、不成熟，参加辩论赛之后则系统了、清晰了、成熟了，对自己是一个提高，至少集中训练了思想、逻辑、语言等等。从热闹与风光里出来的她有很强的紧迫感，她要抓紧时间全力学习。

朱健刚，政治学系90级学生，在北大的几年里，曾获"三好学生"称号和光华奖学金。我们交谈时，他简要地评价了其他三位队友，他说，"卢莹是我们辩论队的形象"，他同意一位老师的评价，"陶林是辩论家，胡景晖是演说家"，他说这次辩论赛很重要的一个收获是结交了陶林这样的朋友，"陶林有很强的思想能力，他如果沿着自己的路走下去，我觉得他会成为一个思想家"。

好在他也谈了他自己，他在辩论方面的经验主要是在北大获得的，北京四高校选拔赛、北大杯赛，乃至万家乐杯大赛，他都参加了，而且表现不俗。其中，他在北大杯决赛中获得了"最佳辩论员"的称号。

朱健刚说："辩论赛能使人获得锻炼机会，比如口才、表达能力、反应能力，参加辩论赛使人体会到了自己浅薄，要读书，要加强功底。"

胡景晖是个很健谈的人，这位国经系90级的学生，毕业于北师大附属实验中学。高中时做过学生会主席，获过市中学生诗歌朗诵赛的第一名和西城区演讲赛的第一名，当过校广播站播音员，参加过大的文艺活动，基础很好，他以为这些经历训练了他的心理素质。

谈到大学，他说："走得太急，没有时间去想得太多，只是走一步，看一步。"此时，他回忆起北大经院队与清华经院队的一次辩论赛，第一场在北大，主场反而输了，压力很大；第二场去清华，辩题是"稳定通货先于充分就业利大于弊"，胡景晖和他的队友们决心不惜代价也要赢回来。在十天的准备期间，他们广泛请教老师，掌握各种材料，终于战胜对手。胡景晖在这一次比赛中初露锋芒，获得了"最佳辩论员"的称号。

他觉得在辩论场上，"有找到了自己的位置，找到了发挥自己的能力的感觉，这是自己想做的事"。的确，胡景晖在场上表现是精彩的。他回忆起"万家乐杯"决赛的情景，辩题是："就文化而言，越是民族的就越是世界的"，辩论队走访请教了中文系、历史系、哲学系、人类研究所、艺教的许多名家，准备极其充足。他说，在辩论时北大队把辩题重新定义为："越是民族的文化，越要把握住民族的精神内涵、特质"，这一个转换概念的动作很艺术，没被对手发觉，这样，处于反方不利地位的北大队就占了上风。决赛场上胡景晖是拿了"最佳辩论员"称号的。的确，他引经据典，文采丰华，气势不凡，以自己的出色表现征服了观众和评委。

春节期间他去逛庙会，结果被不少人认了出来，又聊天又照相的，名人似的。"如果这是一种辉煌的话，那么辉煌前后自己没有多大差别，只是别人的目光变了"，他觉得人生常有一些不确定性的、戏剧性的东西，他又说："机会总是给有准备的人。"

宝剑锋从磨砺出，梅花香自苦寒来。北大辩论队的四位同学，辉煌在旦夕之间，这不是偶然，因为他们的身后，是许多年精心一意的勤奋求索，当能量聚积到一个临界点时，灿烂地迸发是必然的事。

无论是居正方还是反方，无论是战胜林大，还是对付国关、北外，以至决赛，他们都保持着自己的锐气与信心，这就注定了他们会拥有战无不胜、攻无不克的成绩。"现阶段中国是否应鼓励购买私人轿车""现代社会的选才标准是否应以学历为主"……每一个辩题，就是一座山，他们竭心尽力去攀登，每一次，他们都是又丰收又劳累，他们愿意为此付出汗水。

胡景晖在今年4月被中央电视台的专题节目组聘为临时记者，去全国各地采访了二十多天。"不太顺利"，却也颇有收获。他更加冷静地反思起自己，他要再一次把自己投入到沸腾的生活海洋中去。

陶林则在沉思，目光里满是智慧与深邃的意象。在回漩流动的大气里，陶林时而飘飞，时而沉落，他总在追寻着什么。相信有一天，他会端坐在自己的家园，放声吟唱着他自己谱曲填词的歌，会的。

卢莹和朱健刚，则更加勤奋地投入到学习中去。

就是这样四位同学，整日里和同学们一样，在燕园里穿梭不息，既普普通通，又有他们独特的风貌。我想起采访他们时那一张张沉静的思索的面容，仿佛自己也随着他们走过那灿烂而火热的夏季，来到了静美的秋天的腹地。仿佛在热闹和喧嚣里飘摇了很久，终于以不可抗拒的向心力，和超越外物的加速度，急驶而回，降落在新平面的巨大中心。这时，沉静的意绪像辉煌的血液一样降温冷却，只是在血管里奔流不息，只是轻匀无声。

本文刊于《北京大学校报》（1994年5月23日）。《北京青年》1994年第9期转载该文。

校园歌坛俊采星驰

5月18日，北大1994年校园十佳歌手大奖赛决赛在大讲堂出台。群英竞技，精彩纷呈，给人留下了花团锦簇般的记忆。

从学生会文化部长张瑞刚热情的介绍中，我对本届大赛有了一个宏观的把握：报名参赛者近百人，进入决赛的选手是20名，其中男生16人，女生4人，最后评出优秀奖10名，三等奖5名，二等奖3名，一等奖1名，特等奖1名。

丛东宁，特等奖获得者，数学系92级大专班学生，消瘦而沉静，他以一曲《九百九十九朵玫瑰》奋勇夺冠，这个成绩对他来说真有九百九十九朵玫瑰一样的绚烂与辉煌。马上就要毕业离校了，他说："我这两年过得平平淡淡，离开北大之际，还有那么一次辉煌，这给我的生命增添了一段美好的回忆。北大是所好学校，一辈子都忘不了，能在这里读书我非常自豪。"丛东宁的神情里充满了对母校的留恋与感激。我想，每一位行将启程的学子都会像他一样永远怀想着北大的。

丛东宁把歌唱当做自己最大的业余爱好，他说："生活不应太单调，在北大这么活跃的地方，为什么不表现呢？如果有四年，那我年年都去参加。"

93年的十佳大赛他获得了一大片掌声，他因此增加了不少信心，但他并没进入前十名，也许因为他是一号歌手，第一个登台。说起今年的比赛，他觉得自己发挥得比较好。的确，台上的他优雅轻松，大方从容，一如谭咏麟在唱《水中花》。

考古系90级学生郭物，以一曲浑厚而深情的《爱与哀愁》打动听众与评委，获得了一等奖。但他对名次无所谓，他觉得这只是丰富校园生活的一种娱乐方式。他参加十佳赛已经三次，前两次都是三等奖。郭物是个实力型歌手。

他说："唱歌就是抒情，就是情感以歌唱的形式传达。""欧美流行歌曲的发声方式、表达技巧很值得借鉴。"他也喜欢美声，比如发声的方法、运气的方法。郭物又说："名次是一个大致的位置，并不能代表真正的水平。关键是自己唱得好。""最好的评委是观众。"他要"趁此机会谢谢大家的支持"。

曾两度获光华奖学金与三好学生称号的郭物，还曾获校内的书画大赛二等奖，又是系学生会主席，无疑，郭物是优秀的。多才多艺的他挺喜欢专业，他觉得是读进去了，他想考研，他觉得光有本科水平还不够。"以后好好干"，其实，他一直都在好好干。

"完全投入唱的时候，下边的反应一点也没听见。我唱歌的最大特点是全身心地投入。"郭物这么说的时候，我的脑海里又浮现出他在台上演唱的情景来，稳健中有洒脱，激烈中有重心，忘情时，歌声的边缘魅力飞泻，曲落时，余味无穷，回荡空间。

安然是93级法律系学生，这位来自沈阳的小伙子是很有基础的。他小时候就爱唱，高中时曾获歌唱比赛第一名，因此引起音乐老师的注意。高二时，安然的演唱获得了和平区艺术节的一等奖。到了北大，才上一年级他就很忙，与台湾学生大陆访问团交流演出，参加迎新文艺会演、新生文艺会演，去一些高校友情演出，特别是过节，比如国庆、元旦的时候，他是最忙的人之一。

他说："如果有机会，希望能朝这个方向发展。"

他最欣赏的歌手：张学友。

最拿手的歌：《每天爱你多一些》。

他又说："我是在用心唱歌，唱歌特别投入。希望同学们能喜欢我的歌，在以后给我以支持。"

安然这次排名第三，但他"非常不满意"，小伙子只想拿头名，心气很高呵，那么，我们祝他日后取得更好的成绩！

某公司要出盘北大的专辑《未名湖是个海洋》，其中有首老北大人创作的歌要由安然演唱，这一定是他很满意的事了。

俞国强是二等奖获得者，他93年毕业于上海外语学院，同年考入北大，目前在中文系念比较文学的硕士学位。他以本届大赛唯一的英文歌曲跻身五强，他的曲目是《人鬼情未了》。谈到为什么唱这首歌时，俞国强说："我是学英语的，相对来说有英语优势，应该发挥它，另外，这首歌有一定难度。"

俞国强最喜欢的音乐形式是摇滚，他觉得摇滚乐激烈淋漓，能把内心的情感渲泄个够，他认为这与个人的情感经历、生活经历有关。谈到那盘新出的《校园民谣》时，他说："还嫌柔弱，有意掩盖了校园生活中的痛苦、疯狂、激烈的抗争，比如对商业文化的抵抗等等。"他把唱歌当作自己的业余爱好，又希望能有机会上歌厅舞厅唱歌挣点钱。他有机会的。

杨军名列第五，这位二等奖获得者是88级本科生，92年考进亚非所读研。去年他以一曲《我的太阳》获一等奖，雄踞第三，是老歌手了。他喜欢民族歌曲，喜欢奔放热情的风格，所以他带着《长江之歌》来参赛。他说："这种形式非常好，大家都可以参与。不管拿到什么奖，能参与，能为大家唱首歌就很高兴。那天气氛热烈，我喜欢这种场面。"他认为大家在一起乐一乐是很开心的事。

这次大奖赛办得很成功，歌手们都拿出了自己的看家本领。比如社会学系的王小颖，唱的是自己创作的歌曲《起风》；城环系的张旭，唱《红日》一歌时，配备了强劲的伴舞阵容；朝鲜族学生金香月为大家献上的是朝鲜族歌曲《我的心你知道吗?》；藏族学生纳树君献给大家的是藏族歌曲《格桑拉》……

最先登台的歌手分数不容易上去。1号歌手张再华、2号歌手周莉，歌唱得很好，却未能进入十佳。周莉说："今后我再不参加了。"我想，这恐怕得靠她自我调节了，生活大多不是按理想的模式来运行的，连悲剧都常常发生，何况一些不如人意的事情呢？对事情预先持绝望态度，把期望值定为零，也许是个好办法，因为事情的结果总是不会低于零。

大家注意到了这样一个问题：前五强全是男歌手，没有女生，前十佳里也只有一位。就这个问题，笔者请几位同学发表了他们的看法。英语系的周莉心情复杂地说："前五强没有女生，也许是高手们都没来吧。"她又说："适合女生唱的歌太少，尤其是深切动人的歌。"获三等奖的藏族同学纳树君把奖金捐给了希望工程，他谈到女歌手少的问题时说："可能是女同学的参与精神不够，预赛时报名的女生就不太多。"国政系干修班同学刘刚说："社会上女歌星很火，北大这里却不在乎性别角色，这里更注重艺术本身、艺术层次。北大人的欣赏眼光恐怕有它独特的地方，要知道，评委们也是受现场观众影响的。"

校园歌坛，群星闪耀，校园歌手大赛的活动使人们看到了这一领域的北大人的风采。其实，北大人在各个方面都有自己的明星，燕园是一群英荟萃的好地方。

本文刊于《北京大学校报》（1994年6月10日）。

"北大题材"出版为何热了10年?

北大题材的图书是自1998年北大百年校庆时起才成为业内备受瞩目的一大出版热点的。在此之前出版的有关北大题材的书恐怕是相当有限的,乃至是很少的。而自1998年至2008年的这十年间,陆续涌现的北大题材出版物竟然多达几百种。

2008年的五四青年节,是北京大学的第110个校庆日。凡这一天到过燕园的人都会发现,校方在多个热闹处都设置了露天的书摊或新书展台,向过往行人特别是回母校探访的广大校友推销新出版的"北大题材"图书。

就当日我之所见,2008年出版的北大题材新书除我主编的《北大日记》外,还有"北大影响力书系"之《北大之精神》《大爱有行》《北大名师访谈录》,以及《北大影响力》《北大学者思想录》《北京大学图史(1898—2008)》等。其间重点陈列的尤其有"精神的魅力"系列(1~4册)、"北大讲座"系列(计十多种)等等。显然,"北大题材"堪称最近比较热,乃至又掀起了一波不大不小的高潮。

或许，这也是回过头来总结北大题材出版现象的一个良好时机。

北大对读者的感召力实在令人称奇，北大的名头仿佛也由此变得更加响亮。

如果一定要给已经出版的这几百种北大题材图书区分一下大致的类别，则我以为不妨划分为学术、文学、话题、励志等类别。

所谓学术类，自然是那些表现北大学术水准或学术地位的图书。广义地说，这类书应包括所有北大人的个人学术专著，比如蔡元培、马寅初、季羡林等人的学术著作。狭义地说，则只限于书名中有北大字样的图书，比如北大出版社推出的"北大讲座"系列和新世界出版社推出的"在北大听讲座"系列之类通俗学术读物。

所谓文学类，则又可分为个人专著和集体合著（集体合著还可分为诗歌类、散文类、日记类、图文类等等）。个人专著如孔庆东的《47楼207》、张曼菱的《北大才女》、赵鑫珊的《我是北大留级生》、罗荣渠的《北大岁月》等。集体合著中，诗歌类有西渡在20世纪90年代初选编、出版的北大校园诗人作品合集《太阳日记》以及出版于1998年的由诗人臧棣、西渡选编的《北大诗选》，以及朱家雄主编的出版于2002年的《北大情诗》等；散文类则颇多，例如陈平原、夏晓虹编《北大旧事》，陈平原编《老北大的故事》，以及《北大往事》《北大情事》《北大文章》《风情北大》《北大的校长们》《告别青春，告别北大》等等。

所谓话题类，或许应是以探讨和阐释某个有关北大的话题为宗旨的图书，如赵为民主编的《精神的魅力》、钱理群主编的《寻找北大》以及《我心中的北大精神》之类就是围绕何为北大精神来展开论说和叙述的图书。姚树军主编的《北大边缘人》一书是集中描述北大旁听生这一现象和话题的，徐晋如著《清华第一 北大第二》一书是讨论北大与清华哪一个更牛的，邮亭所著的《北大地图》则可算作是作者对北大人文地理的一种解读。

值得一提的还有《圆梦北大》《在北大等你》《凭什么进北大》这类以高中生为目标读者的励志类图书。这类书的内容多系北大学生总结高中学习的心得与经验或讲述参加高考的历练与体会……这些重在实用的文字对于后来者或许真能起到一定的参照和激励的作用。甚至王文良所著的《北大毕业等于零》也可以归为此类（职场励志类）。

热销不衰的"北大题材"展示了一个性情化的北大形象。

而我以为，在十年以来热销不衰的"北大题材"出版物中，最值得我们记住的具有开创意义的好书中尤其少不了以下几种：

一是有关北大题材的滥觞之作：《精神的魅力》。这本由众多北大人集体撰写的文章合集出版于 1988 年，内容大致是作者们抒写的对北大精神的理解和阐释，对燕园诗化生活的回忆与怀念，等等。这本基调和品格都令人称许的书自出版后，口碑似乎一直很好，也难怪在 1998 年北大百年校庆时再版重印了，乃至在后来还推出了多本后续之作。事实上，之后出版的北大题材图书恐怕大多都直接或间接地受到过《精神的魅力》一书的启发和影响。

二是真正开启了北大题材出版热的《北大往事》。这本出版于 1998 年的北大百年献礼书之所以畅销，我以为一是因为北大本身固有的内涵和魅力，二则因为赶上了北大百年校庆——其时的校庆活动可谓空前盛大，比如江泽民在北大百年庆典上作重要讲话，比如明星云集的校庆文艺晚会在未名湖畔隆重登场……无数媒体对北大的轰炸式报道终使"北大题材"受到青睐，乃至形成为一大热点，而且门类和品种都很丰富。

三是我主编的以展现北大人 100 年来的情感历程为内容的《北大情事》。应该说，出版于 2000 年 1 月的《北大情事》的角度在当时显然是奇特的和令人耳目一新的，或许是为读者集中展现了一个以往通常被忽视的青春的、真实的、世俗的特别是情感化的和性情化的北大形象。

四是出版于 1999 年 1 月的《在北大听讲座》之第一辑。这套陆续推出的丛书至今似乎已经出到了接近 20 种，其规模堪称可观。策划人陈子寒似乎不但靠这套书获得了相当的利润，而且借此使北大作为百年学术重镇的伟岸形象，得以在广大读者的心目中变得更为清晰、鲜明和亲切了。

总而言之，所有的这几百种书，大多都有着独特的角度和有趣的书名，在北大题材掀起的出版热当中，它们或集群性地登场，或东一本、西一本地亮相，或热销，或表现平平……可无论怎样，它们都可谓为读者提供了新的"北大经验"。

本文刊于《中国图书商报》（2008 年 5 月 10 日）。

"北大情爱三部曲"的意义

　　《北大情事》《北大情书》和《北大情诗》，是由我主编的一个关乎北大、关乎爱情的系列。借着这个机会，我愿意把这三本书归结为一个整体，并初步命名为"北大情爱三部曲"。

　　在三年多的时间里如唐·吉诃德的行事风格一般依次地编完了这三本书之后，又如哥伦布般郑重其事地宣布了一个什么"三部曲"，这样的言行，让21世纪的人民群众不笑话我是没门了。但我却不会在意，笑就笑吧，只要大家开心就好。我想，这三本书中的每一位作者恐怕也不会介意，因为他们可能意识到了：这几本书即便流传到了鲁迅所提到过的25世纪，大约也是有用的。那个时候的人民群众，完全有可能会通过这几本书来研究四五百年前的"祖宗"们是怎样那个的，甚至他们还可以通过挖掘这几本古书的潜能来"滋养"青春。

　　坦白地说，编这个三部曲，绝非刻意为之，不过是一个又一个偶然的机缘巧合，最多也就是兴之所致吧！用古话说就是"无心插柳柳成荫"吧，"无心插柳"是没错的，至于"成荫"了没有那就是后话了。总之，当现在再回过头来看时，我却不免要感叹了，唔！正好可凑成一个系列耶！这也该算是有点"酷"的一件事了吧？那就把它们捆成一串三部曲赶紧发布一下吧，管他哥伦布不哥伦布呢！

如果说这也算做成了一件事的话，则显然是大家齐心合力的结果。在此，我要向三本书的100多位作者表示衷心的感谢了，感谢你们为人类的情感问题以及与此密切相关的幸福问题所作出的杰出贡献。

我想，这个"情爱三部曲"，除了对全人类所具有的普遍意义之外，对北大来说，应该是更有其相应的意义的。

北大一向以思想、文化、学术之重镇著称于世，北大的形象是庄重的、博大的、巍峨的，甚至是神话一般的。可事实上呢，北大绝不是须仰视才见的高高在上的神话，即使有这样的帽子，也不是现实，而只是一种印象。毋庸讳言，北大既在风起云涌、变幻莫测的20世纪拥有难以重拾的历史辉煌，又在当代中国拥有相当的现实影响力，乃至享有重要的话语权和感召力。因为这些，北大给一部分人的印象就难免是巨大的、须仰视才见的，甚至是被神话了的。

但我们却绝不能因为这种印象，就认可北大为一个新的神话，事实上，北大的形象再怎么光辉，再怎么灿烂，也不能改变这样一个事实，即：北大究竟还是一所地球上的大学，具体的位置，乃在中国的北京，乃在北京的西北角，乃在海淀区的中关村，乃在圆明园的南边；北大究竟不在蓬莱仙山，不在海底龙宫，也不在西天灵山那三界之内的极乐世界，更不在被美国所看好的太阳系中的月球、火星上面，更不在任贤齐、张柏芝主演的爱情片《星语》里所涉及的北极星那样遥远的天体上。说到底，北大只是中国的一所高校，一所最响亮、最有品牌、最令人注目的高校。

没错，北大是名家云集、英才荟萃的北大，是"勤奋、严谨、求实、创新"的北大；可我们还要看到，北大其实也是柴米油盐、人间烟火的北大，也是青春汹涌、情爱充盈的北大。北大人也绝非由特殊材料制成，他们和所有的人一样，由血肉构成；他们也有七情六欲，也有悲欢离合。

我想，奉献给读者的这个三部曲，应该是把北大世俗的、青春的、真实的方面呈现出来了，应该是把北大人的性情化、情感化的一面集中、突出地展示出来了的。初衷绝非是为了消解北大这个印象中的当代神话，但现在看来，还是起到了消解的作用的。我想，这个"情爱三部曲"显然是完善了北大在社会公众心目中的形象的。北大在国人的心目中，理应是一个全面的、日常的、活生生的、可以亲近的北大。难道不是吗？

"北大情爱三部曲"包括《北大情事》《北大情书》《北大情诗》，本文为本书作者为这三本书于2006年以丛书的形式再版时所写前言。《中国经济时报》《中国书报刊博览》《出版人》曾转载该文。

第二辑

追梦路上的咏叹

让生命顶风而行

在北京生活的人都知道，北京是个多风的城市。而生养我的南方家乡，则是个很少起风的地方。

这个春节，我回到南方过年，滞泊了一周，短短的在家的日子，很放松，很惬意，甚至有些慵懒。长时间的漂泊，长时间的奔走，我感到征程中的劳累长久地捆绑着自己，久违了，在家的日子。

记得那年秋天初到北京，我去游颐和园。船在昆明湖上行，并不快，但迎面而来的风却很急，哗啦啦的，那么好的阳光灿烂的秋日，我头发飘飘，衣襟翻飞，脸给吹得生疼，北京的风留给我难忘的第一印象。

谁知道，这第一次的顶风而行，恰恰成了我日后在北京生活状态的象征。风从许多方向吹来，不放过我任何一部分的肌体。对我来说，这风可不是"浴乎沂，风乎舞雩"的风，北京的风使我感受到阻力，并反衬出我抗风前行的坚韧。北京的风是如此频繁，像我们一路上遇到的大大小小的困境一样。但是别无选择，既然生活在北京，这风的城市，那就要与风抗争，与风中的命运抗争。

比起南方家乡,北京冬天的风可谓寒冷刺骨,但我不得不在每天清晨骑了车匆匆赶去上班,天天被风吹得鼻翼冰凉,耳扇麻木,两只手掌在似有似无间。尽管这种彻骨的冷风我已领教好些年了,可我总也不能习以为常。

因此我不喜欢北京的风,连同其他季节的风,因此我渴望风静的日子。北京的风若能静下来,这座城市里的生活将更怡人。风静的日子,城市无风,都市里的人们舒展得像洒脱的飞鸟,一群一群掠过蔚蓝的天空。

一个外地人在北京的生活,叫漂泊,生活多少年,就是漂泊多少年。故乡是根,无根的日子,像浮萍,总在风浪与动荡中流转,不能安稳。我知道许多人像我一样,在这个城市里游走,疲惫、持久而自信。对于这批新生代的人群来说,风静的日子恐怕只能成为一种理想生活的象征。

风静的日子,是故乡的日子,是在家的日子;风静的日子,是身心的安详与宁静,是梦想中的精神家园;风静的日子,是乡愁,既是恋乡思故,更是对返璞归真、对平静生活的向往:不再绷紧了自己的经脉和时间,充分地放松自己的肉体和精神,就如走在故乡的小路上,暖暖的阳光照着悠闲的你,此时,风已停息,万物远去,仿佛高出尘世。

我清楚地知道,风静的日子真的只是一种理想生活的象征。北京的风总在吹刮,这人群总也在风中,我不能奢望风静的日子,只有一任强韧的生命顶风而行。

本文刊于《中国青年报》(1997 年 2 月 28 日)。《青年参考》(2013年 11 月 13 日)曾转载此文。

品　茶

咖啡、牛奶、可乐、健力宝、矿泉水……现在的饮料真是多极了，可说到底，中国最大众化的饮料还是茶。中国是茶的故乡，中国人饮了4000多年的茶，饮茶的传统可谓源远流长。止渴生津，去火醒酒，开胃提神，清心怡情，茶的好处何其多。

茶传到日本，日本便发展出了"茶道"。在中国南方的城市里，广东人早就有了喝早茶的习惯。苏杭一带，茶事也颇兴旺。至于北京，走大众化路子的前门大碗茶也很有些历史了。

北京近年陆续出现了一些茶馆、茶驿、茶庄之类，这大体可与酒吧、咖啡屋归作一类，茶庄品茶，当然也是很好的一种休闲方式。人们从忙碌的都市生活中脱出身来，与二三友人茶馆里坐下，慢饮细品，闲聊清谈，茶香缕缕，何其放松！

饮茶是一种文化，茶馆的经营者们深谙此理，他们把茶馆布置得古朴典雅，再配置了情调雅致的茶具，甚至向茶客们推出了风情万千、古韵幽幽的茶艺表演。在这样的氛围里饮茶品茶，自然是极好的享受。在这里，你能细细地体味茶文化的古雅和温情，进而体味到我们民族文化的博大恢宏与精致典雅。我们的传统文化、茶文化具有一种天然的使人宁静淡泊、使人恬恬静美的力量。茶馆里坐坐，定会生此感悟：茶文化是中国传统文化中不可多得的经典。

酒吧的功能与茶馆近似，可算是西方的茶馆。酒吧在当下的都市里正是人们的休闲热点，可终归是西方的东西，引进的情调。茶馆的优势在于，它是一种纯粹的本民族的东西，有一种道家的清幽在里面。只有在我们的本土，才能做得地道，做出品位。茶馆里坐坐，无疑是当前种种休闲方式中最中国最民族的一样，仅此一点，对人们的吸引力就可以想见。

得闲了，不妨去近年兴起的各种有格调的茶馆、茶庄去坐坐。对了，还有一家茶院，最近在北京西北郊外的金山上初告落成。茶院是就着寺庙装修的，品位很高，山间高处，清幽院落，更有一番品茶的意趣。

鲁迅先生曾说：有好茶喝，会喝好茶，是一种清福。品茶既是享清福，那就得有点讲究，不是在家里胡喝痛饮，得找个雅致的去处幽幽地品。中国的茶品种上万，有红茶、黑茶、白茶、黄茶、绿茶、乌龙茶等六大类，各类茶又分多种档次，其中极品更是上佳饮物。品茶就要选茶，从无数种茶中选择了喝，要从色、香、味等方面细细地去体会茶、感觉茶，以至于能辨别茶。所以说，品茶是一种艺术。

不过，既是休闲，也就不管艺术不艺术了，重要的是放松，重要的是那份情调。在浅茗悠品的当儿，不知不觉忘却了身外这个喧闹的城市，消解了全部的烦躁与疲惫，沉浸到茶的境界里去。

本文刊于《光明日报》（1997年4月6日）。

月饼里的故乡

又到中秋了，每年这个时候，各个厂家的月饼就争先恐后地涌上了市场。虽然我不知道它们的总数到底有多少，但我想，五六个亿总有吧。中国有十几亿人，就算每人只吃一个，这个数字就不得了。当然，没长牙的婴孩以及落了牙的老人大约是不能算作消费者的，再把其他的因为牙疼等原因而没能吃上月饼的同志算上，怎么减也得剩个五六亿吧，最少最少，一两个亿总有吧。总之，中国市场上月饼的个数是一个可怕的数字。

这么多月饼全簇拥在中秋节前后这几天，其景象之壮观应该是不难想象的。月饼商不说是相互间大打出手，争妍斗艳、互相攀比却是实在难免的。从原料到制作工艺，从外形到包装、价位等等，来自祖国各地的月饼商可谓是竭心尽智、不遗余力。月饼们也很配合地不断地变幻自己的身形与内存，以期在激烈的市场大战中为月饼商瓜分到多一些的份额。

没错，一年又一年，物质的月饼总在不断地求新求变，花样翻新，它们无奈地被商业所驱使。可是，精神的月饼却是不变的，月饼所象征的那一份美好的含义不会随着时间的流转而改变。

古往今来，中华民族把亲人团聚的美意寄寓在了这小小的圆圆的月饼之中。每年八月十五中秋月儿圆，一家人总是力求聚坐于清朗的月辉下，共赏一轮千古月，就着月饼话桑麻，叙亲情，尽享人间天伦之乐。而滚滚红尘间，那远走四方的他乡游子，却只有一腔思乡的愁情袅袅摇曳。每年中秋佳节，游子们或独守一轮明月，或群集纵欢，食用的月饼当然也成为他们念亲恩、思故里这样一种情绪的载体。

而我，也正是这众多游子中的一员，屈指一算，客居京城的时间竟已近十年。我总是在他乡赏月，在异地享用那风味总也不同的月饼。有时候，是和一群老乡在未名湖畔复习家乡话，有时候，是和同学们在宿舍里高声谈笑，有时候，是混在学校或单位那联欢的人群里躲避那其实无法躲开的乡愁，更有这样的时候，一个人骑着车儿在夜色里的大街上狂奔啸歌，一个人蜷缩在斗室里写诗、吸烟乃至埋头大睡……

实际上，我已不大能记得清那些既逝的夜晚了。我只觉得那些夜晚与那些不断变幻的月饼一样，留给了我各种味道的月饼香，仿佛在不同时候感觉各不相同的故乡的气息。

这么多年，我一直远离着故乡的中秋佳节，我多么渴望能有机会弥补一下这个遗憾。可生活是这样纷繁而嘈杂，我总也没能遂了心愿，我只能徒然对月，空自怀乡。

而今年的月饼也一如往年地纷至沓来，不计其数。我终于明白，有多少月饼，就有多少游子，有多少月饼，就有多少念着"慈母手中线"的赤子。

本文刊于《中华新闻报》（1998 年 10 月 5 日）。

周游首都文坛

"金世安手执教鞭，在黑板上敲敲点点。在他唾沫横飞的某一个瞬间，敞亮的窗外传来一声遥远而巨大的、沉闷而颇具魅力的轰响，像一颗重量级的鱼雷在大洋深处爆炸，隐远幽深而又深入肺腑。"

这是我的中篇小说《持枪逃离靶面》开篇第一段，这部五六万字的中篇小说是我在 1994 年 1 月到 5 月写成的，其构思则始于 1993 年年底。小说写完后，我在手里放了一个多月，目的是想让自己冷静一些，让创作过程中的激情以及可能产生的过分自信沉淀下来。在重读之后我终于认定这不是浮躁之作，确实是艺术大于情绪、大于急功近利的作品，于是我满怀信心地投起稿来。

1994 年 7 月初，我把厚厚的手稿送到了《十月》，这是一本在全国都很有影响的大型文学刊物。接待我的编辑老师彬彬有礼，给人印象很好，但我没想到，4 个月之后，我的小说仍躺在编辑部没人审阅。

11 月初我去编辑部把小说拿了回来。我知道，这种大刊物来稿量相当大，关系稿名家稿也很多，编辑们看不过来，我这种无名小卒自然得往后站了。

我把小说转投到另一家在京刊物。我没敢往上海、南京、广州等外地刊物投稿，万一没采用又不退稿，我的手稿恐怕就会弄丢。记得我走进楼上那个编辑部，见到了一位一米八几的大个子。听了我的来意之后，这位编辑先生说："你先放在这儿吧，我看完了再作答复。"这位先生神情淡漠，谈话间了无热情，没聊几句我便告辞，还是别耽误别人的时间吧。我想，但愿他是那种外表冷漠、内心火热、工作很认真很负责的人。

我回到学校，不安地等待结果。等了几天，觉得还是写封信谈一下写作意图、作个自我介绍的好。可就在寄出信的第二天，我就收到了退稿，从投寄到收回手稿正好一个星期，真快！我不知道这位编辑是否认真看过，不过，我可以理解，一家大刊物来稿量巨，看稿匆忙一些草率一些恐怕难免。我安慰自己：你应该把自己的小说假定为很糟糕，根本不可能发表，若是刊载了，倒是个意外之喜，对事情不抱太多希望乃至持绝望态度，这样你就不会失望太大，你就能够平平淡淡从从容容地生活。

我把小说《持》送到了公安部主办的《啄木鸟》杂志，听人说，我的这种与部队相关的小说与公安部的刊物可能投机一些。

12月中旬，我收到了该刊的一封信，薄薄的，我想，不是厚厚的退稿，是采用通知吧？要不就是修改通知？我不禁有些兴奋。拆开信来展读，我莫名紧张，却见：

风静先生，你好！

拜读完贵稿，感觉故事结构不错，文笔也较好，对事物的观察与认识也有独到之处，故事本身也有可读性，可是遗憾该稿不宜《啄木鸟》刊发。本刊是公安部办刊物，公安、军人的形象一定要是正面的、光辉的，你写的这个故事本应看作是偶发事件，但也不宜例外，这大概是客观标准，办刊人员是要遵守的，所以，我们只能遗憾地退稿。

你有较好的功底，欢迎以后为我们写公安、法制题材的稿子。

感谢你对我们工作的支持。

过几天你会收到退稿的。

我读了信，又欢欣，又沮丧。欢欣的是，这位编辑对我的写作给予了充分的肯定，且在百忙中抽出时间写了一份中肯的审稿信来，要知道我们是素不相识啊，我很幸运了。我想起前两个中篇的命运来，1993年七八份写的中篇《果实坠落》有七八万字，投到《当代》，两个多月后我收到了退稿，附了一封铅印退稿信，信上没有评价小说，也没有署名，谁审的稿也无从知道。1993年3月，我写了个3万多字的中篇《坚决执行命令》，结果一去不返，数月后我打电话给在京的这家编辑部探问，回答是未被采用，而且，手稿也弄丢了。而《持》的命运好多了——收到了编辑部老师的亲笔信。我意识到这个小说有点让编辑扎手，题材有些敏感，要发表恐怕很困难。

可我反而复印一份，自信心使我决心继续投下去，一家一家投，周期太长，一稿两投有其合理性，万一被同时采用了，推掉一家就是。问题在于能有一家采用吗？我把一份送到《人民文学》，另一份送到《中国作家》。我想，这两家高级别刊物应该是最注重作品本身、艺术本身的，其他因素对它们的影响恐怕不太大。

其实，我的小说并没有出格，最多只能算是打了个擦边球，而且是无意的。我写的是"误解"，因为"误解"，我看见平静的生活掀起波澜，当我目睹多了，就有一种表达的欲望在我内部奔涌。而我选择的道具是80年代初军人追捕逃兵这么一个故事，我的这一选择纯系偶然，却不想小说因此显得有些扎手了。

1995年春天，我开始打电话问结果，先给《中国作家》打，审稿的郭编辑说："写得不错，语言、结构、内涵都表现出了相当的实力。在自由来稿中，你这部小说是比较突出的，我这关过了，已经送二审了。"4月，我给《人民文学》打电话，审稿人答："再放一放，我再看看。"

5月下旬，我又打电话到《中国作家》，郭编辑仍很热情，他说："巧不巧，我正和领导谈你的小说呢，你就打电话来了。"他说："凭我的直觉，你以后能成功。小说这个东西也是讲天分的，有些人写了一辈子小说也没成，不过，你是块料。好好写下去吧，一定要坚持，以后有稿子，欢迎往我这里投。不过，你这篇小说没过终审，不采用了，主要是题材的问题……"

虽然又失败了，我还是很高兴，因为这位编辑老师已看中了我的小说，只是因为艺术之外的别的因素导致了投稿的失败，虽然艺术上还必须向上迈进，毕竟作品已具实力，这使我欣慰。而这时，《人民文学》的结果也出来了，同样是落选。

我于是上图书馆查阅期刊，我看到了《新生界》杂志。该刊编辑部主任刘恪本人就是写小说的，而且挺先锋，就寄给他吧，他审准没错。

转眼放暑假了，我在这个暑假要上一家杂志实习，其他事也不少，但我决定先去《新生界》。运气不错，刘恪在，房子里人很多，在打包，"嗯，是收到过这么篇小说，可一直很忙，还没看呢。"他翻箱倒柜，找出了我的《持》，他边翻边问了我的情况，然后说这样吧，你去院里待半个小时，我在这里看，看完了，再和你谈。我都当了十多年的编辑了，你放心，要真是好东西，我不会漏掉的。

我转悠了40分钟，刘恪主任已经审阅完毕。他的长篇力作《蓝雨徘徊》刚发表不久，先锋已极，被许多人看好。这位先锋小说家个子不高但很精神，他就这样在阳光下说开了："一个作者能否成为一个作家，最重要的一点就是有没有艺术感觉，对语言、对叙述敏感不敏感，如果没有，再努力也成不了气候，这是一个前提。我看你这个小说，觉得你有。第二点，你对小说结构的把握，整体上的控制做得比较成功。写得很沉着，你这篇小说是成功的，但还可以写得更好些，比如说最好能写到八成，你呢，只写到了六七成，还可以再努力。说到这里，我要说，你的稿子我们拟不采用，你这个题材比较敏感，我们不能不考虑。"我仿佛预知了结局，他告诉我的似乎是在意料之中，我非常平静，平静如水。刘恪主任谈文学谈得花开花落，我们似乎成了跨年龄段的朋友，他鼓励我："先写些短篇，如果好，我这里可以发。"终于我们分手，各自奔进不同的人群忙去了。

我夹着小说稿回去。都一年多了，小说写成有十几个月了，《持》在首都文坛许多家刊物周游一圈，又回到了我身旁，还是老样子。

海子诗云："我要做远方的忠诚的儿子/和物质的短暂情人"。我庆幸他写下了这座右铭似的诗行，这是所有从事精神层面、理想层面事情的人的榜样，这是所有要在这个时代的喧嚣中坚守的人的真正品格。

我知道自己不会放弃，我会不停地写下去，让语言的光芒覆盖我吧，而我在底下将永远不停地说：透过这大片的光芒看到内部去吧！只有这样，我们才能沟通，才能发生真正意义上的碰撞，才能思考得更深刻一些，表达得更智慧一些。

本文刊于《农村青年》（1996 年第 2 期）。

保持距离

　　现代生活使人们在心理结构、内在状态上都发生了深刻的变化。从人际关系上看，变化是深层次的，表面看，人与人之间还是那么亲近、和美，但人们本质上的单纯、无猜、朴实、淳美大多时候已经成为了一个原初的理想，仅供人们在返璞归真的梦里去回忆、重温。现代社会，人与人之间若近若远。

　　现代人很注重自己的独立性，相应地，也就要有仅属于自己的空间，也就要有一定的距离。人要活得舒坦自如，就要拥有不受他人侵犯的独立空间，它包括物理空间和心理空间。一旦生存空间受到侵犯，人就会感到不安，有受到威胁的体验。人有自我保护的本能，因此他努力捍卫自己的空间，而最好的方式则莫过于是与人保持适度的距离，哪怕是最密切的人。

　　保持距离，让接触的双方有较大的机动余地，不致激烈碰撞。即使碰撞不可避免，甚至双方因此关系破裂，也会因了这份距离，将相互间的伤害减小至较低程度，不致留下严重的后遗症。既坚持原则地维护自己的生存空间，又明智地约束自己，不在有意无意间践踏他人的领域，这样，才能在生活中游刃有余。不懂得这一点的人，恐怕会把别人保持距离的态度看作是圆滑。我想，现实地面对生活的人是不反感这种圆滑的。这种圆滑不是明哲保身，不是事不关己高高挂起，而是人际关系中的润滑剂。

保持距离与爱心、美德、乐于助人并不矛盾，一旦你陷入困境，没准与你朝朝暮暮的人离去了。倒是那些平日与你有一定距离的人来到你身旁，帮你一把，待你走出困境，他们又悄然回复到各自的轨道上，当初保持的那份距离依然没有改变。又比如，为什么和有的人朝夕相处但并不是朋友，而和有的人一面之交一次倾谈倒会成为朋友呢？我相信，这里一定有"距离"这个东西在起作用。

萨特曾有一句名言：他人即地狱。中国古谚云：防人之心不可无。这两句话都来自对生活的深切体验。我们当然要看到这个世界温暖而光明的主体，看到人类的爱心，但我们在某种意义上也接受乃至承受前两句话，因为我们忽略不了黑夜和阴影。

生活中的你有时会很孤寂，憋得心慌，有强烈的向人倾吐的欲望。但在倾吐时，你要掌握好度，在某些场合、某种情况下，有些话尽可以说，有些话却不能说。生活并不是按理想的模式来运行的，生活的疼痛以及或大或小的悲剧往往就产生在无意的放任的言谈中，所以，你要明白相交相谈的分寸。这样立身处世，总有一根弦绷着。也许有人说这样活得累，但我要说，这也许无形中给您减免了更多的累。如果有人说，这种姿态太有"城府"，那么，让他说去吧。需要做的是，该坦白爽快的坦白爽快，该"城府"该少言的就"城府"一点，少言一点，并且让这种自我的约束尽量自然、不露痕迹，免招庸人言长议短。生活不是教科书上的生活，而是复杂的现实中纷纭莫测的生活。北岛在诗中大喊："我不相信！"这其中包括对人的不相信。不是我们不愿意肝胆相照、袒露无遗，而是发展到今天的人类社会现实使我们不得不产生怀疑，因此我们相对的关门，用一种近乎冷峻的距离感来"圈地"，保护我们自己以及简洁我们自己。人际关系在很大程度上类似于国际关系，处理国际的和平共处五项原则几乎完全适用于人际关系。比如平等、互相尊重、互不干涉内政等等。一个人以此五项原则与人交往必定会拥有良好的人际关系，于人于己都其益莫大。

著名作家梁晓声在一篇题为《访法散记》的散文里谈到人际关系，他的体会是：法国人比较洒脱，人与人之间互相尊重，互相维护对方心灵的独立性，人与人之间存在着一种礼貌的距离。梁晓声说："我们大多数中国人好像不懂得这一点。"

每一个人都有自己的乐土、自己的芳草地，每一个人都有自己的网络、自己的朋友圈。只要没有恶意，基于种种考虑而隐蔽自己的姿态应该得到谅解和尊重，深知生活滋味的人都知道这种谅解和尊重是有境界的人的表现，也是关系双方保持良好关系、保持和谐无猜的必要。另一方面就是，当今人们的特点是交际面广，自己的事忙个没完，没有更多的时间来进行更深的交往。如果你也是个大忙人，你就会理解对方，因为你也同样如此。

生活中的沉重已经太多，让所有的人包括你自己都活得洒脱一点宁静一点简洁一点吧。生活中人与人之间的是非纠葛恩怨连理是整个人类的内耗，消减它、切除它，让人们在生活的阳光里少添些烦恼多些静美的笑容吧。

本文刊于《农村青年》（1995 年第 5 期）。

境　界

国学大师王国维在他的名著《人间词话》里谈文学："词以境界为最上，有境界，则自成高格。"他还提出了治学的三个不同境界，第一境界："昨夜西风凋碧树，独上高楼，望断天涯路"；第二境界："为伊消得人憔悴，衣带渐宽终不悔"；第三境界："众里寻他千百度，蓦然回首，那人却在灯火阑珊处。"

墨西哥大诗人帕斯在写作中也体会到了境界的不同，他说："真正的诗人是无我的。"这是大师的境界。

治学、写作有境界，做人处世也同样如此。

庄子在《逍遥游》中说："至人无己，神人无功，圣人无名"，以雷锋的品格可算是"至人无己"了吧。庄子说的实际是人的境界问题。他认为能忘却自己和一切外物的人的境界是最高的；不为功利所累者居其次；不苦索名位者再其次。在今天的生活中，我们说一个人有境界，那是说他的品德、思想上有一定高度，为人处世上有一定修养。有境界的人，在生活经验上都有相当积累，在茫茫人海中奔走，在如烟世事里穿行，历千山、涉万水，可谓是什么样的人和事都领教了。他对这个世界有了全面而具体的把握，而后他才能超越尘俗、提升心性，以一种高姿态来俯瞰、观察万物，这样的人境界上才能居高位。

在老子的哲学中，"圣人处无为之事，行不言之教，万物作而弗始，生而不有，为而不恃，功成而弗居"。圣人不是什么都不做，而是做事顺应自然、不背离本性，这实际上表明了老子的明智与练达。老子认为高境界的圣人是任凭万物发展而不强为主宰，生养万物而不据为己有，推动了万物发展而不自恃，功成名就而不居功自傲。在这字里行间，我们看到了老子的智慧与通达，他心胸宽阔，淡泊名利，他谦逊礼让、美德一身。

弗洛依德的学说提出了"本我""自我""超我"三个概念。"本我"奉行唯乐原则，凭着天生的本能，按照最原始的、与生俱来的欲望行事；"自我"奉行唯实原则，是"现实化了的本能"，以理性行事；"超我"是道德化了的自我，他努力达到的是完美而不是实际或快乐，是理想层面的人格。弗洛依德认为人有这么三种人格层次，且三者经常并存于一个人身上，在这种内在人格的相互斗争中，人因此显得极为复杂。这实际上是三种做人的境界。

在日常生活里，我们不难见到许多浅薄者和浅薄现象：趾高气扬、夜郎自大；哗众取宠、做事张扬；好为人师、喋喋不休；没有自知之明、言行失度；以自我为中心，不顾念他人……几乎所有人性的丑陋之处，都可列入其中。儒家说"修身齐家治国平天下"，可见治理国事也要从修身、提高自身境界做起。

有境界的人，能始终保持着谦和平易，从不自夸；有境界的人，脚踏实地，人未言而事已毕；有境界的人，善于启迪他人，却不以师自居；有境界的人，言行有度、分寸得当；有境界的人，不逐虚名浮利，即使入世求索上进，也一路留意，从不践踏别人，从不掠美，不把别人当梯子使。他只专心一意，凭着自己的实干与汗水来浇灌果园。有境界的人，能像范仲淹，居庙堂之高，则忧其民，处江湖之远，则忧其君；能像苏东坡一样旷达，穷则独善其身，达则兼济天下。有境界的人，出得世，也入得世；他可以心游万仞、精骛八极，更可以在凡尘间应对自如。他既可以迎来送往，胜友如云，高朋满座，更可以一人一盏，孤灯残夜自守。他既可以入世如岳飞，壮怀激烈，八千里路云和月，也可以躬耕垄亩如陶渊明、南阳诸葛，信奉淡泊以明志、宁静以致远。高境界的人，如古典的芳香，其气奇高；如青峰入云，须仰视才见。

有境界的人，也是有个性的人。他不唯唯诺诺、随波逐流，也不自以为是、唯我独尊；他有自己的主张，并能在最适宜的时候端上桌面，他有自己的原则，并能在关键的时候坚定地展现出旗帜。有境界的人知道沉默是金，面对无礼，沉默是有力的回击，沉默是能量在积聚，它的后面是爆发。有境界的人，小事糊涂，大事清楚，无谓琐事一笑置之，但若事关重大，则其气凛然，必据理力争。

往往是那些风雨兼程来到我们眼前的人，往往是那些从苦难中破土而出的人，他可以像智利诗人聂鲁达一样说：我曾历尽沧桑。他被冰雪封埋过、被大火焚烧过，可他始终保持着天然的高洁、善良与美，始终保持着艾青《鱼化石》一样的情怀。历尽沧海桑田，饱看人间世态，因此对世界，对生活，对自己认识得更深刻，把握得更准确，故境界奇高，其人似仙。

本文刊于《农村青年》（1996 年第 8 期），后节选发表于《北京日报》（1997 年 7 月 31 日）。

理想和现实

　　理想大抵是美丽的、超越的。它使我们憧憬，使我们心有所念，使我们心中有太阳；它让我们企盼，让我们望见远方的美景，让我们心中有方向。虽然理想往往免不了是虚幻的、缥缈的。

　　现实则常常是琐碎的、庸俗的。它挤压我们，使我们窘迫；它刺激我们，使我们反抗；它抽打我们，使我们疼痛。因为见到世事不公正义不举，我们愤怒；因为感慨命运无常前途莫测，我们忧虑。

　　理想比之于现实，当然是轻的、浪漫的、美好的。理想在遥远的地方设置天堂，对现实人生构成巨大的诱惑，它以非凡的魅力和能量牵引着人们前进，使前行者有信念、有勇气，并决心去征服一路的困厄与艰险。流沙河诗云：理想是石，敲出星星之火；/理想是火，点燃希望之灯；/理想是灯，照亮前行的路……诗人对理想的一连串暗喻和状写可谓形象、摄魂。应该说，理想是可以给人带来希望的，理想是可以用来为现实人生照明的；但理想不应用于自我陶醉自欺欺人，理想不应是逃避现实的避难所。理想，作为人生的指南针，需要我们用整整一生来把握；理想，作为一轮耀眼的太阳，需要我们以向日葵的痴情紧紧追随。

现实比之于理想，自然重一些，并且多了一些冷漠、坚硬，甚至是残酷。现实以自己的重量使那些向上张扬的枝条向下弯曲，使那些飘浮的梦想回落大地。现实是很残酷的，它不相信眼泪，它常以铁的手腕使人们妥协，使人抛弃幻想，使人在屡屡碰壁之后清醒起来，冷静起来，严峻起来。现实的残酷性在于它的以强凌弱和以富傲贫，在于它的优胜劣汰、适者生存的游戏规则，在于它的"顺我者昌、逆我者亡"的冷铁意志。从悲观主义哲学的视角来看，现实千真万确就是这样的。但是，我们决不能因此就躲藏，就逃避，无论现实究竟是怎样，我们都必须正视现实，最好是高擎理想主义的大旗直面现实。就像诗人食指始终"相信未来"的那份坚定一样，现实再糟糕，再怎么不尽如人意，我们也不能放弃。

如果把现实比作大地，那么理想就是天空，而人类，就生活在天地之间，而我们每个人，就生活在现实与理想之间。理想也有雅俗之分，远大的理想固然令人赞佩，却没有理由嘲笑平实老百姓的理想。实际上，做一个普通人，过一份属于自己的普通生活，很可能是人生的一种大境界，类似于"秋叶之静美"的状态。

茫茫人海，芸芸众生，平凡的人生实在太多，平庸的人生实在太多，这也是没办法的事。事实上很多人并不甘于平凡，从古到今，头脑发热地追求伟大的人很多，而严肃认真稳打稳扎着要伟大的也不在少数。但理想一旦远大到这般地步，他们中的绝大多数就难免会要失落，这是注定了的。尘世间大部分人还是郁郁不得志的。

不得志者并非无才无德，在许多才智平平者中，在许多眼高手低者中，许多潜质优秀的人像沙砾中的珠宝一样被掩埋着，因为种种原因，他们终于没有能够脱颖而出，这是令人遗憾的。或者是因为命运、机遇没有垂青，或者是因为火候稍欠坚持不够功亏一篑，或者是因为突然的外力击落了他已经或即将到手的成功，总之是与成功、辉煌擦肩而过了，总之，表面上看起来便是平凡的甚至平庸的。

重要的是，不能因为不得志就消沉，就玩世不恭，正确的态度是继续保持积极向上的精神风貌，要有一颗平常心，要葆有健康的心态和从容的风采，在平静的生活中用心去体味：平凡的人生同样是一种美，甚至是一种大美。

谁在现实与理想之间游走，挫败与成功就必然会是他的主旋律，对于他的艰辛努力，命运之神有时赐之以福，有时则摔他一跤，实现一个有价值的理想并非轻而易举之事，所谓"百炼成钢""失败是成功之母"也。有理想有抱负却终未如愿怎么办？很好办，服从现实，并从现实的情形中找到积极的意义，找到自己新的切实的定位。

当然，理想转变为现实的情形还是多一些、再多一些吧，这是大家所希望的。有一个办法就是把理想分解成一个接一个的阶段性目标，一步一步来，成功的欣慰感肯定就会多一些。甚至只是有一些世俗的很实用主义的"理想"，比如一年挣多少钱。几年内攻下一个什么样的学位，什么时候办一家公司发展到什么规模之类。大的社会理想逐渐被小的个人理想所取代，这可能是一个趋势，只要人类没有失去大的社会理想，这就未必有什么不好。正是有了无数个人的计划、目标的实现，人类的生活才可能日渐改善起来，大的社会理想才会离我们渐近起来。

本文刊于《农村青年》（1999 年第 9 期）。

关于名人

　　稍加留意，你便可发现，如今各种媒介——报纸、杂志、广播、电视，都在报道、挖掘名人。你会发现自己绝对处在一个名人满天飞的世界里。

　　名人，是就其广泛的知名度而言的。后现代主义的反英雄、多元化的思想渗透进社会结构和大众意识中，结果是，笼罩在名人们头上的神秘光晕消失了。虽然人们羡慕名人的成就与风光，但他们知道，名人也就是些普通的平常人。人们开始以从容的姿态平视名人。

　　名人之所以成为名人，往往与其精心一意的勤奋努力分不开。冰心诗云，"成功的花／人们只惊羡她现实的明艳／然而当初她的芽儿／浸满了奋斗的泪泉／洒遍了牺牲的血雨"。一句一字，都发自肺腑。这是一位奋斗者最真切最痛苦的体验。成功赢来了辉煌，而无视成功者在奋斗过程中所付出的代价，甚至对其施以批喝，则不仅是成功者的悲哀，也是时代的悲哀了。

　　对名人客观真实地宣传，既可把名人的成功之道奉献给大众，也可激励常人的努力。如果你有意在将来的某一日跻身名人之列，切不可忘记：第一要冷静，不要被万花盛开的景象冲得晕头转向，要选准自己的方向；第二要虚心，细细体会名人们默默无闻时埋头掘进的精神内涵；第三要实践，在你希望打开突破口的领域里精耕细作，风雨无阻。

本文刊于《北京大学校报》（1994 年 5 月 23 日）及《中国人民大学校报》（1995 年）。

名牌时代里的名人文化

市场经济的大潮在几年前的一个春天汹涌而来，一道修筑了几十年的大堤就这样被冲决，中国大地便呈现出一派万马奔腾市场喧嚣的景象。猛然间，我们听到了来自四面八方的无穷无尽的叫卖声，看到了数也数不清的各式各样的商品推销员。我们早已意识到，一个商品时代已经到来。我们终将意识到，一个名牌时代已经到来。

名牌时代的到来

许多国外的产品涌进了中国的市场，松下电器、IBM 计算机、耐克鞋、柯达胶卷、克莱斯勒轿车……都是让人目不暇接的名牌。这个国家正在为加入世界贸易组织（关贸总协定）而冲刺，虽然不知道要到哪一天才能冲进去，可也能预料到国门大开的那一刻，大量外国商品大举进攻、直扑神州大地的宏大场面。可以肯定，我们的国货要为此经受极大的冲击。为了避免溃不成军的局面，一方面，我们要在产品质量方面奋勇而上，另一方面，要在政策上、机制上做文章。营造好的环境，大力扶植国货生产厂家，使市场上涌现出尽量多的中国名牌，以抗衡洋货的冲击。

于是我们真的看到了许多中国名牌，长虹电器、小霸王学习机、希望饲料、巨人脑黄金、505神功元气袋、周林频谱仪……各类名牌争相叫卖，好不热闹，不禁使国人生发出许多欣慰。消费者的钱不能都被外国人赚走，尊严的民族心理呼喊我们，多留一些利润在自己手里吧。因此我们要树立自己的名牌，只有本国名牌纷纷挺立了，巨大的利润才会眷恋我们的本土。

不过，当我们钻到内部去看时，便会知道名牌时代的到来，根子在于逐利，不论洋人的东西也好，国人的东西也好，这是同一的。当然，一旦要我们在众多名牌前作出选择，我们还是应该别无选择地选择国货，不是吗？中国人。况且，名牌国货比之名牌洋货往往是物美价廉，更具中国特色，更符合中国国情，为什么不买呢？

名人时代的到来

今天，我们已处在一个名人满天飞的时代里，大大小小的各式名人纷纷在报纸、杂志、电影、电视等媒介间探头露脸、登场亮相。我们在《参考消息》上读到克林顿、卡斯特罗、希拉克的言论，我们在街头小报上看到张艺谋与巩俐的新动向，我们在电视屏幕上见到赵忠祥的风度、陈佩斯的滑稽，我们还在广播中听到宋世雄的口头功夫以及冯巩的笑料。名人一向是被人群围在中间，这会儿却觉得名人们包围了咱普通人，举手投足间，随意俯仰间，名人们纷纷向你冲锋，向你莞尔一笑，真让大伙儿受宠若惊。这景象让人相信这确实是一个名人的时代了。

难道不是吗？名歌星出场吸引力大，观众多。名球星的球赛球迷多，呐喊声高。名牌作家影响大，其文章、作品的阅读率自然高。政治名人更甚，言论一出，举动既行，新闻媒介网络即传之全球。名人的影响何其之大！很显然，名人已在整个社会的政治经济文化生活各个方面起到了极为重要的作用。

这个时代的叙述固然有不少是沿着事件出发，但更多的叙述无疑是沿着人物伸展。而在名人、庸人与常人三者中，自然名人为首选，于是无数的叙述便从名人开始了自己的发言。因此我们看到报人们、记者们、摄录师们纷纷跟踪追击各界名人，人物访谈、名家高论、巨星风采，每时每刻，方方面面，都在进行媒介轰炸，轰炸着广大看客、广大观众。大伙对名人们日益如雷贯耳起来，而且，似乎名人们手指东，大伙则向东看，名人们手指西，大伙则向西看起来。

名牌其实只有两类，一类是物，即名牌商品，上面说了；一类是人，即名牌人物，也就是名人，也已说了。如果说名牌商品带来了一个名牌时代，那么，名牌人物则带领大伙跨进了一个名人时代，并且，他们还经营出一派名人文化。

名人文化的繁荣

我们尴尬地置身于名牌时代与名人时代的夹缝中，在两者的挤压下，我们感到自己何其平庸，何其窘迫。于是咱们这伙人成了大众，从舞台上撤下来，看别人表演吧。偏偏这伙人数量特别大，胃口也高，还特别挑剔，弄得整个社会都讨好他们，围绕着大众作文章。大众文化于是兴旺起来，甚至喧宾夺主地占据了市场的主体。

大众文化在某种意义上说就是名人文化，因为大众不关心学术，他们更关心人自身，更关心众所周知的那些人。如果不是众所周知的名人，大家聊天时恐怕就聊不到一块去，非如此，这文化又怎么能大众化、怎么能化到大众中去呢？大众文化日益发达，在某种意义上说，也就是名人文化日益发达了。而且，当前的文化生产机制已熟悉了市场规律，并具备了主动推出名人的意识。

制造名人可以吸引大批量人的目光，以形成新的聚集点，使各式商家都可以赚到自己的利润。推出新歌手，音像公司的老板们当然可以捞一把；推出新派文坛先锋，对于精明的书商们来说，当然会有利可图。一方面，许多普通人试图跃起，成为名人；另一方面，一套新的利润机制需要借助名人谋利。两下里一拍即合，于是名人们便在流水线上纷涌而出，好不壮观！而大众们在此刻就开了眼，他们看到了五彩缤纷的名人文化，虽然大伙儿也没把制造出来的名人们太当回事，可大伙倒的确是有了充足的谈资，消费了一批又一批。名人文化理所当然也随着源源不断涌现的名人们持续不断、永无止境地绽放，让人随时随地可以消费。

从某种意义上说，名人文化的根子也在于逐利。要做名人的人，当然很上进，很有进取心，但到底还是追求名声，而追名与逐利恐怕是难分家的，就算要做名人的人只是想做点事而未有富贵之想。那么，制造名人的人呢？恐怕就不免是为利润在奔忙了。有巨大的利润作动力，名人文化自然会兴旺之极！

名人与名牌的合作

名牌时代的到来，名人文化的繁荣，根子都在逐利。而且，为了利润的最大化，名人与名牌携手合作起来，这是几厢情愿、各方皆利的事，何乐而不为？

巩俐在广告里粲然一笑，说：我喜欢建伍。成龙笑容可掬地竖起大拇指：小霸王学习机！李宁则干脆生产了李宁牌运动服卖了起来。

名人与名牌撞了个满怀，双方同心协力地"瓜分"起这个时代的名与利。名人与名牌握着手出现在公众面前，笑容可掬，热情奔放，恨不能把所有的人都叮嘱多遍，一唱一和，名人与名牌的名气更大了。名人从名牌手里接过一沓大面额票子，于是当众夸道：这是我最喜欢的品牌，知道我的人就应该知道它，这个牌子驰名天下，这个牌子是我的唯一。之后，名牌身价接着上涨，名人与名牌的合作是互利互惠的事，名人创收，名牌更创收。

我们似乎对此也无可厚非，这是市场经济、市场竞争必然导致的局面，也许有人会叉着腰喝斥几声，不过这没关系，太阳照常运作不息。

本文作于1995年秋，后刊于《环球青年》（1996年第12期）。

青春有余痕

一天，为找一本书而翻箱倒柜，无意间我从箱底摸出了厚厚的一个册子，是我的手抄歌本。睹物生情，我当即被触动了，身不由己地从现实向往昔滑坠。

我翻开册子，一面又一面，从《风雨兼程》到《外面的世界》，从《橄榄树》到《三百六十五里路》……全是流行歌曲，有一二百首之多。这些歌是我在成长的过程中陆陆续续抄下的，这是流行歌曲统治下的一代人啊。我不知道从 80 年代中期到 90 年代初期这些年头里，自己怎么会有雅兴把这么多歌一一工整地抄录下来，可我知道这些歌是我拔节成长时发出的声响，它们在某种程度上是我那些年的情绪密码。

翻到最后一面，竟是《青春》，是 1994 年抄下的，是最后一首歌，之后我就再也没有抄过任何一首歌了。现在想来，停笔不抄无疑是有着象征意味的，也许是我试图把自己从细致精美的情感中提出来，直面生活，不再沉迷于往昔。生活更加忙碌了，我在气象万千的前沿必须全心投注才能跟上大队的人群，我不能再沉迷于幻美与感伤。在洞见了生活的真切与谜底之后，我发现自己不知不觉间真的远离了以流行歌曲为表征的漩涡。此后，我对新出现的流行歌曲就再也没有沉迷过。

本文刊于《中国文化报》（1997 年 9 月 5 日）。

外面的世界很精彩

　　我是在长江以南、洞庭湖以南的一个小地方长大的——那个山清水秀、风景怡人的地方，不是名山大川，不是世外桃源，只是我从小生长的家乡。用地理的概念来描述的话，则我们那里属于湘中丘陵地带；拿个人自述的口气来讲的话，则我的青少年时代乃是在山沟里的军工厂度过的。

　　小地方总是相对封闭的。然而，一个在再小不过的地方长大的人，也不会甘心自己的视线永远被四周连绵不绝的山峦遮住的。齐秦那首广为传唱的《外面的世界》中有一句很经典的歌词"外面的世界很精彩"。也许当年的我们就是被类似这样的一些充满蛊惑力的歌词鼓动起"去远方"的心思的。总之，整整一代在温和、平静、缓慢的氛围中长大的少年，无一例外，都是向往着到山外的大千世界比如省城去逛一逛、闯一闯的。特别是那些大地方，例如庄严北京、华丽上海、潮头深圳一类的大城市，对一个没有见过世面的人来说，其吸引力就更是无法抗拒。

　　生在迟滞、闭塞的小地方不要紧，关键是要有机会走出去。对小地方的人来说，只有走出去，才有机会接触到外面那个精彩的世界，才有机会学本事、求发展。而这种出门远行的愿望，对当年那里的少年来说，是完全可以称之为理想的——不论个人的理想是什么，哪怕是幻想着做大官、发横财、出大名呢，抑或是挣得丰实、中等的物质生活与精神生活，乃至于仅仅是求取温饱、小康……对于小地方的人来说，这第一步却都是一样的：走出去！到更大的地方去开阔视野、丰富自己！这样才有起码的机会去追寻自己的愿望、理想，乃至有所作为，于社会有所贡献——这个道理，古今中外从来如此。

事实上，年轻人获得机会走出去发展，其意义怎么估计都不为过。近代以来无数的事例证明了这一点，古代的事例同样也可以证明这一点。就比如先秦时代的哲学家庄子吧，想当年，年轻庄子出游心情之迫切，与今日青年的远行之焦渴简直如出一辙。庄子于广大的楚越之地纵情山水，他行走于桃源般的辽阔民间，他流连于淳朴而瑰丽的风土人情，竟然历时三年才返回到北方的家乡。尽管庄子因此成了那个时代所少有的大龄晚婚青年，但庄子的这次漫游却成全了他，他所亲历过的美好的吴越之地幻化成了他哲学大梦里的蝴蝶和乌托邦。

再说回到我的家乡来吧。总之一句话，80年代末那会儿已经是大家都不再甘心做固定在某台机器上的某颗螺丝钉的年头了，几乎所有被青春掀动着身体和心灵的人，都强烈地渴望着能从自己所在的某个小地方去向未知但却精彩的"外面"。就我和生活于我周围的同龄人而言，尽管那个山沟沟是我们熟悉且热爱的，可那里的天地毕竟太小，早已容纳不下我们混沌的梦想。荀子在他的《劝学》篇中写道，"吾尝跂而望矣，不如登之博见也"，在我的理解，从小地方到大地方去，其实就是另一种形式的登高。登高之后，见识自然就会广博起来，人生的海拔自然就会得到相应的提升，这几乎是一定的。

遗憾的是，窘迫的现实却让我们那个小地方的大部分少年的美梦落了空。这正如西川作品《写在三十岁》中的一句诗所说，"一些门关闭了/另一些门尚未打开"；在该出远门的时候就能如愿以偿地出了远门的，应该说，在上个世纪的 90 年代初，数量还是非常有限的，大抵只有很少的一些幸运者。幸运的是，当年的我竟然成了这少数人中的一名，也就是说，在该"十八岁出门远行"（余华小说名）的时候，我就如期地出了远门。其实我还没想明白自己将来究竟想干什么，能干什么，又适合干什么，只是和许多人一样在模糊的意识中强烈地渴望着要去远方。蔡元培说，"青年是求学的时期"，命运给予我的安排是北上求学——可谓"幸甚至哉"吧！于是，我就来到了我们伟大的首都，对于一个当初就已开始倾心于文字的人来说，文化北京也许是最合适、最精彩的地方了。所幸的是，随着时间的不断推移，家乡一带与我一起玩大的那批少年一拨又一拨的，差不多全都走出去了！至于更年轻的下一批，再下一批，那就出门出得更早了。总之，陆陆续续的，他们或南下，或北上，或外出打工，或出门念书，散布在了神州大地的许多角落，正如汪国真诗云："我不去想是否能够成功/既然选择了远方/便只顾风雨兼程"。

显然，从那时起，我们就迎来了闯荡、漂泊的时代，一个追寻梦想的时代。印象中，伴随着这个时代和我们一起成长的，是一批深得 20 世纪 70 年代生人喜欢的脍炙人口的流行歌曲。哼着歌儿的青春也许是快乐的、惬意的，可青春一旦出门在外，那就难有单纯的浪漫了——"外面的世界很精彩"，可是也很无奈。罗大佑在《恋曲 1990》中为当年的我们点出了青春的宿命——"苍茫茫的天涯路是你的漂泊"。闯荡异乡的尴尬则如郑智化在《水手》中所指出的，"都市的柏油路踩不出脚印"。尴尬之余，王杰仍不免要代表许多年轻人在歌里向命运发出自己的追问："是否我真的一无所有，明天的我又要到哪里停泊"。不过说到底，无论一代又一代年轻人的明天会怎样，远行的人们或许都不妨学一学齐秦式的心态："前方的路虽然太凄迷，请在笑容里为我祝福"。

我想，所有这些老歌之所以能在当年广为流行，旋律动听自然是一方面，但更重要的，恐怕还在于这些歌表达出了那个年代无数年轻人的心声。多少人走出了家门，多少人在"拿青春赌明天"啊！

我曾经有过纳闷——为什么近些年来涌现于市面上的许多所谓流行歌曲，"80 后"的小孩们非常喜欢，而自己却喜欢不起来？为什么他们浸淫其中浑然忘我乐不思蜀的一些东西我却觉得比较隔膜乃至索然无味？难道是我们这批闯荡江湖历尽劫难的人无可避免地老了？但我终于还是想通了，也许每一代人的青春、成长及其印记都是独一无二无法替代的，因为每一代人的年轻时代往往都是在截然不同的环境里呼吸和伸展的。

比如"80 后""90 后"这些小孩子就普遍拥有只属于他们自己的精彩——精彩炫酷的动漫、紧张刺激的电脑游戏、旋律古怪奇特的流行歌曲、飘渺如梦的青春玄幻小说等各类新奇的东西仿佛是专为他们而制备……他们成长在物质渐已丰富起来的发展年代，青春刚一起步就迈进了资讯丰富的网络时代，他们已经不用出远门就足以知道外面的世界有多精彩了。

本文首发于本人新浪博客（2007 年 6 月）。

群星璀璨的娄底英才

清代中后期，自"睁眼看世界"的魏源往后，湖南人才辈出的盛况一发不可收拾，又似乎是一波未平、一波又起。第一波次是以曾国藩、左宗棠、郭嵩焘、刘坤一、江忠源为代表的湘军人才团队，第二波次是以黄兴、宋教仁、陈天华、蔡锷、蒋翊武、焦达峰、陈作新为代表的辛亥革命人才团队，第三波次是以毛泽东、刘少奇、彭德怀、任弼时、贺龙为首的新民主主义革命人才团队，中间还有以谭嗣同、唐才常为首的百日维新人才团队……

娄底地处湘中，下辖娄星区、涟源市、新化县、双峰县、冷水江市，地域面积不算大，在湖南各地区中名声也不大，但涌现的人才群体却可谓突出。

湘军人才团队以军事著称，可谓名将如云，娄底所出尤多。其第一人自然非湘军领袖、双峰人曾国藩莫属。曾国藩之弟、工于攻城克坚、最终率军攻陷太平天国都城天京的曾国荃，堪称湘军第一猛将。出战时常任先锋、善打硬仗，1858年于三河之战中殁亡的涟源人李续宾，也是湘军有名的统兵大将。李续宾之弟李续宜亦是湘军重要将领。在战争中积功不断、擢升至云贵总督的涟源人刘岳昭自然也系湘军骨干将领。双峰人罗泽南是湘军创建者之一，一代儒将，可惜在 1856 年进攻武昌的战役中阵亡。

辛亥革命人才团队中，以《警世钟》《猛回头》等著闻世，在日本蹈海而死的新化人陈天华，无疑是辛亥革命首屈一指的先驱人物。涟源人李燮和，1911 年率义军先后光复上海、南京，为民国诞生立下大功，誉为辛亥革命元勋自是当之无愧。新化人谭人凤，武昌起义爆发后为策反黎元洪起到重要作用，随后还指挥了武昌防卫战。双峰人禹之谟，同盟会湖南分会首任会长，1907 年就义于长沙，堪称辛亥革命先烈。新化人曾继梧，早年毕业于日本陆军士官学校，回国后在湖南新军中任职，1911 年参加辛亥起义，后成为国民党陆军上将。涟源人李鑫，武昌陆军特别学堂毕业、任湖北同盟会支部总干事，在"二次革命"战争中任江苏讨袁军第一军军长兼总指挥。涟源人廖湘芸，作为武昌新军 41 标文学社代表，率所部参加武昌首义战斗，后又追随孙中山参加护法运动。冷水江人曾杰，在武昌起义中参加攻打湖南巡抚衙门，随后短期担任新成立的湖南都督府参议长。娄底众多英才在辛亥革命中贡献可谓大矣。

娄底在新民主主义革命中也涌现了众多功勋人才。毛泽东同窗密友、革命先烈蔡和森，中国共产党早期重要领导人和革命家，无疑是双峰人的骄傲。蔡和森之妹蔡畅，中国早期领导人之一，中国妇女运动的领袖。著名现代女作家谢冰莹，考入军校，参加北伐，北京女师大毕业后又留学日本，在抗战前线担任战地妇女服务团团长救治伤员，赴台湾后长期在大学任教，创作的文学作品逾 2000 万字，人生经历极富传奇色彩，哪里人？冷水江。还有新化人成仿吾，也是众所周知的革命家、教育家和文学家。中央红军长征路上的开路先锋、时任红一师师长的涟源人李聚奎，许多人都不知道这位战功赫赫的开国上将，就是当年 17 勇士飞夺泸定桥之战的现场直接指挥者。再如新化籍开国中将陈正湘、涟源籍开国少将罗云、娄星区开国少将姜齐贤等，无不值得一书。娄星区人李振翩，当年在长沙求学时与青年毛泽东建立真挚友谊，后成为著名细菌学家、病毒学家。新化人方鼎英，国民党中将，早年毕业于日本陆军士官学校，曾任教黄埔军校并曾担任代理校长，为北伐培养了众多军事人才。双峰人宋希濂，毕业于黄埔军校第一期，曾参加北伐，在抗日战争中战功卓著，成为一代名将。国民党中的涟源精英颇为不少，如中将陈浴新、梁祗六、肖作霖、毛炳文、曾震五，以及少将梁化中、刘鸣九，等等。

湘中娄底，地域不算很辽阔，但这块古老的土地，却在每个时代都为国家养育了众多为推动社会进步、民族崛起而不懈奋斗并作出可观贡献的俊杰。娄底英才，诚可谓群星璀璨、光耀中华。

本文刊于《新华书目报》"故乡记忆"专栏（2018年10月25日），2020年获得2018—2019年度娄底市娄星区文艺奖三等奖。

朱元璋：伟大的反腐皇帝

元朝末年，义军首领朱元璋指挥自己的军队东讨西伐、南征北战，纵横捭阖间不觉荡平群雄、驱灭蒙元，建立了武功威震华夏的汉族政权。在开国皇帝的任上，朱元璋依然非常强势，他的铁腕治理虽有猜忌、杀戮过重之嫌，但他确实架构、整顿出了一个制度相当完备、吏治相当清明的美好国家。朱元璋开创的大明王朝轻税薄赋、教化普及、公道昌扬，天下百姓乃得以在丰饶的大地上尽享太平、小康之福，士农工商、诸行各业，无论是织布耕田还是经商做工，人民无不安泰怡乐。而这个疆土阔大的帝国，也由此葆有了200多年的青春与壮丽。

如此雄主，难怪孙中山在民国草创之初要去拜祭明孝陵，也难怪康熙皇帝会以"治隆唐宋"这4个字高度评价这位明太祖。

在朱元璋做了10年皇帝之后，胡惟庸谋反案、蓝玉腐化案、空印案、郭恒贪粮案等特大案件相继爆发。据说为处置这几个案子，朱元璋陆续处死了很多很多人，其中包括许多开国功臣。有关这几起大案为什么会发生，是否只是屠杀功臣的借口，似乎是众说纷纭。不管怎样，朱元璋的确是借此巩固、强化了皇权。但以朱元璋的雄才大略，他显然是有着强烈而鲜明的社会理想的，因此可以肯定地判断，朱元璋这样做绝非只是为了在百年之后自己的子孙们能够永远地坐稳皇帝的宝座——至少，以整饬官场某些不良现象为目的的"空印案"就是一个例证。事实上，为了集权于皇帝而对制度进行的一系列调整和创造性安排，在根本上也是有利于朝政稳定、社会公平和经济发展的。

也许是因为朱元璋出身的低微，做了皇帝的他在勾绘、打造帝国的制度和结构时，无时无刻不把普通平民和广大农民的利益放在心里，看得很高；他高居万民之上，但却始终站在最广大老百姓的立场上来思考国家的定位，安排国家的命运。他深知官场贪墨对民生的极大危害，他极端痛恨贪官污吏对国家肌体的任何噬咬，因此，朱元璋对帝国的官员阶层约束可谓严苛，他对腐败的惩治下手可谓酷辣。以重典刚猛治国的这位太祖皇帝，满怀赤诚地渴望这个由自己在乱世中一手缔造起来的国家能够比以往的任何一个王朝都要更公平、公正，更稳固、长久，更富足、昌盛。事实上，他的梦想似乎是实现了。

但在朱元璋落实这一堪称无比美丽的社会理想的过程中，许多开国功臣的被杀——如果他们真的被冤枉了的话——则实在是令人寒心！为此，朱元璋得了骂名，遭了愤恨。但这位铁血帝王似乎顾不上这些个了，他听从内心对自己的导引，坚决地挥动他的巨人之手给那些有劣迹的可疑的官员以无情的打击，哪怕用连坐，用酷刑，他也打算铁着心坚决地按自己的想法去做。

不管这许多的大臣是否真的被冤枉了，如果我们站在朱元璋的立场上来看问题，则他的种种行动显然也是很好理解的——如果有谁要谋反，如果他竟然谋反成功了，则后果必将不堪设想！如果立有各类大小功劳的臣工纷纷骄奢贪淫，如果朱元璋对这样的表现不做任何惩处，那这个新国家的腐烂也就指日可待了。朱元璋的问题在于，为了确保江山永固、人民幸福，他似乎玩得过大，过于扩大化了。

不可否认的是，朱元璋确实在很大程度上树立了官场的正气，澄清了吏治——此后很多年，明代官场的腐败现象确实是少见了。因为朱元璋是从骨子里对老百姓爱得深沉，所以他在反腐的问题上毫不手软，也绝无姑息和迁就。应该说，朱元璋对腐败的深恶痛绝以及他采取的铁血手段和作为，在中国几千年的历史上，都可谓是少而又少的。所以说，朱元璋这个人虽然有着比较明显的缺点，但在任何时代，他都应当称得上是一位伟大的反腐皇帝。

本文刊于《中国图书商报》（2007 年 3 月 20 日）。

张骞：开创古代丝绸之路的先行者

2018 年 2 月 15 日晚 9 点半左右，中国中央电视台全球直播的春节晚会现场，由演员张国立、故宫博物院单霁翔院长和世茂集团董事局主席许荣茂，共同向全球观众展示了一幅由明代宫廷画家绘制于 16 世纪的巨幅画作《丝路山水地图》。该画由许荣茂斥资 1.33 亿元向私人藏家购得，随即无偿捐赠给故宫博物院。

一卷《丝路山水地图》生动展演古丝绸之路

《丝路山水地图》采用色泽鲜艳的矿物原料在绢帛上绘成，宽 0.59 米，全长 30.12 米，气势恢宏地描绘了东起嘉峪关，西至天方城（今沙特阿拉伯的麦加）辽阔地域的地理城郭状貌，一览无遗地展现了中国汉代张骞出使西域开创的古代陆上丝绸之路全景。《丝路山水地图》的出世，也有力地证明了早在 16 世纪，在西方现代地图出现之前，那时的中国人对广大西域地区的了解和认知，就已是非常明晰、深入和透彻。毕竟这是一个早在公元前 2 世纪就已"凿空西域"的古老国度。

《丝路山水地图》全卷总计用汉字标注有 211 个地名，涵盖了许多古丝绸之路上的重要节点城市，如中国的敦煌、哈密，乌兹别克斯坦的撒马尔罕，阿富汗的赫拉特，伊朗的伊斯法罕，叙利亚的大马士革，等等。据专家考证，青绿山水手卷《丝路山水地图》原图长度应在 40 米左右，当中约四分之一的篇幅——从天方到鲁迷（今土耳其伊斯坦布尔）这一区域的部分，早已被人裁切且不知下落。但这并不影响该画作在重回世人面前所激生出的巨大文物价值、社会反响，和所绽射出的新时代光辉。

自 2013 年秋"一带一路"倡议发布以来，国际合作进行"丝绸之路经济带"与"海上丝绸之路"建设已是开展得如火如荼。在这样的大背景下，由《丝路山水地图》，逆时间之流回溯、温故历史上的丝绸之路，其意义自然不在话下。

历史选择了张骞，张骞书写了传奇

张骞出使西域既不是去旅游，也不是去探险，但一路的异域风情、美丽风光，一路的戈壁荒原、雪山深涧，外加一路的胡兵刀戈、狼烟烽火，让此行似乎也带有这两种性质了。鉴于汉武帝经略西北、开拓边疆的韬略和雄心，朝廷对张骞等人的出使非常之重视，每次都为他们拨足了财物金帛，并期待他们不辱使命、凯旋回京。

张骞不是去带兵打仗，只是去外交出访和顺便侦察，所以他每次所带的以三位数计的随从队伍也算颇有些规模了。张骞望着长河、戈壁、落日的方向慨然西去，心头却时刻跳荡着朝廷委托的近于合纵连横的政治、外交任务，倍感肩头的担子分量之沉。他不过是朝廷一名官阶较低的侍从"郎"官，却被赋予这样重大的使命，他一方面觉得无上光荣，一方面也深知前路艰险。千里无人的荒凉大漠中，遮天蔽日的漫漫黄沙里，张骞神色里的坚毅执着并没有被掩盖，整个队伍在他的仗剑西指下无畏前行。

张骞之所以能从众多应征者中脱颖而出被朝廷选中，自然是有其道理的。他素有抱负，年少时就特别希望自己有朝一日能建功立业，干一番大事，他心系汉家天下和朝廷时政，对外交和边疆事务尤为关注；他一直在磨练自己的心志，砥砺自己的青春，在时光的洗涤中，不觉间已然具备慷慨报国所需的素养、才智和胆略。的确，机会总是留给有准备的人，也难怪在众多的报名应召者中，英明神武的汉武帝偏偏看中了他。想到这一切，张骞体内的血液就再次沸腾了。自从领受了这一神圣使命，他生命中的每一天就都涨满了一往无前和奋发开创的决心、信心和勇气。

幸运的是，虽然西行路上艰辛异常、困难重重、阻遏连连、险象环生，但他总算是度过种种危机平安归来，尽管每一次都付出了巨大代价。尽管在前后 20 多年的时间里，张骞两度出使都没能圆满完成皇帝交办的核心政治任务。但汉武帝心里有数，所以不仅没有责罚他，而且在惊喜之余大加赞誉，并予升官加爵。何故？西域之路固然是无比艰难险恶，可张骞不但奇迹般地活着回来了，还努力促进了与沿途各国各民族之间的人文交流与商贸发展，广泛考察了古丝绸之路辽阔区域的地理风光和人文风情，并且带回来关于西域的大量资讯和第一手情报——不但极大地丰富、开阔了大汉王朝的认知和视野，更对朝廷作出有关西域的政治军事决策起到了无可替代的重要作用。

公元前 139 年，张骞奉旨出使西域，历经曲折，于公元前 126 年回到长安。

公元前 119 年，张骞再次出使西域，返归帝都则是在 4 年后的公元前 115 年。让张骞和汉武帝都没想到的是，当初汉武帝选择了张骞，竟然也是历史选择了张骞，更是绚丽的丝绸之路选择了张骞。没错，自张骞成功书写了出使西域的千古传奇之后，神州中国与西域及更远的西方地区的以丝绸为核心商品的中外贸易就日胜一日地繁荣起来。

出边塞，巡西域，开创古丝绸之路

自汉初以来，汉朝一直对居于北面的游牧强邻匈奴处守势。经过高祖、文帝、景帝等时代累计几十年的休养生息，到武帝刘彻当政时，汉朝的国力已然富足充沛。年轻有为的汉武帝（公元前 141 年—前 87 年在位）登基不久，就有心对匈奴转守为攻，以拓疆土，以振国威。当他听说西域有个大月氏国与匈奴有世仇（月氏人本在河西走廊一带游牧，公元前 174 年，其国王被匈奴击杀，部族主体也被迫西迁），就想联合月氏人以夹击之势抗击匈奴。为与月氏联络沟通，汉武帝公开征募使者，最后选中了侍从"郎"官张骞。

公元前 139 年，张骞奉命带领着 100 多人的出使团队西出都城长安，过陇西，在遍布荒漠与戈壁的苍茫天地间苦寻目的地——大月氏国。可惜不久就被业已控制河西走廊多年的匈奴骑兵抓捕，张骞等被押送匈奴王庭并被分散软禁。匈奴人为拉拢张骞，还为其娶了匈奴女子为妻。婚后的生活虽也安稳幸福，但张骞始终没有忘记自己肩负的使命。公元前 129 年，张骞在匈奴滞留 10 年之后终于找到机会成功逃脱，一同逃出的还有堂邑父等少数随从。

张骞等西逃数十日，翻越白雪皑皑的葱岭（今帕米尔高原），来到了大宛国（今乌兹别克斯坦费尔干纳一带）。大宛国王有意与汉朝通好，就派人把他们送到康居国（今乌兹别克斯坦和塔吉克斯坦境内）。由大宛介绍，又通过康居国再转送至相邻的大月氏国。到这时，张骞才得知，当年月氏人被匈奴击败后西迁到伊犁河流域和伊塞克湖（今吉尔吉斯斯坦境内）附近，近年又被一心复仇的乌孙国击败，再次被迫南迁，穿过大宛，定居于阿姆河（中亚内陆河）北岸一带（主要在今塔吉克斯坦、乌兹别克斯坦境内及今阿富汗、巴基斯坦北部一带），离匈奴已远。张骞只得踏上返程之旅。

　　为避开匈奴人，张骞易道回国。但当他们沿塔里木盆地南侧行进，试图经青海回国时，竟然再次被匈奴兵截捕了。所幸 1 年后匈奴发生内讧，张骞等这才趁乱逃离。公元前 126 年，屡经困厄与劫难的张骞终于回到长安，随从则仅余堂邑父 1 人。虽然此次漫长的征程没有达到与大月氏国结盟的政治目的，但张骞详细汇报了他所了解到的西域地理地形和人文风情等。汉武帝很满意，封张骞为太中大夫，授堂邑父为奉使君。公元前 123 年，张骞随大将军卫青出征匈奴，战果辉煌，张骞因"知水草处，军得以不乏"立功，被封为博望侯。

　　公元前 119 年，张骞带着 300 多人的使团，同样是带着政治外交任务，第二次出使西域。张骞在伊犁河畔的乌孙游说其国王，希望该国返回到他们原来所居住的敦煌一带定居，与汉朝联手共同抗击匈奴，可惜还是没有成功。为了进一步加强与西域各国的沟通和联络，张骞派遣多位助手沿多条线路分别出访大宛、康居、月氏、安息（今伊朗一带）、身毒（今巴基斯坦、印度一带）等中亚、西南亚邦国。据考证，走得最远的甚至抵达了地中海沿岸的罗马帝国和北非，促进了汉朝与沿途各国的友好与通商。公元前 115 年，张骞凯旋回朝，被汉武帝封为当时还位列九卿的大行令一职。第二年，张骞去世。

　　此后，汉朝和西域各地各国的交通往来日益频繁，中原王朝和西域以及更远地区的商贸往来和人文交流日益密切。张骞所开创的这条横贯欧亚大陆的繁荣了约 1600 年的通道就是所谓的"丝绸之路"——其正式得名则是在 1877 年，由德国著名学者李希霍芬在其学术巨著《中国》一书中所提出。

承前启后：21 世纪新"丝绸之路"

　　德国地质地理学家李希霍芬（1833—1905），曾任柏林大学校长，1868 年到 1872 年间，他先后 7 次来到中国，每次都选择不同的路线实地勘察中国的地质地理情况。1870 年他在洛阳考察时，首次提出从洛阳到撒马尔罕（今属乌兹别克斯坦）有一条古老的商路，并将其命名为"丝绸之路"。1877 年，他又在《中国》一书中，把"从公元前 114 年至公元 127 年间，中国与中亚、中国与印度间以丝绸贸易为媒介的这条西域交通道路"归结为"丝绸之路"，此命名不久就被学术界和社会公众广泛接受，"丝绸之路"的美称自此享誉世界。

2013 年 9 月，中国国家主席习近平在哈萨克斯坦首都阿斯塔纳首次提出建设"新丝绸之路经济带"战略构想。以古代丝绸之路为基础加以扩展和提升的新丝绸之路经济带，设想以此为廊桥，把东边的亚太经济圈和西边发达的欧洲经济圈连通为一体，被认为是世界上最长且最具有发展潜力的经济大走廊，受到世界广泛欢迎。古代丝绸之路因为种种缘故，自 16 世纪起走向了衰微，之后大航海时代来临，海上贸易由此大体上取代了传统的陆上贸易。中国的上海、宁波、厦门等东部沿海城市和广州、珠海、海南等南部沿海城市和地区，在此期间与东南亚等地的海上通航贸易，便形成了古代海上丝绸之路的基本形态。

随着"新丝绸之路经济带"构想的提出，随着"一带一路"建设的方兴未艾和蓬勃展开，中断了数百年的古老的陆上丝绸之路仿如枯木逢春，又迎来了其崭新的生机。很显然，古丝绸之路绽放的满园春色必将普惠沿线各国。而且，因其牵连面之大之广，亚欧大陆势必迎来一个更大范围的令世界各国都目眩神迷心跳加快的经济发展新高潮，全球化进程也将因此迈入一个新的阶段。不夸张地说，全世界、全人类都将在本世纪因此而大受裨益。就让我们在深情回顾古代陆上丝绸之路的同时，也一同登高展望新时代"一带一路"的美好未来。

本文 2018 年刊于《中巴经济导刊》（总第 3 期），后又刊于《丝路百科》（2019 年第 5 期）。

殷墟：三千年后出土的文明

殷墟无疑是安阳的名片式景点。

"殷墟"位于今河南安阳市的小屯村及其周围一带，是商代后期的都城遗址。商代从盘庚迁都，到帝辛（即商纣王）于公元前1046年亡国，在此建都达273年，是中国历史上可以确定确切位置的最早的都城。

自1899年人们在此发现占卜用的甲骨刻辞时起，安阳就失去了宁静。自1928年10月13日考古发掘至今，小屯村先后发现了宫殿、作坊、陵墓等遗迹，以及大量生产工具、生活用具、礼乐器具和甲骨等遗物，遗迹占地总面积在24平方公里以上。算起来，所有这些可都是3000多年前留下的了。

殷墟宫殿宗庙遗址公园位于安阳市西北郊小屯村殷墟路北端。一个阴天的下午，我从公园正门充满期待地踱进视野空旷的园内。前行不一会，可见到一块竖立的赭褐色巨石上所刻的"甲骨文发现地"字样。再往北是片绿地广场，当中矗立着一只巨大的青铜鼎——这是依照殷墟王陵遗址出土的至今所发现的世界上最大的青铜器司母戊大鼎仿制而成

（原件现藏中国国家博物馆），大鼎高 133 厘米，器口长 79．2 厘米，重量达 875 公斤，它代表了中国古代青铜文化的最高水平。此鼎造型庞大雄浑，纹饰精美细腻，通体以雷纹为底纹，饕餮纹、夔纹为主体装饰，给人以稳重、庄严而又神秘的感觉，是古代科技与艺术、雕塑与绘画的完美结合，是中国青铜器文化中的瑰宝，美术史上的璀璨明珠。

绿地北面是殷墟概览展厅，游客在此可对殷墟文化和本遗址公园做一个总体的了解。如果从仿制的大鼎处往左行，则远远可见一座建筑，建筑前立有一座英姿飒爽的汉白玉雕像，走近了，才知道这是商朝女将军妇好的塑像。而塑像身后的建筑就是开发成旅游景点的"妇好墓"。妇好墓深入地下，要看得真切，就须沿楼梯拾级、盘旋而下。地宫的各个角落里都有不少青铜器看似随意地摆放着，如出土于此的青铜制品妇好鸮尊、妇好跪坐玉人以及若干圆鼎、方鼎和许多陶器、玉器等。尤其是那些青铜器，或大或小，或威猛或细腻，但无不形制精美、端重、典雅，散发着遥远时代的特别遗韵。

妇好墓发掘于 1976 年，是 1928 年以来殷墟宫殿宗庙区最重要的考古发现之一，也是殷墟科学发掘以来发现的、唯一保存完整的商代王室成员墓葬。该墓南北长 5．6 米，东西宽 4 米，深 7．5 米。墓上建有被甲骨卜辞称为"母辛宗"的享堂。这个享堂即是妇好死后，国王武丁为祭祀妇好，在其墓圹上所修建的宗庙建筑。妇好，庙号"辛"，其墓上的享堂，卜辞称为"母辛宗"。而我此刻置身其中的这座建筑就是今人对母辛宗遗迹的科学复原。

妇好是商朝中兴期颇有作为的国王武丁的妻子，是中国历史上有据可查（甲骨文）的第一位女性军事统帅，同时也是一位杰出的女政治家。她不仅能够率领军队东征西讨为武丁拓展疆土，而且还主持着武丁朝的各种祭祀活动。武丁因此十分喜欢她，她去世后武丁悲痛不已，追谥曰"辛"，商朝的后人们尊称她为"母辛""后母辛"。妇好墓于 1976

年于河南安阳发现，其墓室虽然不大，但保存完好，随葬品极为丰富，共出土青铜器、玉器、宝石器、象牙器等不同质地的文物1928件。

商朝的武功以商高宗武丁时代最盛，武丁通过一连串战争将商朝的版图扩大了数倍，而为武丁带兵东征西讨的大将就是他的王后妇好。据甲骨文记载：有一年夏天，北方边境发生战争，双方相持不下，妇好自告奋勇，要求率兵前往，武丁犹豫不决，占卜后才决定派妇好起兵，结果大胜。此后，武丁让她担任统帅。从此她东征西讨，打败了周围20多个方国（独立的小国）。那时作战，出动的人数都不多，一般也就上千人，和大规模械斗差不多。但根据记载，妇好攻打羌方的时候一次带兵就有13000多人。也就是说，差不多全国一半以上的军队都交给她了。今天的我们由此就不难明白为什么妇好墓的陪葬品会这么丰富了。

从妇好墓出来往北，是一条东西走向的甲骨文碑廊，其间展示着许多以拓片或拓印工艺从甲骨原件上拷贝下来的甲骨文，虽然观之如天书，但我心里仍然为中国古代无比灿烂的文化而慨叹不已。殷墟甲骨文是殷王朝占卜的记录，中国古代甲骨占卜有着悠久的历史，殷墟时期则是占卜最盛行的时期，商王和贵族几乎每事必卜，占卜成为商代社会生活的重要组成部分。商代以后，甲骨占卜逐渐失去了其显赫地位。殷墟甲骨文的发现，见证了已经消逝的商代占卜制度，为研究中国文化史提供了重要的材料。目前殷墟发现有大约15万片甲骨，4500多个单字。甲骨文碑廊所展示的，就是这些文字中的一部分。

东西走向的碑廊在丙组宫殿基址处折而向北继续延伸，在南北走向的碑廊东侧，依次有H127甲骨窖穴展厅、乙组基址、乙七墓葬群、殷代车马坑展厅、甲骨文碑林、殷墟博物馆等看点。甲骨窖穴中堆积的大量铭刻有甲骨文的龟甲足以令游人赞叹和惊讶。挖掘出来的依稀可辨的宫殿基址或王陵地面建筑的基址或许也算为后人存留了那个强盛的青铜时代的些许恢宏。透过乙七墓葬群地面的一面面玻璃罩可以直视到墓坑里众多殉葬奴隶或战俘的尸骨与残骸。这些被斩断的头颅、躯干以及被捆绑的肢体，以凝固在头颅正面的痛苦而狰狞的表情把奴隶时代的野蛮和血腥一直传递到今天的空气中，游人俯视脚下的这些尸骨时，可以感受到来自内心的震撼。而车马坑展厅的专门设置，显然是在向我们呈现商朝文明的前进步履及其体现在细节里的高妙之处。至于殷墟博物馆里所展示的难以记住名称的各种做工高超绝伦的鼎、尊之类的青铜器以及玉器、陶器等稀世文物和国之珍宝，无疑也值得游人一一观赏和品鉴。

殷墟王陵遗址与殷墟宫殿宗庙遗址、洹北商城遗址等共同组成了规模宏大、气势恢宏的殷墟遗址。作为世界文化遗产的殷墟王陵遗址，位于洹水北岸。遗址东西长约 450 米，南北宽约 250 米，总面积约 180 亩。考古人员在这里相继发现了 10 多座王陵大墓、2000 多座陪葬墓、祭祀坑与车马坑（出土的文物更是数不胜数）……学术界公认此地就是殷商时期的皇家陵地与祭祀场所。郭沫若先生曾有诗云，"洹水安阳名不虚，三千年前是帝都"，精辟概括了遗址的重要价值。作为我国目前已知最早最完整的王朝墓葬群，殷墟开创了中国帝王陵寝制度的先河。它的发现确证了殷墟商代都城的历史地位和商朝存在无可置疑的真实性，殷墟成为探索中华文明起源的重要基石。

本文刊于《劳动午报·劳动周末》（2016 年 1 月 23 日）。

相遇是缘，感恩在心

《中华读书报》创刊的时候我还在学校里读书，当时的感觉是这份报纸角度挺新颖，书卷气息浓厚，在众多报刊间格外引人注目，颇有些爱不释手。不过当时的我并没想到之后不久我就能走进这份自己喜爱的报纸，并与之结下不浅的缘分。

1996年春，我在朋友的推荐下很荣幸地来到《中华读书报》实习，陆续见到并认识了报社的各位老师和年龄相当的"同事"，和蔼可亲的王小琪老师、洒脱干练的陈晓梅老师、稳健和善的魏琦老师，以及端庄矜持的赵彤宇、美丽动人的红娟等等，以及祝晓风、赵武平、萧夏林、呼延华、张隽等诸兄。

当时的总编辑梁刚建曾安排我以实习记者的身份外出参加一些采访活动，印象较深的有两次，一次是《北京文学》杂志社举办的顺义笔会，一次是罗珠的诗歌研讨会。回想起来，梁总之所以安排我去采访这类的活动，是因为他知道我在文学方面有着强烈的志趣。不过我到文学现场却总是忘记自己的记者身份，而是以对文学本身的高度热忱参与到具体话题的思考和探讨中去。结果回来后，因为没有动笔及时记录，攒下的素材不多，交出的都只是几百字的消息。

　　实习期间，我因一直没写出大稿而自觉惭愧。有意把我重点当文学口记者来培养的梁总却仿佛并不介意，他似乎改变了主意，打算把我调整到版面编辑的岗位。因为报社离学校远，梁总还拟在单位附近给我和另外一位同事租间房合住。对我这种后进青年，梁总很有耐心，愿意花时间因材施教和因人而异地栽培。但年少轻狂的我却没有足够珍惜，拒不接受去单位附近住宿的建议，仿佛不屑于写易碎品般的新闻稿，甚至产生了完全自由的居家写作的想法。现实是，那时的我是不可能仅靠文学写作养活自己的，尽管我对文学非常狂热，但生存无疑是第一位的。而且当时的我并没有意识到，如果从实习转而留在《中华读书报》工作的话，假以时日，我在文学写作上的热烈追求势必会因这一优势平台和背景而大受助益。

　　总之，我因此没有在《中华读书报》多待，毕业离校时我也就结束实习没再去报社了。但我曾给当时负责"家园"版的萧夏林编辑投了篇文学随笔《大师的境界》，不久就刊出了。我记得萧夏林当时是住在报社的办公室里的，实习期间的某日我到得很早，就见他刚刚起床，正在收拾铺盖。之前偶然听同事说他是北漂，这一幕仿佛确证了这一点。趁老师和同事们还没到，我就试着跟他攀谈了一会儿，感觉他为人低调，但思想精神方面却特别自由饱满。当年，各大报社、媒体在用人方面是相当保守的，严格遵循着传统人事体制的刻板，而《中华读书报》用人机制的灵活与无拘，从萧夏林先生这里得到了直接的印证。

　　之后几年间，我一直断断续续跟梁总编保持着联系，主要是打电话汇报下近况之类。不过再次见面却是2000年1月我主编的《北大情事》出版。梁总听说我出书了，就让我带着书到报社去一趟。我带书登门，梁总对书的成功出版表示赞叹和鼓励，并安排记者对"北大情爱三部曲"作了介绍。后来他去了出版社，也总是对于他的老部下和学生关切地嘘寒问暖，他希望每个人都能够发挥自己的长处，当然也希望我的路能走得平坦些。记得我的长篇小说《校花们》出版后曾就电视剧改编举行了一场新闻发布会，梁总就担任首席嘉宾给予我有力支持。我也曾在梁总担任社长的广播电视出版社屡次投稿，虽有许多选题没通过，但"北大情爱三部曲"却有幸得以再版。

2003年春，我因事去《中华读书报》，见到已担任副总编的王小琪老师，感谢她对我的重视和支持。每次我出版了新书，她都会热心安排给予重点报道。写这篇早想写但不觉拖了数月的文章时，我才得知她已调任《光明日报》社美术摄影部副主任。不过我想，无论怎样，王小琪副总编在《中华读书报》所发挥的长期的"稳定与核心的作用"是不会随时间的流逝而改写的。

魏琦老师负责的第二版信息量很大，但他总是编排得从容淡定、错落有致，仿佛有亮点的业内资讯均已尽入囊中。他也曾多次编发过我的书出版的消息，尤其标题，他总是做得别开生面。魏琦老师的编辑功夫可谓精深。

《中华读书报》创办于1994年，迄今已整整20年。其创办和兴旺，显然为中国人的读书生活作出了巨大贡献。并且这份报纸使得一大批学者、作家得以迅速提高公众知名度，乃至由此发展得更好。应该说，从造就人才与提升社会文化品质这两方面来说，《中华读书报》均可谓功莫大焉。在梁总的领导下，《中华读书报》办得庄雅又生动、高端大气又活泼，其兼容并包、兼收并蓄的气度和视野开阔、品位卓然、与时俱进、地气充盈的风范也更是有口皆碑。

回想起来，我觉得自己当年与《中华读书报》的相遇无疑是难得的缘分和莫大的荣幸。由此，我在之后近20年的文字跋涉乃可一直受到《中华读书报》的重视与支持，以至我竟可在这条艰难的路上一直走到现在。可惜我一直也没有什么可以拿来报答，但我将始终感恩在心，永志不忘。

本文刊于《中华读书报》（2014年9月17日）。

第三辑

文学写作的体悟

大师的境界

法国著名传记作家莫洛亚为文学大师雨果写过一部传记，书的结尾处莫洛亚有一段话，大意是：时间的海水淹没了许多东西，士兵、山冈、坡地都不见了，只在海面上留下几座突兀的山峰。这几座山峰，就是大师，这是被时间筛选出来的，经得起检验的大师。

回头望历史，大师们巍然矗立，巨大而沉静，很好辨认。问题在于当下，眼前的这个世界太喧嚣太热闹，大师的称号像工程师、律师这类职业名一样用得很频繁，很随便，而且很自然。我想，还是慎重一点好，大师毕竟是大师，有一个层次问题，有一个境界问题，不到相应的火候与高度，是不能妄称大师的。

各个行业都有自己的大师，柏拉图是哲学大师，牛顿是科学大师，鲁班是木业大师，而成吉思汗是征战大师。我在这里所说的，是文学领域的真正意义上的大师。

够得上文学大师的人不多，屈原、李白、杜甫、苏轼……真的不多，但文学的天空有这么几颗，就已足够灿烂了，可见真正的大师是多么有分量。

中国人还没有谁拿到诺贝尔文学奖，于是《大家》杂志创刊了，他们要寻找和培养大师。毕竟获奖的机会极少极少，谁会成为幸福的第一个呢？文学界虎视眈眈。也许不少人都有这样的看法：不管获奖没获，真正的大师照样是大师，大师不会因为没有获奖而失去这一称号，比如托尔斯泰、鲁迅……他们始终会在众人的视野里耸峙而立。

大师是有一个标准的，究竟什么样的作家、诗人才称得上是大师呢？我想一言以蔽之：大师就是那些将生活和艺术结合得最好的人，他的怀抱里有最大的生活，他的手掌间有最好的技巧。这是大师的境界，非常人能到达的高度。

大师不能是形式主义者，后者只是在语言之间穿梭往来，沉迷于不断翻新的技巧，醉心于美丽虚幻的外壳，而内容却贫瘠苍白。大师不能没有巨大的内容，不能没有丰厚的生活矿藏，大师要与时代相呼应。

大师必须是深知凡间烟火、世态人情的。唯有置身大地投入苍凉而纷繁的生活，写作者才可能以俯瞰一切的英姿去从事创作，写下宏伟而厚重的巨著，从而走进大师的行列。

有庞大的生活而无利器，你就只能扼腕长叹自己的平庸，恨无盖世才华，终不能成就大器。有高妙丰美的写作技巧，可是没有激荡而巨大的生活冲击自己装满自己，那就只能沦为形式主义的巫师，只能沉溺为自恋情结很重的游戏家。

光有一面是成不了大师的，必须在生活本身和艺术本身两方面都修炼到巅峰境界，并能把两者成功地融为一体，浇注为作品的人，才称得上是大师，才能无愧于这一荣誉。

像屈原一样苍凉忧郁又大气浩荡地散发着亚洲铜气息的人，像李白一样飘潇出尘仰天大笑背着唐剑的人，像失明的荷马沉思的歌德像海明威像马尔克斯这样的人。

中国当代文坛已经出现大师了吗？也许，中国正在酝酿，甚至已经上了路，正在征途中，或者，中国的文学大师已经存在，只是混杂在人群中暂不能为人认出，还有待时间来筛选和证明。

不管怎么说，大师是一个相当高的难度，不是每一个执着的跋涉者都能成就的。要做大师，就需要写作者努力，直到写出巨著，有了大师级作品，作者自然就加入了大师的行列。我把这种体现大境界的巨著设想为：

文采绚烂辉煌，语言充满光芒；卷幅浩荡浑厚，字里行间大气淋漓；作品中的时空是熔合后的重新构筑；故事或情感来自作者个人真切的甚至是苦难性的巨大生活，又不为其拘泥，高翔在万物的上空；写作者的深刻性像血管一样，插满作品各部分的肌体；具有彻底的现代意识和悲剧性的高贵精神。

从生活的腹部走来，四肢和五官开满才华的花朵的写作者，朝着你的方向奋勇突进吧！以笔打天下，大师的境界是可以到达的。

本文刊于《中华读书报》（1996 年 10 月 10 日）。

文学：并不悲壮的坚守

　　围困我们的浮躁与喧嚣，也就是无数在我们心灵和耳畔不断扇动的翅膀，是我们所要远离的。我们所要亲近乃至要焚身以火的文学，要求于我们的，乃是沉潜、执着与淡泊。

　　在以全面建成小康社会为目标的新时代，在文艺门类和文化消费日益多元化的今天，文学的边缘化早已是不争的事实。80 年代的辉煌早已凋谢了，英雄的光环早已消弭于无，曾经风光无限的功成名就的文人们统统从神坛上被请了下来，在文学道路上艰难跋涉的无数后继者们更感到了空前的尴尬与难堪。也许，这就是生不逢时，这就是命运。对于拥有门可罗雀的读者的诗歌来说，投稿无人睬、出书须自费的诗人们在某个时刻甚至发出了"弦断有谁听"的叹息，乃至发出了"万人都要将火熄灭，我一人独将此火高高举起"这样的怒吼。

　　经济大潮汹涌澎湃，它无情地席卷着一切，人们或欣然或无奈地在为金钱和物质而奔忙，当此之时，欲望就像大雨中的伞一样无所不在地绽放着。所幸的是还有为数不多的真正的写作者没有被吞噬，他们竟然能以"坐忘"的状态面对这严重的局面，俨然超乎物外——"文学"

两个字对他们而言，就如"道"之于老庄。他们绝不是装作不晓世事，装作没看见身边发生的一切。也许，他们是"知其不可奈何而安之若命"，也许，他们是从庄子那里学到了"虚静恬淡寂漠无为"这样的守住根本的坚强办法，因此他们能承接住古贤人安贫乐道的可贵衣钵，他们甚至能像坚守城堡的铁骨铮铮的战士一样誓与文学古城共存亡。

在牺牲于物质与落伍于时代进程的很大可能性中，他们在某个时候不禁从内心深处喷涌出了强烈的悲壮感和某种勇士情怀：文学与世俗的碰撞如果注定要使心灵流血，那就流吧！如果大地上方的天空注定要在震动中失去支撑，那就让战士的手伸向云空，去托举远远超重的信念吧！

与其困守，不如迎战。以笔写作的沉默的人们终于出击了，在灯红酒绿的枪林弹雨中，在信息轰炸与诱惑地雷的弹坑间，他们身手敏捷地越过壕堑和路障，避开扫射与火炮，以大于肉体速度的精神速度奋然冲锋，他们以心灵的花朵当作子弹开枪，一梭梭五颜六色的花朵就这样发给了物化的世界。这样的图景是美丽的，也是悲壮的，因为花朵的力量实在是微乎其微。但赤诚的写作者们还是要说，在现实生活的战场上，在日益物化的社会生活中，花朵的抒情理应是多极世界中不容忽视的甚至是有力的一极。

细思之下，文学的失落感与文人的悲壮感乃是有根源的：从受人瞩目的辉煌中退出所引发的失衡，以及古往今来传承于文人骨血中的使命感、济世感与巨大而激烈的社会转型的遭遇。文人为文学与自身的遭遇而慨叹是必然的，也是可以理解的。但时至今日，文人们的心态应该完全平和下来了，他们应该已经在社会结构中找到了自己的定位，那就是——在不被关注的角落里歌唱。

那写作者无语的吟唱啊，打开了自己也打开了他人的心的石门，应该相信，内部的财富是可以共享的。那举起的灵魂的斧子啊，砍在了物欲坚硬的岩壁上，也许，留给后世的，会是思想者的化石。

是的，写作者要有所远离，要学会在边缘处弹唱，亲近灯盏和思想。

我想，当今的文学在根本上应该而且显然是寂寞的。当然，在现实里，这也不是绝对的、一成不变的情形。偶尔的时候，文学不也能摆脱了寂寞，甚至掀起一阵形而下的世俗的热闹吗？更令人欣喜的是，在某些时候、某些场合，比如说在浩瀚无际的互联网上，又比如说在诗歌朗诵会一类的文学集会上，你会发现人群中其实还隐藏着很多喜爱文学的人，甚至你会发现原来茫茫人海中还有这么多喜欢写些东西的人。这时，你就感觉文学其实还是挺兴旺——毕竟这是一门关乎精神家园与人情世事的学问，在纷繁琐屑的世事与疲顿狼狈的奔忙之外，无数的心灵其实还都是需要某种方式的安慰与寄托的。在可供选择的诸多方式中，应该说，文学还是我们每个人所面对的最动人的选择之一。把心灵交给文学，就像把雪山交给蓝天——难怪还有这么多人仍怀有文学的梦想，也难怪还有一定数量的志士在坚守着文学的阵地，这是怎样美丽的景象！

可喜的是这种坚守已然并不悲壮，因为文学已经找到了它自己的位置，因为写作者已经懂得了远离、淡泊和沉潜。只要还有一些人在坚持不懈，文学就会有它的活力，就会有它永远的希望在。

就让所有皈依文学的同志们并肩作战，一起坚守在 21 世纪的每一个春天、每一块麦地和每一块亚洲铜吧。

本文刊于《中华读书报》（2004 年 4 月 28 日）。

语言、感觉与情感

语　言

　　文学是语言的艺术。语言是文学作品的建筑材料，没有语言，作品只能是无处栖身的空中流云，落不下建筑一般的实体模样来。写作者首先要过的是语言关，以梦为马的诗人则要求更高，他必须有能力借助语言使逝者重现，使凋落的事物重新绽开，他的语言打开了事物所有方向的门，有三百六十扇。

　　语言是一种导体，作者和人物的电流通过语言这一导体传达到读者的内心，受袭击的读者就不会安稳了。好的语言具有静电复印的功能，能把作者和人物深层的状态复印出来，散发给每一位读者。

　　运用自如还不够，只有对语言操作达到出神入化、呼风唤雨境界的写作者才可以说：语言是顺着联想甩出去的雷电，人们因此看到大地上空乌云滚滚，电间雷鸣，惊心云魂；语言是深远的思想海洋掀起的满目浪潮，它激烈嚣张，雄视一切，但它对生活本身构不成威胁，海岸线上的人们只是眺望一下海上的风景，照样在阳光下忙于生计。

感　觉

感觉是一种灵敏的触须，它向事物周密地蔓延过去，细致地搜索，捕捉那些最突出的部分，并在强化之后，通过语言以出奇的方式表达出来。

文学发展到今天，可以说负荷已经很重，很多领域、很多题材都已被抒写过不知多少遍了，但生活总在不停地展现新的内容，优秀的写作者必须保持敏锐，保持新鲜的感觉，要能够穿透因袭的积累，来到崭新的前沿。凭着艺术家的感觉，在寻常的事物中观察到独特的甚至是以前从未被发现的东西，在日常生活中捕捉到一些被遮蔽或被忽视了的深刻的现代性意义，并且能准确地把这种新颖的东西表达出来。

具备天生的敏锐的感觉力，并不意味着就具备有捕捉新事物洞悉新意蕴的能力，必须阅尽既有的风景，必须经受不尽的历练，才能在无边的尘嚣中目光如炬，尽快地探照到新发现。

生　活

作家写作的源泉，既有他人的生活，也有自己的生活，既有外在的生活，也有内在的生活。

作家为什么写作？因为生活的海浪推拥着他的情感帆船，因为生活的蓝天撑开了他的心理时空。生活的苦难与幸福、平静与巨变，赐他以痛苦、孤独、绝望、欢乐、信心、春天，他要倾泻，要抒情，要表达，他要追求，他不能不写作。如果力能胜任的话，即使是功利性的写作，不也是因为生活的驱使吗？只不过这种写作多了一种自觉趋利性，境界自然也不高。

没有生活，作家能写出什么来呢？虚构和想象，当然可以，可虚构与想象不过是沿着生活的等开线滑翔出去的飞行物，或者说是生活的切线，抑或说是以生活为重心，在外围张扬摆荡，只不过生活施了更大的力使之扭曲变形的程度更大一些而已。看起来是完全的虚构与想象，实际上生活仍在写作的底盘上起着关键性的作用。

情　感

从某种意义说，写作者是一种情感人，很忧伤，很激情，像屈原一样沉郁，像李白一样豪放。高兴起来既无我，也无外在的世界，整个浸没在玄虚幻境中了；悲苦起来，天昏地暗，滚滚乌云如墨泼来，整个一伸手不见五指。不过，写作这件事其实应该是理性的，文学是社会科学之一种，既是科学，理当如此。写作者要把沸腾的情感冷却下来，要把冰冻的情感融化为水，总之，要处在一种正常的活性的理智的状态，只有这种状态下的写作，才能表现出真实的生活和真正的思考。说疯话是行不通的，鲁迅写《狂人日记》，人物可以疯，但作家一点也没糊涂，而是相当清醒，甚至是相当冷峻。所以说，写作者更是一种理智的科学人。

巨大的情感意味着巨大的写作资源和冲动，一旦进入，写作者就有可能在里面晕头转向、形销骨立乃至有去无回。《平凡的世界》把路遥整个生命都卷了进去，这是令人遗憾的。所以在径直扑入巨大的中心题材之前，一定要控制好情感，想清楚。作家的巅峰之作往往就是通过挖掘他最大的那笔情感资源而写成的。作家所倚重的这笔情感资源像高炉一样太激情太炽热，足以使作家本人融熔失形无法还原，所以作家要对自己进行冷处理，然后可以总理过去的生活。比如可以先放倒边缘向中心渐进，乃至时机成熟，再冲入大莽林挥斧前进，以理性有计划地处理这些林木资源，到最后完工时，采伐毕了森林，你也建成了一座气势恢宏的宫殿。这件作品使你筋疲力尽，也使你大功告成。

写作是要投入才行的，倾情之作方显真诚，先打动自己再打动别人。不过，很多时候也可以轻松一点，调侃地写，嘲笑地写，好玩地写，机智地写，游戏地写，毕竟时代不同了。不要动不动就热泪盈眶好不好，不要一上来就感人肺腑就震撼人心好不好。现在大家都在"快乐大本营"里"欢乐总动员"了，现在大家都外表冷漠内心更冷漠了，你还想以一支秃笔打动人，真是难得有门了。不过无论你怎样写，却总得认真敬业才好，读者的目光是雪亮的，你胡来是要被广大群众抛弃的，甚至大家用唾沫淹死你也不是办不到。最好的办法是穿上外套，表面上很游戏，很机智，很玩世不恭，其实内部却很真诚、很倾情。包裹封装了情感，不轻易示人，读者一路也读得很开心，可读到最后，却不禁大有触动，甚至很疼痛，就是很现代很当下的那种疼痛，甚至有些读者的泪水都不得不流出来了，这样的写作才叫好呢。

本文刊于《农村青年》（1999 年第 6 期）。

年轻作家莫浮躁

一转眼，沉甸甸的 2004 年就要翻过去成为我们记忆的一部分了。就文学领域而言，我们在这一年里见到了数量非常可观的各类作品，其惊人的产量确实很是可喜。但另一方面却也值得忧虑，那就是形形色色的消费文学、泡沫文学、快餐文学甚至垃圾文学的涌现，在作者急功近利的心态下，甚至还发生了几起关于作品侵权的案子。

我承认在时下几乎被炒爆的"80 后"写作群体当中（也包括"70后"），有的作者、有的小说已经把小说的个性化展现得很好了，也就是说，在展现新一代年轻人的青春形象和生活姿态方面已经是可圈可点了。但他们的作品显然还是单薄了，在文本和内涵的创新上也做得不够，尤其遗憾的是在"综合"方面还做得很不够。一句话，他们还缺乏一种在本质上消化既有的文学成果、在本质上"综合"复杂的现实生活的能力，这就制约了他们书写大作品的能力。举个例子来说，如果他们写的是一个纯情的爱情故事，则小说里的环境大抵是整个地球上就只有一个男人和一个女人以及他们的纠葛了，如果是三角恋，那整个地球上就只有一男二女或二男一女以及他们之间纷乱的关系了，这样的故事再精美，其分量都是可以想见的。

有一个道理恐怕大家都明白——每个人都不可能是孤立的，只要是在这个社会中生活着，那他就势必是某张关系网中的一个结点，他必然就要和各种社会关系发生这样那样的联系。作为一个优秀的作家，不仅应该像其他人一样有能力应对这错综复杂的种种，更要有在文学作品中展现这种错综复杂的能力。只要稍微注意一下，我们就不难发现近年来许多比较流行的作家都缺乏我们所说的这种宏大叙事的意识、能力和经验，他们能够幽默，能够调侃，能够搞笑，能够把比较简单的人与事讲清楚，乃至讲深讲透，但若人物当真多了，头绪当真多了，乃至需要把有一定规模和典型意义的社会生活层面组织成一部相对集中、精彩的小说的时候，那他就一定会发慌乃至要晕倒——这不说明别的，只表明了他们离一个杰出的作家究竟还有多远，如此而已。

榜样性的例子当然有不少，最有说服力的就是我们的四大古典小说——它们是那样的宏大叙事又那样的纷繁绵密，它们是那样的史诗气度又那样的沉静温情，怎能不让后来的我们由衷赞叹！就说《红楼梦》吧，虽然是一部爱情小说，但它更以恢宏的视野展现了广阔、复杂的社会生活，为此，曹雪芹付出了近 30 年的心血与智慧。试问今日那许多轻飘飘的爱情小说，除了卿卿我我、潇洒扮酷之外，我们还能从当中看到什么？我们只能看到作者的浮躁。

《三国演义》姑且不说，又比如《水浒传》，当中光梁山好汉就有一百单八将，但作者就有本事把这么多人物都塑造得栩栩如生，把这么多事件和头绪拾掇得有条不紊。其实当中很多的人物都是可以拿出来单说的，而且会讲得很精彩，比如武松的故事，又比如林冲的故事、宋江的故事，等等，但作者并没有这样做，而是沉下心来投入巨大的精力，"综合"出了一部可以长久流传下去的大作品。要是换了眼下这些年轻的作家来写，恐怕也就只能一个一个地揪出来单写，就像 8 集电视剧

《武松》、N 集电视剧《林冲》之类，因为人物相对的少、头绪相对的简明，拿起来估计问题不大。但如果让他们把所有这些人、这些事编织成一个有机的整体，既要气势恢宏、浑然一体，又要精密细致、无可挑剔，那他们就一定做不到的。即便他们坐得下来，积淀太少、功力不够的问题，也决定了他们只能失败。我想说，当人们批评某部作品厚度不够还显单薄的时候，往往就是在这个意义上来说的吧。这就是大师和写手的区别。

现在的年轻作者，鲜有厚积薄发而多薄积频发者，在大家普遍被"出名要趁早"这一口号怂恿的情况下，要让这些年轻人远离浮躁真正沉下来去潜心准备乃至埋头苦写一部作品确乎很难，所以也就不能对他们抱有多少的希望，至于以后会不会有希望，那就是以后的事了。

本文刊于《中国文化报》（2004 年 12 月 29 日）。

写作的个性化问题

和现代化大工业生产不一样，文学写作需要的不是集体的分工与协作，作为一种特殊的个体劳动，其产品也绝不是在定型之后于数量上的简单累加，而要求每一个作品都是创造性的、各个不同的，最多也就是作品印在书刊等载体上之后的工业化复制。

最近在报章上看到有人出版系列虚构类套书是请了好几十人大家一起凑，你一章他一节，人物、情节、悬念等等，该有的都有，因为人多，所以成书的速度非常惊人，甚至也还吸引读者。我想，这样的事自然与文学写作没什么关系，倒是可以归为工业生产一类的。

众所周知，文学的传统可谓源远流长，因为有了这古今中外长久不断的积累，我们所能领略到的风景自然也就是极为可观的，好的作品数量巨大——我们中的任何一个人，即便学习、研读其一万年，恐怕也是完不了事的。对于作家们来说，首要的却不是扎在书堆里不出来，而是择其要、择其优领略之，然后创造出新的区别于既有作品的新文本来。

就这一点来说，那些完全拒绝借鉴、拒绝传统的写手实在是很可疑的，因为闭门造车的结果是我们所不难料定的。而那些号称很少看过文学作品的人，除了自欺欺人，除了标新立异以吸引目光之外，大抵也就能写一点近于口述实录之类的肤浅、直白、简陋得大体可以称之为文字垃圾的东西吧。

如今这年头，是个人，能把自己的或别人的那点或简单或无聊的经历粗陋地文字化一下，甚至给印成了书或刊登在了某些莫名其妙的文学刊物及其他刊物上，之后这人就自称作家了。其实，作家并不是那么容易当的，作家的称号也不该受到那么多亵渎。

对于一个严肃的作家来说，起码他应该知道自己为什么写，知道自己是在为谁写，知道自己该写什么，以及该怎么写，否则他就难免盲目。还有，起码他应当意识到文学传统对作家所提出的挑战和要求，他应该知道个性化是怎么回事，创新是怎么回事，优秀之作乃至大作品又是怎么回事，否则他就难以称职，更别说取得什么成就了。

我想，就文学传统对作家的要求来说，大抵就是这么几点吧，第一，你必须了解这个传统，知道这个传统是怎么回事，里面都有些什么东西；第二，在把握、借鉴传统的基础上，你的写作还必须区别于这个传统，最好，在后来者看来，你也能成为传统的一部分；第三，你要开创新的传统，你就必须成为一个巨大的存在，融百家之长而自成一宗，至少，你也应努力成为独特的一景，悄然装点文学世界的某个角落。

总之，落实到我们眼前就是一句话，无论怎样，文学都要求写作者应当具有强烈的创新意识和鲜明的写作个性——这大约就是个性化写作的价值和意义所在——之后再凭日渐丰厚的积累和扎实、勤奋地劳动去建构大作品、创造大辉煌。

很显然，要成为一个优秀的作家，要取得令人瞩目的建树甚至想取得巨大的成就，都绝非一朝一夕之功，没有千锤百炼，没有漫长而艰辛的劳作，天分再高也是办不到的。就年轻的具备一定实力的作家们而言，我以为是绝不能仅仅以树立个性化写作的姿态为满足的。

有的作家的作品因为展现了一定的新的生活层面和生存状态，而获得了部分内行或外行的表扬和赞许，这固然是可喜的，但这毕竟只是一时的风光。在光阴流逝之后，该作品能否不被人淡忘，甚至得以长久流传下去，却还是个疑问。再者，当初的一点个性化文字，在以三五年为一个换代节点的那个时段既逝之后，是否还能具有真正的个性化估计也是很不好说的，因为发生于同时代的所谓个性化的喧嚣实在是太多、太滥了，而众多区别很小的个性化势必归为雷同。因为树立一个另类的姿态不是个什么重活，大家这方面的天资和投机取巧的本事恐怕都差不多，任谁摆个玄想之后的标识性姿态来，不都能拍出张艺术照来？

难的是什么呢？是从众土丘间默默而坚韧地拔地而起，经过长时间的努力，长成为一座高高矗立的巨大山峰。

就当前文学的新层面来看，"70后"作家群也好，"80后"作家群也好，近几年间，我感到他们中大多数人的写作都存在一个问题，那就是罕见力作。就艺术手段而言，可能最大的问题就是宏大叙事的缺失，虽然近来有了起色，但大的格局却难有大的改观，这就使青年作家们的整体风貌显得不是那么气势非凡，不是那么巍峨磅礴。

应该说，"70后""80后"也好，在展现那种"率性和充分个性化的生活空间"方面的能力显然还是比较强的，应该说，这类以"私人生活"为叙述重心的有着较深"个人写作"文脉的写作是个性十足的，是叛逆而张扬的，甚至是桀骜不驯的，对一切都满不在乎的，等等。应该承认，他们的写作在表现个人的故事、情事、心事等方面都有着相当的长处和实力，但他们的弱点也显而易见，那就是他们大多无力对大的人群和大的宏大生活进行深度的解读和关照。

也许我们可以这样说，他们近些年来所奉献出来的文字"异常尖锐地呈现了当下中国写作的可能和困难"，又或许，这"当下中国写作的可能和困难"其实已经或正在被他们中的某些人在克服和突破着，只是要看清楚这一切却还需要时间的沉淀。

本文刊于《中国文化报》（2005年1月12日）。

为谁写？写什么？怎么写？

为谁写的问题，曾经有过这样的号召，那就是要为人民而写，为老百姓而写，主要的就是为工人阶级和农民阶级而写。这是过去的事了。现在呢，时代不同了，不少人标榜自己是在为市场而写。说白了，他们中的一些人大抵是为票子在写。其实为市场写也没什么不好，作家也是普通人，也要过日子，也要挣钱糊口、养家，甚至还要靠写作来买房买车不是？试想，如果你的作品市场不接纳或接纳得很少，那你怎么办？人都活不下去了还怎么写？再说了，市场的接纳度在一定意义上也就是在读者中受欢迎的程度，如果读者对你的作品不买账，那恐怕也不是什么好事。但我们要警惕那种一门心思往钱眼里钻而不顾其余的写字态度。作家还是要有一定的社会责任感、文化担当及精神高度才好的。

另一些人主张的呢，却是为文学史写作。这恐怕也没什么不好，有追求，有志向，有抱负嘛。想来，能够进入文学史的作品，大多是质地过硬、凝聚着作者极大心血和智慧的文字吧。怕就怕有些人为此而走火入魔，一心只念叨着载入史册，结果却遁入了玄虚幻境，只把一场文字游戏编得云里雾里、不知所云。见不到生活的矿藏、人文的底蕴的作品，没有悲悯博大的情怀，没有把读者和群众装在心中的作者，恐怕终归都是要被文学史所摒弃的。

写什么的问题，和每个作者的生活经验以及情感立场有关，也和一个时代的风向和潮流有关。当年，乱世里的沈从文一门心思写宁静的湘西，旧都里的老舍一门心思写记忆当中老北京的市井生活，解放区的赵树理一门心思写他的农村和乡亲……他们才华横溢的笔都植根这古老而苍茫的大地，于是他们无一例外地取得了令世人瞩目的成功。再看近些年来我们这几茬青年作家的表现呢，先是当时被命名为"新生代"的作家群中的若干位奋不顾身地扎进了都市的喧腾和夜色当中去，接着是"70 后"当中的许多作家狂写了一通酒吧和舞厅里的迷惘而颓废的青春，再后来就是"80 后"当中的许多少年狂写了一大片稚嫩而忧郁的年轻。我不是说这些不好，毕竟一个时代有一个时代的文学，同步地表现当下的城市景观和年轻面孔并没有什么不好，他们用自己的笔激进地展现了疾速向前的社会生活的新层面及新人群，这在一定层面上自然是很值得肯定的。但只要我们略一思量，就会发现肯定有什么被忽略了。

难道我们十多亿人成天都在都市闪烁的霓虹下游荡？都在那些新潮的娱乐场所里出没？都被周围同样年轻但却怎么看怎么不顺眼的"小样"弄得特烦躁、特孤高？很显然，众多的写手们所奉献给读者的，实在只是广阔社会和巨大生活的一个局部，作为我们时代的更大存在，贫困在黄土地里的农民呢？下岗在窘境里的工人呢？流动在艰难里的打工人群呢？包括那些挥金如土、生活糜烂的富豪和新贵呢？有多少人注意到了？有几个人在写？总共又写了几篇？我想，这个答案肯定是要让大家失望的。那么，在今后的写作道路上，我们是不是可以把写作的关注面扩大再扩大？"为生民立命"的意识是个好东西，丢不得。

怎么写的问题，归根到底，其实主要就是拼作者的实力。虽说这主要是个写作技术层面的问题，但其实还包括作者对写作的认识和态度。

都说文坛很浮躁，一个很重要的方面就表现在一批年轻人的写作态度上。这些人被"出名要趁早"这一口号给煽呼得似乎是急不可耐，很小的时候就发表长东西甚至出个人专著了，然后手就停不住了，一部接一部，一本又一本，仿佛变戏法一般，时间不长，就把广大读者晃晕到只有连叹"真高产啊"的份儿。在某种意义上来看，我觉得这样的写作态度肯定是有问题的，小小年纪就出了这么多东西，其质量似乎可以想见。

其实，我们的市场上不是作品的数量少了，而是有分量的好作品太少了。尤其是最近一两年，许多青少年的作品颇有些快餐文化、速食文化甚至垃圾文化的气象，这实在不是什么好事，而是在扰民，在浪费读者的宝贵时间，在浪费我们有限的社会财富啊。应该承认，这当中也确有一些不错的优点很多的作品出现了，但即便是这些文本，其字里行间的遗憾也仍是无法避免。不是作品单薄了、厚度不够，就是矫揉造作、真实性差，或者就是立意太肤浅，没有思想的力量……诸如此类。特别是有的人追求的只是一种写作的快感和阅读的快感，他们似乎是在避免让读者在阅读时产生哪怕一丁点的耗神劳心，其实是他们没有能力写出那种耐读的、有厚重感的作品来。他们不知道，阅读《史记》《三国演义》《红楼梦》之类的巨著都是颇要花些时间和心力才行的。如果是翻一本漫画书，或是一本快餐性质的书，那当然是省事的。作为一个作家，你是打算沉下身心来下真功夫、苦功夫写好每一部作品宁缺毋滥呢？还是像在流水线上那样忙不迭地追求数量呢？相信每个人都会有自己的判断和选择。

本文刊于《中国文化报》（2005 年 5 月 11 日）。

写作的质量与数量

前一段时间有人提出：作家应该多写快写，这是一个作家创作能力的表现，如果创作力干枯，总也不出新东西，那就干脆别在文学上耽搁自己，趁早改行吧。但我认为，平静客观地说，这样振振有词、满怀自负的言论其实是肤浅的。

一方面，这话有意无意就可以冤枉到一些优秀作者，有的作者并非不勤奋，但在文学刊物和文学出版的选稿环节一直没遇到识货或勇于超越文坛矛盾之困扰从而打破文坛壁垒的伯乐，以致虽写了不少好作品，却无从发表与出版。另一方面，对很多非专业作家来说，如果生活如意，不须为生计奔忙，写得很多、很快并非难事，甚至是轻而易举；但这样一来，作品的质量往往就很难保证，不是在低层次上重复自己就是为了数量而牺牲质量。

事实上，文学是一项需要我们精耕细作的脑力劳动，而非机械化的农业大生产。质量高兼产量大当然好，但这种状态毕竟是少的。文学史上确有少数名家大家产量极其惊人，但即使是这样的作家，也只有不多的代表作能真正被大家牢牢记住。对同一个作家而言，我相信写慢一点、写少一点肯定是有助于作品质量的提升的。质量的高低与数量的多少有时是一种反比关系。至于对每个具体作家来说，究竟怎样的速度可以谓之快，怎样的速度又该谓之慢，却没有一个明确和量化的标准，还是由作家自己来掌握的好。

影响写作的质量与数量的因素很多，我觉得需要关注的有两个方面：一是作家的写作理念和写作功力，一是作家所处的文坛环境和外部气候。

就前者而言，我以为首先要解决的是为什么写的问题，之后才是写什么、怎么写的问题。而"怎么写"显然是我们所要面对的核心问题。作家们需要不断地"充电"，以不断地提升写作技术的水平和创新能力，同时也需要更多地关注、思考我们的生存境况和人类的心灵自由。而不是闭门造车、两耳不闻窗外事仅仅停留在"写"上。君不见书店里各类琳琅满目的作品早已是堆积如山，现在不是新面世的文学作品太少了，而是有创新价值和文学含金量的作品太少了。我们的社会和读者，需要的不是匆匆草就的粗制滥造之作，而是那些扎实的、下了真功夫的沉甸甸的精品力作。

就后者而言，我认为当今作家，在具备了较高的写作水平之外，还要应对"功夫在诗外"的文坛风气和文学作品的市场化问题。无论是发表还是出版，一些好作品一路上都曾被一些文坛把关者"合理"地挑剔过或冷落过，甚至被长期搁置；即使作品出版了，其市场命运也还有可能遭遇各种意想不到的陷阱与伏击，比如被"酷评"，被"忽悠"了之类。著名作家王蒙在谈到构建和谐社会的问题时，就曾批评过文坛的一些不良风气，比如门户的偏见、搞小圈子、文人相轻等等。文坛沉积日久的弊病由此也可见一斑。倘若文坛不能建立良好的风气，不能给被压制的作者以更广阔的施展空间，那么作家的努力也会白费，文坛的和谐也就无从谈起。

虽然时代的脚步在不断地向前迈进，但古老的文学依然执着地在放射着它耀眼的光辉。这是可贵而令人欣慰的。因此，由衷地希望文坛能广纳百川，建立起和谐自然的良好风气。作家们也能安下心来，踏踏实实地埋首创作，以高质量的创作赢得更可观的回报。同时为读者们奉献出无愧于我们这个时代的好作品。

本文刊于《中国文化报》（2007 年 7 月 26 日）。

缺乏经典的当代文学

曾经听到许多声音说，中国当代文学缺少经典，满目所见可谓垃圾多多。这个说法显然相当有道理，甚至可谓一针见血。毕竟在无数的文学出版物中，最终能有幸跻身于经典之列的作品总是极少的。而且中国当代作家们的创作也确有其若干的问题存在，比如虚假、空洞，比如谄媚有余而质感和力度不足，比如脱离人类生活的核心与实质，等等。

但另一方面，这却似乎也有妄自菲薄的问题。古代中国人通常总是自信与自豪的，并且这种健康的心态和优越感是建立在本民族真实地领先于别国之上的。但自晚清中国衰弱败落以降，若干时间以来，中国人中平添了许多联手外国佬盘剥欺压自己同胞的良心不好的买办，与之相伴的，是崇洋媚外者的大量涌现。今天的中国当然要提防盲目排外的趋势与可能，但问题是，有时候以为外国月亮比中国月亮圆的论调似乎也稍稍有点过了，包括在文学领域也有这样的情形。

第三方面的问题或许出在人性的弱点上。文人间因为嫉妒互相拆台，互相看不上眼乃至出手打压等等，以至发展到某一天竟然都异口同声地认为中国当代文学很糟糕，垃圾多多，没有经典，云云。

中国当代文学果真如此吗？我的观点是：其实很多人都写出了不错的只属于自己的作品，当中也蕴藏着好些高水平的作品，甚至也有若干作品是有希望跻身于经典之列的。我相信，这些有待于漫长的时间来确认为经典的作品，只要经过一定"流程"的打造和遴选，比如精彩的图书营销、比如成功的影视改编等等，就都有助于这些优秀作品走上经典化的旅程。

问题是现在的出版界和影视界似乎都出了点什么问题——这似乎跟文坛的纷争等间接相关。出版界要么回避出版文学作品，要么就只一门心思地争抢畅销书作者的书稿。影视界呢，要么根据导演、策划等人心血来潮的念头或创意来组织剧本编写和剧组班子，要么就重拍四大古典名著之类。

如此这般，自然有一些好的作品得不到出版——它们混在海量的各类文字中，而一些有眼光的编辑家和掌握着出版资金的出版家却都拒绝承担发现好作品、扶植文学新人的义务。

如此这般，已经面世的一些值得影视化的优秀小说，自然就难以等来改编的机会——影视行业有数的投资一旦宁可拿来重拍四大古典之类（尽管重拍四大古典总有其道理，四大古典也值得反复拍），就总有一些小说，特别是青年作家们的作品要丧失这种机遇。

20世纪80年代前期崛起于文坛的那批老作家多得益于作协的传统体制，比如王蒙、张贤亮、蒋子龙等人就多成为作协系统的领导同志；20世纪80年代后期崛起于文坛的那批作家多得益于影视改编，比如王朔、余华、刘震云、苏童、刘恒等人就因此而功成名就；年轻的"80后"呢，他们得益于新概念作文给他们带来的机会，以及文学出版市场化运作的机遇。

当前中国文坛的紊乱与困顿应该只是一时的景象而不会是永恒的情形。我因此以为，事实上业已存在的那些经典虽然暂时或在相当一段时间内都无法得到发现与确认，但大抵还是会在莫名的某个时候浮出水面的。

本文刊于《文学报》（2008 年 9 月 25 日）。

媒体与文学

在如今这样一个资讯时代，可以说，媒体已经以其庞杂的信息覆盖了现代社会的每一个角落，与之相应的，是现代人的日常生活无不深受媒体的影响，乃至为其所牵引。虽然媒体并不能操控我们的思想、意识和行为，但媒体的确已经凭借其无所不入的触角，非常强势地介入到现代生活的方方面面，包括日渐式微的文学在内。

回顾以往，媒体尤其是报纸，几乎是自诞生以来就一直为文学提供着"文学副刊"这样的坚实的阵地，不光是散文、随笔、诗歌等的发表，长篇小说的连载，更有许多史上著名的文学论战，以及一些中外文学流派的宣言，都借助了报纸这一宝贵的大众传媒的阵地。管中窥豹可见一斑，长久以来，媒体对文学的支持可谓大矣，文学与媒体的关系可谓密切。特别是近些年来，在文学被边缘化的大背景下，许多媒体一如既往地为文学提供着空间，一如既往地对文学给予热情的报道，为文学保留、巩固和扩大自己的影响力，作着巨大的贡献。

反过来，媒体对文学也是非常依赖的。其一，文学是各门类艺术之母，新闻报道的艺术自然也脱离不开文学这个母体；其二，文学虽然衰微了，但在媒体的受众中，热爱文学、关心文学的人依然大有人在。而媒体最重要的职责之一就是尽量为广大受众提供包括文学资讯在内的最丰富的资讯。因此，媒体与文学是血肉相连、无法分割的。

综观媒体对文学的强势介入，我们又可以说，媒体事实上早就构成了文坛不可小觑一个组成部分，文学与媒体可谓息息相关；特别是当主流媒体以自己的强势探照于文学时，往往会对文学的流变与起落产生一定的作用和影响。事实上当今文坛各种风云变幻，与媒体也有着密切的关系。媒体直道而行，则文学就能获得正面的推动，如果媒体操作有失，则文学势必要受到一些负面影响。有时媒体把握文学作品和文学现象的能力不够，报道有失水准；或媒体在报道时非但不能抵制某些"话语霸权"，反受其引导，以致立场有偏颇，不够客观和全面；或者一门心思就扑在炮制形形色色的花边、八卦一类的新闻上而对正在发生的、有新闻价值的事实视而不见，甚至以生产出一些无中生有的、失实的或断章取义的、哗众取宠的新闻为追求等等。当媒体出现这类问题时，媒体笔下的文学就成了哈哈镜中的镜像，而媒体也会因此在一定程度上损害自身的严肃性、权威性乃至公信力。

比如前一阵关于少数评论家铆足劲猛批余华作品《兄弟》这一事件的报道就似乎有炮制新闻的嫌疑，及至最近又有了某出版社将有关这一事件的报道和批评文章结集出版的报道，我个人觉得这行为的本身和这报道多少还是有些无聊。他们似乎想说，余华够牛的吧，可俺一批就能批倒他。某些评论家们更好的做法似乎是应潜下心来多写些研究论文，而不是琢磨怎样在文坛称霸。称霸文坛，显然是一种不良风气。又比如曾经被南方某媒体报道过的所谓"70后作家排行榜"这一噱头性事件就更是一例。"排行榜"在各个领域都曾搞过，在文学领域也不是什么新鲜事，比如有的文学刊物就时常搞文学作品排行榜，比如多年前就有搞过所谓的现代作家排行榜之类。这样的排行榜，至少公布了哪些人在评选，评选的标准又是什么，诸如此类，倒也不失为一家之言。相比之下，去年这家媒体的这一行为就有失妥当，既没有评选过程，也没有公布参评作者、评选标准等，更没有广泛征求专家和读者的意见，许多人事先全不知晓，忽然就发布了这么一个所谓的"排行榜"。虽说排行榜具有很强的游戏性和娱乐性，很难说有什么价值和意义，我们完全可以一笑置之不必在意，但如果真要搞排行榜，那就还是要有一些专业性、科学化的标准才好。

尽管媒体在关注文学时也存在着这样那样的不足，但毕竟众多媒体多年来的努力和对文学的贡献也为读者亲眼所见及亲身感受。从纸介传媒上的文学版面到广播里的文学栏目，从电视上的文学类、图书类节目，到互联网上大量关乎文学内容的网站，我们感到虽然文学没有以往那样的轰动效应，但大多数媒体依然在一如既往地关注着文学，也吸引着广大读者始终跟踪文学的目光。

无论是媒体的形势大好还是文学的处境尴尬，我们对文学和媒体还是一如既往地充满信心。我们有理由相信，文学完全可以积极主动地寻求强健的媒体的支持与合作，而媒体自身在关注文学时也能够更多地赢得读者。相信文学借助大众传媒的平台，会继续不断扩大自己的影响力和号召力，使文学拥有更多热爱她、追随她的读者。

本文刊于《中国文化报》（2006 年 6 月 28 日）。

文学刊物怎么了

　　曾几何时，文学刊物是那样风光、热闹，发行量动辄几十万、上百万。可是好景不长，进入20世纪90年代后，一些文学刊物的境遇就无可阻止地陷入了尴尬和困窘之中，不仅在整体的文化格局中被日益边缘化，更被读者冷落；不仅发行量江河日下，连人们心目中的文学女神也被莫名践踏。想一想互联网上的文学读者有多少吧，相比之下我们的文学刊物却这般的少人眷顾与问津，不少刊物发行量只有一两万份，甚至几千份。虽然今天仍有几家文学刊物保持有10万册左右的发行量，但文学刊物从整体上呈现的却确实是一种落魄的格局。

　　文学刊物到底怎么了？为什么会衰落到这般地步？

　　有一些原因是不容忽视的，如以经济发展和技术进步作为前提和基础的文化消费门类的日益多元化，是文学刊物衰落的一个相当重要的原因。流行音乐、时尚杂志、畅销图书、廉价厚报、卫星电视、神奇互联网的蓬勃兴盛，CD、VCD、DVD、电子邮件、手机短信、网聊视频等新事物的迅猛普及，电视连续剧、歌星演唱会、小剧场话剧、卡拉OK、蹦迪、泡吧、越野、旅游等文化休闲方式的风起云涌……所有这些新事物、新现象、新潮流无不吸引了大量受众的注意力，在它们浑身裹挟着的时代气息和巨大魅惑的鼓噪下，无数公众的身份乃由文学刊物的读者转变成了新事物的消费者和弄潮儿。也难怪文学刊物会寂寥若此，凄凉若此。

除外因外，我在此还想探究一下文学衰落的内在原因。文学刊物本身是为写作者展示才能提供的平台，是为读者获取精神食粮提供的重要渠道。文学刊物之所以衰落，文学刊物的编辑恐怕多少都要负一些责任。虽然大多数文学刊物的编辑兢兢业业，在为文学事业的发展作着独特的贡献，但也不否认，也许是巨大转型和高速发展中的社会各种的诱惑实在太多，以致有的编辑无法坐下来好好钻研业务，在文学方面没有很好的参悟；也有一少部分编辑把发稿当成一种特殊权力，当成谋取个人好处和利益的工具，刊物的品质和公信力在这样的编辑手里就变得无关紧要，发行量少又怎样，读者冷落又怎样，反正是公家花钱办刊物，收入旱涝保收。甚至少数人还有组建较封闭小圈子的倾向。栽培、扶持年轻作家走上文学之路本是好事，可问题在于，如果这种举动不是基于作品本身的质量，而更多的是权衡利益关系、人际关系等，那就不是什么值得称许的事了。所有这些，无不对文学之民心和特定方面之社会公正造成了伤害，当然更对文学本身造成了伤害。这种现象从短期来看是作者们的不幸，但长此以往，则多半会演变为文学刊物自身的不幸。

再有，文学刊物的选稿标准是否对路也值得研究。文学刊物有自己的选稿标准是很正常的，但这个标准是否真正是一个开放的有胸襟有眼光的标准，是否呼应了大多数民众的心声，是否在市场脉搏、社会良心和文学理想之间取得了一个良好的平衡等，也都会对文学刊物自身的命运产生重要影响。

20 世纪 80 年代崛起于文坛的那批作家真是有福气得很。那时候的文学刊物开明、坦荡。那时候的编辑也真正具有为他人做嫁衣的服务精神和牺牲精神。他们的眼里只有作品本身，而少有别的。那个年代一批真正有实力的作家得以涌现而鲜有被压制、被埋没。

印象中的那个年代，几乎所有的人都关注文学，都热衷于写点什么，几乎所有的人心里都飘扬着一个瑰丽的文学梦；印象中的那个年代，文学刊物真正是文学界最令人瞩目的中心和舞台，文学刊物的良心和责任感也真正当得起读者和作者的信任。那个年代，就是自改革开放之初到 20 世纪 80 年代末期。正是在那个年代，我们的当代文学得以获得狂飙突进式的大发展，新时期文学得以从容地开创出一片崭新的天地；正是在那个年代，中国的新文学屡建奇功。今天，为了文学刊物的生存与发展，为了当代文学在新世纪里的前程与希望，我们真诚地期待着文学刊物能高度重视文学之公正和文学民心之大回归等课题，在努力重铸自身新的辉煌的同时，更让文学重新回到人们心中的殿堂。

本文刊于《中国文化报》（2006 年 6 月 22 日）。

网络：文学孵化器与出版掠夺者

　　网络无疑是一种新的媒体形式，可以为我们提供非常丰富而及时的新闻资讯。网络仿佛又具备图书馆的功能，为我们提供了海量的免费的文学读物以及便于检索各种资料的巨大的信息资源库。网络为我们提供了电子信箱，使我们足不出户就可以非常便捷、高效地与外界联系、沟通乃至实现电子文本的迅捷传递。网络显然是社交中心，使我们安坐一室即可与全国任何一地乃至世界范围内的任何一人建立联系，交友聊天。网络无疑还为广大网民配置了无数的在线游戏、歌曲、影碟等等，我们可以随心所欲地在线游戏、听歌、看碟或和偶遇的网友打牌、下棋……总之，网络以其媒体、图书馆、信息库、通信工具、社交中心、娱乐中心等多位一体的复合形象矗立在了地球村的广大村民面前，集多种功能和角色于一身的网络，凭着诸多灿烂的诱惑广泛而切实地打进了今日世界现代生活的各个角落，并且令人无法拒绝。

　　特别可喜的是，有不少的文学网站，几乎与互联网同步地出现在了我们的眼前。一些综合类门户网站，包括一些专业性或行业性的网站也开设有读书类、文学类、文化类的频道。正是在这些地方，灌注或充斥着大量与文学有关的内容，也聚集着大量的文学爱好者以及一大批倾心于文学的追梦人。这些地方汇集有免费从各种传统报刊转载过来的文学类新闻并可以做到滚动发布、时时更新；这些地方汇集有许多从出版社和作者处取得授权免费在网站连载的文学图书的电子版；这些地方有许多文学爱好者所写的大量原创文学作品，甚至还有网站的编辑们精心策划、制作的焦点性、热点性文学专题……这些有风景的园地很自然就成了古老文学的热情的粉丝们或偶然或时常地浏览或啸聚的不拘空间。他们在这里了解文学界的动态，比如优秀文学作品的出版，新老作家们的近况报道或作家的人物访谈，以及一些作者发表的包含有新思想、新观点的好文章，等等。他们在这里免费阅读出版社近期推出的新书以及无名作者发表在网站上的网络文学作品，甚至在这里领略某些人就某些文学话题展开的激烈争论和偏激观点……

网络可真是个宝地啊，就连日显衰微的文学也似乎在这里找到了再度繁荣的希望，至少也在原有的传统阵地之外拓展了新的文学园地和疆土。就近些年来的实际情况看，网络还真可谓对文学作出了值得注目的贡献。比如网络为广大无名作者提供了一片施展才华、相互切磋的舞台；比如从网络上涌现出来的部分网络写手到后来就成了正儿八经的作家；再比如网友可以就任何文学话题在网页上留帖表达自己的意见……我们当然要感谢网络科技为文学所作出的种种贡献。但是，当网络在为文学做服务工作时也不可避免地暴露出某些问题和缺点，我们也无须讳言，而不妨直率地指出并探讨之，以期使之获得进步，使文学能借助网络的力量发展得更好。

比如说，大量新出版上市的图书（包括文学书），在各网站发布和连载时基本上都是免费的——怎么说呢，我个人觉得这样的做法似乎有失公平——当各网站处在起步阶段时，一方面它具有推动文学复兴的技术基础和潜在能力，另一方面却因为资金不足而无法支付作者稿费，这倒也罢，权当是作家们对网络新经济的无私支持就是了。可事到如今，不少网站都早已做大做强，这些网站的广告收入、运营利润及成功上市业已使他们腰包鼓鼓，乃至创造了一个又一个的财富神话。如此，就理当考虑作为网站相关内容提供方的出版者特别是作者们的权益才是了。

在我看来，作者因难有机会以纸媒形式发表或出版，从而主动投稿给商业性网站以求公开发布的文学作品，该网站当然可以免费使用一段时间，但已经正式出版的图书作品却仿佛不应当免费——这既损害了作者的权益，也损害了传统的图书出版行业的利益啊！如果网络的大发展是建立在以牺牲其他群体的权益为基础的，那这是否也是当今时代某些不合理的财富过分集中的表现之一种呢？在我看来，任何网站似乎都没有理由无偿占有作家们应得的电子版稿费收入和相关的著作权益。如果政府有关部门能针对这类现象研究、制定出相应的法律、法规及政策作为指导和协调，从而逐步实现该领域社会各集团、各人群合理、公正的利益分配，那该有多好！

本文刊于《北京日报》（2007 年 3 月 19 日）。

博客可以做得更好

作为新事物，博客的出现显然是科技发展的产物，是人类智慧的又一灵感性的结晶。而博客的贡献也有目共睹。比如说为所有愿意开博的人提供了表达自己、娱乐自己的又一个神奇而自由的平台——谁都可以随时随地公开发表自己的文章，表达自己的观点，自由地与他人进行思想与心灵等层面的互动与交流，而不需要经过媒体专业人士的审阅和编辑；而那形形色色的各类明星们，一旦有绯闻一类的谣言加身，就可以凭着博客这一平台在第一时间站出来为自己澄清、辟谣之类，而无须担心八卦记者们的笔会在有意无意中扭曲自己的本意……

再比如说，博客在客观上也为某些社会问题的探讨与辩论提供了开放的舆论平台，从而促成了问题的解决乃至推动了社会的进步——有的比较尖锐的社会问题，比如演艺圈（或许还包括文学艺术圈）潜规则是否严重的问题，比如房价是否过高、当中的腐败现象是否很普遍的问题，比如社会各阶层财富与利益分配公平与否的问题……在这些关乎大家生存与发展之重大课题的具体问题上，博客为观点相异乃至完全对立的各方自由发言乃至展开公开的辩论提供了舞台——无论探讨的过程与结果怎样，博客平台的出现却确实为社会的人文关怀以及传播这一崇高理念提供了空间，甚至于，博客平台的这一功能还显然为推动公平、正义的实现与社会的和谐发展作出了一定的贡献。

但我们也毋庸讳言，也许是因为还处在发展的初级阶段，我们眼里的博客也还存在一些需要正视或改进的问题。比如说，博客上的脏话泛滥问题，博客点击率的生成问题，以及博客平台的商业化前景及其利益分配问题，以及强势博客平台对众多传统媒体多元化话语权的挑战问题，等等，所有这些，似乎都将是我们无法回避乃至迫切需要研究、解决的问题。

博客作者随手写几句脏话，来几句国骂，或是博主一时冲动所致，或是其日常用语的习惯性流露，又或者是作者以此来标榜自己的个性与血气，不管怎样，对脏话的使用毕竟不是什么文明的行为，对汉语也可谓是一种亵渎，自然绝不是什么值得传播与提倡的行为。如此，哪怕实际上对此无法做到强行禁止，但作为博客平台的各类管理者，我以为多少还是应该承担起一点净化语言环境的社会责任才好。比如说，一些浏览量较高的博客平台是否可以规定一下，凡是带脏话脏字的文章，不论写得多好，都一律不予公开推荐，哪怕暂时牺牲一些点击率也在所不惜。我相信，如果各博客平台都长期坚持这一原则，脏话自然也就没有市场了。

说到博客的点击率，我相信在各个具有较大影响力的博客平台，开过博客或经常浏览当中博客的人对此都会有自己的体会。以我个人的体会和观察，我以为博客平台既是科技的产物，也是商业化的产物。正如电子信箱、BBS留言板、在线聊天之类的新事物刚刚出现时的情形一样，博客这种新东西刚一诞生，就被目光敏锐的商家们看到了商机，于是他们投入巨资打造出他们心目中的博客平台，并期待由此衍生出新的巨额利润。应该说，他们的运营还是很有一套的，几十万、数百万甚至上千万的"草根"在他们的博客平台上安营扎寨开设了自己的博客，有的还延请了各行各业的许多名人、明星和大腕，如此，这些博客平台果然在很短的时期内创造出了超旺的人气。不过让人感到遗憾的是，几乎所有的博客平台到目前为止还只有投入而没有产出。这景象跟前些年网站遍地开花大把烧钱却只有少数融资成功、上市成功的网站存活下来而大多数都血本无归的情形有些相似。不同的是，如今的博客平台即使"钱"途都暂时未卜，似乎大多也不必为生存而担忧什么，因为它们中的强者大多搭建在利润早就丰厚而持续的网站内。

对投资方而言，博客平台目前的任务似乎只是也只能是为网站积攒人气，在解决好博客平台与众多无稿费博客作者的广告收入分配问题之前，投资方的意图在于，以博客平台的巨大人气为幌子尽可能地招揽网站的广告客户，尽管没有在博客平台内登出这些客户的商业广告，但客户们的广告费总归是收入了自己的囊中。于是问题在这时候出现了——博客本身当然是很好的东西，但一旦被商业化，或被商家的逐利之手操纵，那就难免要出现新的问题——写博客当然是出于作者的自愿，是否阅读博客也完全取决于网民自己的意愿，但商家总有他的办法。为了提高点击率，为了点击率背后的值得期待的可能出现的商业利润，商家尽可以制造许多热门话题，尽可以不遗余力地推出一些博客舞台上的新人、红人，甚至还要搬弄些是非、炮制些垃圾，只要他认为有助于提升人气，就没有什么是不能做的。尽管其中有些行为显然很刻意很无聊，但他就是要想方设法让大家围绕这些话题而争吵不休，以博得看客的关注和人气的飙升。

一旦这博客平台的人气超旺，关注的人海量，这个无形中被"权威化"了的平台也就俨然成了掌握话语权的超级阵地，从许多现象上看，甚至连无数传统媒体也都有些唯其马首是瞻了。对一些需要通过舆论放大以促进解决的社会问题来说，这样的人气超旺的平台的出现显然是福音，但对于言论的话语权来说，商业力量下的"统一"却也不一定是什么好事。如果这个平台在具体的操作上不能做到应有的客观与公正，比如对于文坛或演艺圈或其他什么圈的问题或纠葛，如果出发点不是着眼于中立化地展现与协调、化解之，而是出于吸引眼球之类的目的而有意无意地偏袒之、激化之，那恐怕就有失公允了。

在我看来，博客平台的打造者们只要调整一下自己的出发点就能做得更好——不仅仅要盯着商业利益，而且要把健康、开放、公信的编辑意识与编辑原则贯彻到博客平台每一位编辑的工作当中。如此，才能让博客成为广大博客作者和读者自由书写、舒心游逛、不被忽悠的乐园。

本文刊于《中国文化报》（2007 年 5 月 8 日）。

小说写作与我的传统文化情结

　　小说的写作艺术也是门学问，很多学者包括一些作家都写有厚厚的专著或若干的散论。不过作为小说作者来说，主要还得依赖大量的阅读作品和勤奋的写作实践来积累经验，提高写作水准，乃至有所创新，写出好作品。任何的一点创新都绝非凭空而来，都肯定有其不断积累、感悟和生成的过程。关于小说写作与传统文化之间的关系，我或许略有心得，下面我就以拙作《校花们》为线索来讲讲相关的体会吧。

　　20 世纪 90 年代前期，我在北大学习听讲时，听到一些老师、学者讲起课来，唾沫横飞的同时，还常常是引经据典。那份学术功底，那份翩翩的神采，总不免让我心生敬佩和羡慕。当然，我也注意到几乎所有的学术著作都长于引经据典，由此引起的枯燥在小说写作中却是要刻意避免的。尤其许多当代文学评论，行文中引用的竟然清一色都来自西方——大约那个时期依然是西方文化思潮、文学思潮颇为流行的时期，也难怪先锋评论们最爱引用的就是福柯、罗兰·巴特、柏格森等人的话语。这样的熏陶受多了，我就不免这样想，是否可以尝试在小说写作中引经据典，乃至以引用中国传统文化典籍中的东西为主，并且还不生硬，不影响小说的可读性？多年以后，我的这一想法和尝试终于在 2003 年创作长篇小说《校花们》的过程中努力地实践了一把——并且自我感觉或许也还算比较成功。

《校花们》写的是神州大学某宿舍六名男生的学习生活与爱情故事。为了落实这一理念，我在书中虚构的两所大学乃以神州大学和东土大学命名。我不但搜罗出诗经和唐诗宋词中的 16 个七字名句作为全书十六章的标题，经过苦思冥想，还在当中设计了一个学生社团——先秦诸子研究会。在小说中，第一号男主人公胡凸同学是该社团的创办者和首任会长，另两名同宿舍的男生也是该社团的骨干——这样一来，他们在宿舍里的日常生活中拿先秦诸子的言论互相调侃就成为很自然的事。事实上，我确实得以成功地在全书各处插入了不少诸子的言论，而且仿佛颇为贴切。我想这应该要算是我对文学作品怎样做到像学术著作那样引经据典但却绝不牵强，而且能为作品平添光彩、倍增文化底蕴的一种努力吧！

关于"先秦诸子"的著作，大约要算是博大丰富的中国传统文化中源流性、核心性的最为精华的部分吧。自 2004 年秋《校花们》出版以来，我注意到有不少人都曾谈到自己少小时候是怎样饱读诸子著作，深受影响与滋养，云云。对此，我无从了解究竟，但我知道自己少小时候还真没有受过这方面的熏陶，即便在中学语文课本中文言文的部分学到过若干篇诸子的文章，比如《论语》《孟子》《荀子》等著作的节选（当然也包括有《诗经》节选和若干唐诗宋词之类），甚至被老师要求背诵什么的，我其实也都没有真正在意过这些位先秦诸子。

大约在 1991 年或 1992 年时，我收到家乡某好友的来信，说是请我为他在北京的书店里代购些古籍，别说，这还真让我颇感意外。这位我儿童时代的邻居和亲密伙伴，1987 年初中毕业后进娄底技校学习三年，毕业后就在工厂当起了车工师傅。我真不知道这位喜欢弹吉他的与周润发有些相像的发小怎么忽然喜欢上了古籍？

他在信中开列的请我采购的书竟然是《论语》《道德经》《庄子》《孟子》《吕氏春秋》《周易》《诗经》等近 20 种书！他在信中说，下班之余有些无聊，所以想找些书系统地看看。不知怎么的，他忽然对这类书产生了兴趣，可他上娄底市的新华书店里找了几回也没发现有这些书买，所以只好托我帮忙了，云云。现在想来，那时候大约还没有民营书店的，而小城市的新华书店里品种也很不完备。总之，这事让我对先秦诸子是另眼相看了些。但我在图书馆里还是只专门找新诗集和各类小说作品看。

大约在 1993 年下半年或 1994 年上半年，北大国学热再次蓬勃的时候，北大中文系某老师开了门"先秦诸子名篇选读"的大课。不知怎么的，我心有所动，就跑去听了一个学期。并且我也曾在图书馆借阅处大致翻阅过几本诸子之书，可因为我当时的注意力基本都在文学写作方面，所以并没有真正沉下心来阅读之。我似乎只是想借此来熏陶一下自己吧。

1995 年，在中国人民大学念新闻学专业的我，听说北大南门处开了家民营书店——就是后来在书业很有名的风入松书店——规模可观，品种繁多，云云，就饶有兴趣地跑去看书。也不知怎么的，我就买了若干本先秦诸子的书，什么《论语》《老子》《庄子》《孟子》《墨子》之类都买了回来。大约我那时候忽然觉得心里有些空，需要补充一些养料以充实自己，所以就买了罢。直到这一回，我才在人大某男生楼的宿舍里比较认真地读了几本诸子之书。然后就试着实践了一番，写了几篇稍有引用诸子言论的文章，比如 1996 年 8 月发表的《境界》这样的文章。

再往后，就是 2003 年我全力写作《校花们》的事了。

坦率地说，《校花们》的素材主要来自北京大学和中国人民大学两所校园，并且是以北大的人与事为主，以中国人民大学的人与事为辅。

当然，真实的原版的校园事件是很少的，大多不过是我以这两个校园作为文学空间的想象和发挥，比如男主人公的故事就多系无中生有的虚构。又比如当中我写学生社团的种种，固然与当年我在人大念书时也曾创办过一个名为"话题沙龙"的学生社团有点关系，但"先秦诸子研究会"这样的社团，据我所知，在整个20世纪90年代，包括北大、人大在内，首都任何一所高校似乎都并没有成立过这样一个名称的社团。应该说，我之所以在小说中虚构这样一个社团，完全是为了便于在当中安插传统文化元素。

就像大学里的那些登山协会的会员聚在一起只研究登山的事，那些诗社的社员聚在一起最爱谈诗歌的话题一样，先秦诸子研究会的会员必然爱读诸子爱以诸子的言论武装自己。如此，在这个有三名先秦诸子研究会会员的男生宿舍里，诸子的言论势必会时常出现于他们的日常生活里，这就为我在小说中注入传统文化元素提供了方便。比如书中的人物胡凸对张有志劝其与他搭档竞选学生会主席时，在大学期间从未担任过班干部的胡凸借庄子的话"水之积也不厚，则其负大舟也无力""风之积也不厚，则其负大翼也无力"说自己根基浅以婉辞邀请，就显得合情合理且非常生动——大学里的不少学生，不就是这样带些呆子气的吗？不就是这样爱掉书袋显摆自己的学问吗？

《校花们》与先秦诸子的这种"纠葛"，我以为其实是小说写作与传统文化互相促进关系的体现。一方面，这或许是中国符号和本土文化意识在汉语文学创作中的明确觉醒的一种努力，另一方面，传统的经典与文化或许也可借文学作品得到又一种的激活、发扬乃至新生。当然，这里所谈及的，只是拙作《校花们》在创作上的多种努力之一。

2008年9月首发于本人的新浪博客。

现实主义写作的可能性

　　新文学自诞生以来，现实主义就一直是 20 世纪中国文学创作的主流和主潮。新世纪以来的文学创作和当下中国作家的小说写作也不例外。问题在于，我们应该怎样写才能够接近于最好，才能够忠实地为我们的时代和个体人生留下最为真实的文学化历史见证？这是摆在当前所有作家面前的问题，容不得回避，只有直面。

　　差不多就是从互联网全方位嵌入中国人文化生活、日常生活的那一刻起，"70 后""80 后""90 后"就可以随心所欲地在网络上尽情浏览、免费阅读古今中外的所有文学作品和文学知识了。当中的一部分人由此走上了写作之路，虽然其中也有一些人先后得到机会接受过精英化的文学教育，但毋庸讳言的是，当中的多数还是无师自通。因此，网络文学所呈现的面貌就颇有些天马行空般的自由与无拘，穿越、玄幻、悬疑、武侠、科幻等类型文学作品层出不穷，令人目眩神迷。这些样式的小说多数都与传统的所谓纯文学作品颇有些不同。他们既展现出无穷的活力与崭新的面貌，也表现、暴露出不少值得重视、亟需修订的问题。

　　自 20 世纪 90 年代至今，当代中国既发展迅猛、成果卓著，但也存在着多种社会矛盾和利益分配的乱象，作为一个写作者，是否有勇气秉笔直书？是否有愿望、有能力去真实地书写这一切？而且是既高度艺术化，又不虚饰、不避讳地书写这个时代的阳光与阴影。西方19世纪所涌现的那一大批批判现实主义作家实在是幸运的，他们的写作是自由的，是受到保护的，因为他们所处的时代虽然奔放而粗糙，但他们时代的政府总体上还是爱护着文艺创作的。今天的中国同样如此，如果我们的作家们书写出了社会的一些问题和弊端，包括人性的沉沦与迷失之类，这也绝不能说明老百姓就都处在水深火热之中。相反，一旦真实地书写出了我们所处时代的爱与痛、真善美与假恶丑，并通过文学刊物公开发表，那就多多少少会促进一点改革与进步的。

当今中国社会所展现的种种现实其实远比我们的小说来得更激烈、更精彩，更具戏剧性和文学性。这似乎已经成为文学界人士的一个共识。为什么如此？我想，或许是我们的作家们的悠闲脚步总也跟不上这个时代的滚滚车轮，或许是我们的作家们在面对纷繁的社会生活绽放出的五颜六色时，常常会因为脱离第一线的生活已久而陷入无从言说的境地，以至于不知该从何下笔又该以怎样的艺术手段去书写现实。这就又回到了我们该怎样拥抱今天的现实主义写作的话题上。

就个人的经验和认识而言，我以为现实主义的写法与浪漫主义、现代主义、后现代主义、新古典主义的写作路数并不矛盾，也不存在互相排斥的问题，而是可以互相融合、兼容并包的。也就是说，当我们书写一个现实题材时，我们在技术层面的态度应该是兼收并蓄、有容乃大的，无论是何种思潮、何种流派、何种技巧，凡可拿来为我所用的，就不用客气，只是不要生硬，而是要在充分理解的基础上游刃有余地运用，乃至臻于化境。如此，我们所进行的，就可谓广义的现实主义写作了。其关键，其实还不在各种主义的技术化运用，而在于作家敏锐观察、用心感受，由此所创作的文本内容，其所指的确凿和真实，在于不美化、不讨巧、不回避的写作风范，在于坚持古人司马迁努力为后世留下真实历史记录的雄心和立场。

这样的写作当然是有难度的，是对作家们综合能力的强有力挑战。事实上，不同的作家，在对待现实主义写作的问题上，态度和表现都是有区别的。在我看来，其实每个像样的作家都无法不关注与自己的生存息息相关的现实生活，只是他们在写作中对现实的反应或可大致划分为三种情况。其一是快速反应、立竿见影地创作出直击当下社会热点、焦点题材的作品，并且力求技术娴熟。其二是把题材放一放，以期与时代保持一点距离，相隔几年、十几年，甚至二三十年后，沉淀下来了再写。其三是通过写历史、写民间传说、写神话故事等来折射、映射现实，表达自己对现实的期待和热望。像《金瓶梅》《水浒传》《西游记》似乎都可视为第三种情况。虽然第三种情况似乎有点勉强，但我以为，在某种意义上，以上三种情况都还是可以归为广义的现实主义写作的。

中华人民共和国自成立以来就一直大力倡导、支持现实主义写作，号召作家们为人民写作，为普通人写作。我们的作家应该为置身这样的大环境感到幸福并加倍珍惜。作为回报，我们的作家所要做的就是落实在写作本身这件事情上，以更为细致的观察，更为深刻的思考，更为娴熟的技艺，去书写真实的生活和种种境遇下的人物命运。现实主义的写作，来不得虚假、歪曲和浮夸，否则必然遭到唾弃。不论是向外写，还是向内写，都应以真实作为作品的根本之基，惟有真实，作品才会拥有切实的质感，才能在此基础上去建构沉甸甸的分量和打动人心的力量，才能在读者的心目中和文学史的册页间令人服气地立住。

本文刊于《文艺报》（2016年4月27日）。

文学 IP 对影视产业的价值

文学作品被改编为影视剧的屡见不鲜。随着近年影视产业市场规模的急剧扩张，这种改编的情况也日益增多，乃至成为当今文化产业的一大现象级热点。在这个过程中，甚至还出现了专属性的热点词汇——IP，确切地说，就是文学 IP。IP 是知识产权（Intellectual Property）的英文缩写，当前所谓的文学 IP 指的是可以改编为影视作品（不限于影视作品）的文学作品和素材。宽泛意义的 IP 包括小说、新闻、报告文学、戏剧甚至流行歌曲、游戏等，但文学 IP 的核心无疑是在小说作品。

2015 年被业界称为文学 IP 发展元年。这一年，不少优秀文学作品特别是影响力很大的网络文学作品被改编为影视剧并获得可观市场收益。之所以有越来越多的文学作品被改编，原因之一是这些作品在出版和发表时获得了较高程度的认可和好评，并且作品内涵具备较好的影视改编基础。这当然是好事。一是作者可以获得更好的回报，原创精神也得到很大鼓励；二是有助于影视行业提升作品质量，为广大观众提供更多更好的精神产品；三是促进投资，有助于推动影视文化创意产业蓬勃发展，进而在总体上提升国家文化软实力。

　　一个文学 IP，常常就是一个文化品牌。通常来说，这个 IP 的含金量越高，其品牌价值就越高，其投资开发价值和可能的市场回报就越高。这就是市场经济时代品牌的价值所在。一台海尔电器，一部华为手机，凭着自身品牌的含金量就足以卖遍全国乃至全世界。海尔的品牌最新估值逾1500 亿元，联想的品牌最新估值达 900 多亿元，这都不是凭空而来，而是长期的努力和积累所致。同理，文学 IP 能卖出高价，对于作者而言也不是空中掉馅饼，而是其长期积淀和勤奋创作的结果。

　　近年来，我国影视行业虽产量惊人、发展迅猛，但却也以多抄袭之作、跟风之作等而饱受诟病，观众对此也是嗤之以鼻。为什么会这样？一个重要的原因就是缺乏原创精神，缺乏对原创的尊重，缺乏较真的文学精神。如果大家都只想着浑水摸鱼捞一把钱就好，那这个行业的前途何在？现在好了，买下了原创的文学 IP，那就不用担心抄袭和跟风了，只需要坐下来认真研究所购的原创之作，汇行业英才、集众人之智去做好改编、拍摄工作就好了。必须承认，根据好的文学作品改编的影视剧绝大多数都具有较高品质，并赢得了很好的市场业绩，这个道理就好似大树底下好乘凉，或登高望远。

　　对于一个文学 IP 或者文学作品来说，其各种版权相加的总价格大致就相当于通常意义的商品品牌的品牌估值。每一个作品，都是作者心血和智慧的结晶——也构成这一文学品牌的内涵和价值，通常情况下并且会以具体的版权价格作为表征。价值越高的文学 IP，其内部蕴藏的能量也越大，当其被资本的力量击中并加以科学的深度开发时，文学 IP 的内部就有可能启动某种爆炸，类似于核裂变的爆炸。而这，也正是影视公司和投资商一心追求、翘首以盼的效果。这种巨大的文学能量一经传导到电影、电视剧、话剧、漫画、游戏等多种形式的文化产品中，其可能产生的轰动效应就很值得期待，其可能创造出来的经济效益对于资本而言无疑具有强大的诱惑力。这大概就是当下文学 IP 猛然火爆起来，众多优秀文学作品获得资本青睐的原因所在。

就实质而言，资本与文学 IP 的这种合作，其实是资本和知本、智本的联动，甚至也包括某种博弈在内。不管怎样，总体上是有助于繁荣影视文化产业、助推经济发展的。如此，政府当然是乐见其成的，毕竟这在微观上可以扩大生产，让更多的人才得到更好的发展，在宏观上可以提升国家文化软实力，从而增强国家总体竞争力。

本文刊于《文化月刊》（2016 年 9 月下半月刊），系卷首语。

第四辑

天马行空的诗思

血或水：从诗歌写作中拧出的体液

诗歌是这样一位情人，你对她付出很多，她却不能让你得到什么。

诗歌，对世俗和物质来说，也许意味着直面苦难、贫困和孤寂，诗歌是现代大都市里的一条偏僻老巷，最冷静最幽深最黑暗而又永无尽头的一条死胡同。对极少数登山家一样的赤子来说，诗歌却是绝壁上垂下的那条登山索，诗歌这条绳索使他们得以向崖顶攀援而上，向顶峰做无限地接近，诗歌是超越万物的赤子的生命重心和最大幸福。

诗歌是诗人的冲动和痛苦，子弹上膛一样的冲动和爱情一样的痛苦。

诗歌是诗人箭在弦上的武器和血，随时准备出击或抒情。

诗歌是一种很锐利的东西，有时候它表现为青锋凛冽的刀，诗人借此刀切开自己放血。体内要宣泄要表现的火太旺盛太嚣张，包含在血里的火从诗歌的切口倾泻出来，体内有事物被染红或被焚烧，分担了内部的压力，诗人因此达到平静如水。

诗人借诗歌抽象地剖开自己，与此同时，诗人避免了具体地剖开自己。诗歌这种形式之所以被诗人看好，其重要的一点是因为诗歌整体上的抽象性、内向性、自我防护性。诗人不愿袒露太过太具体，他不能再承受任何形式的伤害，人心莫测的这个世界使诗人学会了保护自己，同时，他又无法放弃自己在大气里奔流的声音，于是，作为折中的诗歌便时轻时重地出了门上路。

诗人最忌讳一语道破天机，诗人的任务是设置与建造，隐没在空白中的天机留给读者去悟。

读者在曲径通幽的道路上向诗歌的腹地挺进，很多时候，读者的确是成功了。但有时候，读者在腹地又迷失了方向，因为诗人在此设置了无情的迷宫，他不愿与你直接照面，他有一种保持神秘的欲望。

诗歌是诗人与读者的距离。这个距离可长可短，既可相距遥遥十万光年，又可手拉手血脉相连，但诗歌常常与读者不远不近。诗歌与人与事保持一定的距离，这使它的自尊在这个时代的喧嚣中得以保持，诗歌的尊严也就显露出来。

诗情奔涌过来的时候，像瀑布一样狂泻而下，瀑下水激浪飞，蔚为壮观，但我们收割到的诗歌只是那山间回响的声音。

如果你看到了一千片树叶，一万片树叶，乃至一片森林的绿冠，你把此刻的感受递给诗歌，那么，你看到的诗歌只是一片树叶，这片树叶应该是所有这些树叶选举出来的，最具代表性的实质。

诗歌是一块磨刀石，而语言是一把剑。写诗的过程也就是剑在石上来回磨动时发出的声响，剑是锋利还是粗钝全在于语言操作者否勤奋，是否有舞剑的天赋。十年磨一剑，当你从磨刀石上取下青锋逼人的剑，你就拥有了语言的辉煌，你挥剑而舞，光影洗练流淌，你豪情顿生，有大侠的快感，诗者所创造的境界充满了语言的亮光。诗歌为你装备了作为左膀右臂的语言。

作为文学金字塔结构中的顶端部分的诗歌无疑具备它的空中优势。我们知道，一个物体从高处跑下来时，其势能不断地转化为动能，当这个物体撞上别的物体时，部分动能就转移到了被撞物体上。这一状态我们可以形象地用于诗歌：诗歌写作的实践使人在语言操作及其他一些能力上具有较高的素质，当作者转写小说、散文等其他体裁的文学作品时，实际上他是从诗歌的高度向下俯冲，受到冲撞的小说、散文等等无偿接收了一部分动能，运动起来。也就是说，诗歌写作的经历能使其他体裁的文学样式在你掌心里更为自如地舞蹈起来。

诗歌把最大体积的内容表现为最小面积的形式，诗歌是最有纵深的文学样式。或者说，诗歌体积最大，但展示在读者眼里的面积却最小。

诗歌的结构既是最严谨最精致的，又是最灵活最舒展的。有时候它首尾相援，像一列火车，一句一句，一节一节，均匀有致，整齐而又庄严。有时候大步跨跃，空灵飘逸，在不拘一格的形式下，展示出极富创造性但绝对耐看并且抗击打的结构。

诗歌拒绝具体的情节和琐碎的日常生活，即使出现了这种情况，它也只是以此伪装自己；在迷彩服的掩护下，诗歌手持冲锋枪闯进了莽林深处，作为森林之王的野兽才是它的正餐。

它辐射出去的所有半径都指向诗歌自己的圆心，只是你往往看不见所有花瓣向心生长这样明显的景象，被你阅读的诗歌常常需要你透过它们千姿百态的表现找到其圆心、其地核。

诗歌把自己收缩到最简洁的程度，它所有的材料都具有关键性的作用，每一个汉字，每一个空位，都不能移动，不能增减。它的这种近乎苛刻的严格是因为它只保留了最低限度的生存资料，而这些生存资料却奇迹般地使它过上了最丰裕的物质生活。

它用雕塑般的冷静和最大限度的精省直扑火焰的中心，它用沉稳的下盘和刺目的光亮表达出诗歌的自身素质，优秀的诗人应该都具有与此对应的业务能力。

本文分两次连载于《农村青年》（1995 年第 5 期、第 6 期）。

海子：来自乡村的歌手

　　海子，生于安徽农村，1979 年 15 岁时考入北大法律系，10 年后的 1989 年 3 月 26 日在山海关卧轨自杀，年仅 25 岁。死后留下大量遗作，已出版有诗集《土地》《海子的诗》等，大部分作品有待出版。海子本名查海生，一位不朽的天才诗人。

　　我要做远方的忠诚的儿子

　　和物质的短暂情人

　　和所有以梦为马的诗人一样

　　我不得不和烈士和小丑走在同一道路上

　　万人都要将火熄灭

　　我一人独将此火高高举起

　　……

　　——海子诗《祖国（或以梦为马）》

　　我在报刊上见到这么条文化新闻：海子被称为 20 世纪中国的一位

诗歌大师。我由衷地为海子感到高兴，海子已如骆一禾所说："当他炸裂时他的诗作已成为一派朝霞。"

当然，这种说法只是一家之言，但至少可以说，又有一群欣赏海子、敬佩海子的人说话了。这里一群人，那里一群人，都在谈论海子，感叹海子，怀念海子。灵魂在天堂里高高飘扬的海子永远不会孤寂了，以梦为马以土地为母亲以火以血为生命为思想的海子，一定不会衰朽，而将在极高处坐看苍茫千年岁月，吐血为火，焚烧那从大地上升起的黑夜，直到没有遮拦的天空血红血红。

我在北京的几年里，深受海子影响。海子，是使我受到最大震动的当代诗人之一，他在我心灵深处策动了一次起义。从此我便在生活里旌旗猎猎、壮怀激越，我的内心永远失去了平静。

我知道，海子无时无刻不在燕园的立体空间里飞翔；我知道，这位赤子在北大的校园诗人间已挺拔为一面火红的旗帜。海子在1989年3月26日以身殉诗，于是，3月26日成了北大的诗歌日。每年的这一天，未名湖诗歌朗诵会就盛开在海子的胸膛上。3月26日成了在京青年诗人磨砺诗歌、缅怀海子的一个仪式。先后参加过诗会的著名青年诗人有西川、王家新、西渡、陈东东等等。

记得1993年春天的诗会上，许多人站起来朗诵海子的诗歌，一个个悲壮而慷慨，一副副和平年代里少有的风采。一位北大同学朗诵得特别出色，海子的名作《祖国（或以梦为马）》被他展示到了近于极限的淋漓尽致，他的声音里坐着那位诗人，电教楼报告厅里人们情绪激荡，诗歌盘旋，无数个海子起落穿空。我坐不住了，但我竭力把自己按在座位上，只听得泪水盈眶，血液沸腾，我想站起来大声叫好！但我不能让人看见我夺门的泪水，故我只是伏案故作休息，好让心里的风暴渐渐平息。

我记得西川等人最初怀念海子作演讲时震撼人心的场面，我记得五四文学社在三角地张贴出的大幅醒目的直刺精神的海子的诗行。我还记得，有一次在北大图书馆过刊室里查找《十月》杂志，我发现1989年一、二期上载有海子诗剧《太阳·弑》的页码完全被撕去，不知给谁收藏了。在我的印象中，海子诗集印数不多，成了抢手货，诗爱者们到处寻觅海子的诗作乃至作品集，近乎狂热。

海子本名查海生，生于安徽安庆农村，在贫困中长大，1979年15岁时考入北大，大学期间开始诗歌创作，1983年毕业后一直过着清苦的生活。他把全副精力投入到诗歌创作之中，表现出一种冲刺的状态。海子在创作中从窘迫与苦难里超拔而出，他超越了生存的物质环境，在精神的太空里如火焰飞翔，直扑向生命、人类、宇宙的本质，在熊熊的火焰里涅槃而逝。

海子把身心祭献于诗歌，他是一位真正的赤子，当他在"激情的猛进所加剧，成百倍加剧的内在压力下"进行残忍的诗歌创作，在"赤道"上放声歌唱，完成了"《太阳》七部书"时，当他以生命的炸裂来溅红人们无边的视野时，作为诗歌烈士的海子就已经走进了不朽的行列。"一个大诗人是一种巨大的精神现象。他既置身于历史——文化之中，又通过其创造把自己显示为某种新的源头"，尽管对海子诗歌价值之研究还有待进一步深入，对海子也没有最后定论，但我坚信，多年以后，海子将汇入传统之中，成为一种新的源头。

一个相对其同龄人来说大大超前的灵魂，注定是孤独的。海子的这种孤独可以说是悲壮而惨烈的，他内心的这个世界非常人可以进入。而这一切包括：目击的沉重和苦难的生活经历，超常的敏锐和深刻的思考，万物碎裂的内心体验等等。海子又似乎是一个没有被世俗染色的人，海子生前好友苇岸说："平日的海子，既有着农家子弟的温和纯朴的本色，又表露着因心远而对世事的不谙与笨拙。""海子不是一个刻意做诗人的人，他是一个一心一意写诗而绝少其他念头的人。""无论在文化视野，还是诗学修养上，他都是一个先行者和远行者。他对诗歌更为专注和深入，他是一个洋溢着献身精神的纯粹的诗人。"海子不屑于在生活里奔波钻营，他只是高举了生命的火，不计代价地向他的诗歌理想奋勇冲刺。其实，海子并不是不谙世事，深知海子的骆一禾说："海子是个生命力很强，热爱生活的人。"海子全力投注于他的事业，分不出精力注意别的什么，正如许多自然科学家对生活表现出来的游离态一样，海子生活在远处。他是一位真正的赤子。

在我看来，某些贬低海子的人或言论，其实只是暴露了自己的浅陋，甚至会让人产生一种与之无法交谈不可沟通的烦躁，有一些东西他们永远不能理解。我要说，贬低海子，恐怕就是贬低诗歌。在战场上，在许多行业和岗位上，涌现了众多的英雄、榜样、烈士，在诗歌这一行业或事业中难道就没有了吗？试想，若有大批人用海子这种勤奋乃至冲刺的劲头来做事情，人类将会涌现多少奇迹呢？我们当然不能要求众人以生命为代价进行冲刺，但倘有这样的人出现，那就是最值得敬仰的！所以我要说，贬低海子，有可能就是贬低高尚而无私的奉献精神，而这，正是现代社会中最缺少的需要大力培植的人类精神。海子血沃诗歌，使人警醒。一个民族对于自己的杰出诗人不珍惜、不爱护，就一定是什么地方出了问题，就有必要修正。

好在海子受到了人们的重视。海子年仅 25 岁，他凭着"辉煌的天才，奇迹般的创造力，创作了大量文学作品，这包括他的大诗《太阳》七部书"，还有 500 多首优秀的抒情诗及一些诗论、小说等等。天才无疑是有的，但更重要的是后天的努力。海子 15 岁考进北大法律系，广读博览，看书速度极快，吸收力极强，给其好友苇岸的感觉是"仿佛人类的全部文化都已装进这个二十几岁青年的头脑中"。海子是天才性的诗人，但他的成就更得益于他超常的勤奋。海子冲刺的几年里，除了工作之外，大致是上午睡觉，下午看书，晚上彻夜写作。他把生命撑大到了极限，海子就是这样工作的。面对这样一个精力充沛之至，却过早地熄灭了生命之火的可敬的人，面对他才华横溢、数量惊人的辉煌遗作，这一整个奇迹和神话，我们怎么能无动于衷，怎么能不被深深震撼呢？

海子绝无仅有的倾听者、已故的骆一禾说："海子是我们祖国贡献给世界文学的一位极有眼光的诗人，他的诗歌质量之高，是不下于许多世界性诗人的，他的价值会随着时间而得到证明。""他绝不是以死提高自己的诗的人"，海子的死只是为他的诗歌提供了深层次的广大的阅读背景，似乎是死亡，使人们更容易关注于他，从而尽力去达到理解。"他再生于祖国的河岸必会看到他的诗歌被人念诵"，"海子是不朽的"。

几年来，许多诗人、诗评家比如西川、朱大可、陈东东、唐晓渡等纷纷为海子写诗撰文，或怀念或评价或研究，整个诗坛洋溢着莫名的疼痛感。许多人给海子以很高的评价，他们是有眼光的。诗界泰斗级诗评家谢冕在 1994 年卷的《中国诗选》上发表了《中国循环——结束或开始》一文，文章一落笔就从海子说起，他引用了海子的绝笔《春天，十个海子》中最能传神出诗人自己的诗行：

在春天，野蛮而悲伤的海子
就剩下这一个，最后一个
这是一个黑夜的孩子：沉浸于冬天，倾心死亡
不能自拔，热爱着空虚而寒冷的乡村

谢冕明确地肯定了海子，海子是新时期诗歌发展的一个重要标志和象征，有着不言而喻的重要地位。

海子的诗歌，比如《亚洲铜》《祖国（或以梦为马）》《春天，十个海子》等等，都是极其优秀的作品。至于他的"打开了一种罕见的可能"的大诗，更值得诗爱者们去品味，去深入研究。这里，我只想说：

海子的诗，力量已经足够大了，比之其他诗人，海子的诗已经在情感的温度上超过沸点，在色彩上盖过火焰，在声音上高出呐喊，在深度上，亦已到达了一切事物的横断面上。阅读海子，能听到远自天边的爆炸声重重叠叠，呼啸而来，那沉闷而巨大的碎裂突破了一切包围，来到我们深处，又灿烂又辉煌又壮烈。海子的诗使人们仿佛看到火焰在大地上奔跑，火焰在天空里飞翔，大地和天空撞击所迸射出的意象都带着血红的本质，他们无所不在地叫喊，却没有声音。这时，我们感到心脏里冲奔出的火顺着血管燃烧起来，所有的方向都有太阳的血在歌唱，这歌声无比光明又无比黑暗。

海子去世 6 年多了，可许多人一直在怀念着他，海子活在人们的心里。人民文学出版社刚推出不久的诗集《海子的诗》便是这样一份怀念，这部出版于 1995 年 4 月的诗集朴素亲切，一上市就被诗爱者们盯上了。许多人购买一册在怀，细品其诗，遥想海子千年后的神采，又不禁情动于衷。我在这样的日子里写下此文，献给我所仰慕的诗人海子，以表达我深挚的敬意。

本文刊于《农村青年》（1995 年第 10 期）。

诗人的道路

诗人除对付语言、孤独和夜晚之外，还要对付生存、流浪和爱情。诗人在现实中窘迫不堪，可他还要举着自己的火把冲锋。诗人也许注定了是悲剧中的主角，注定了要倒下，可他的献身精神却把旗儿插在物质之上。

诗人，把青春献给祭坛，把声音献给旷野。诗人，把贫困留给自己，把自己留给来世。诗人，以燃烧辉映苍穹，以灰烬肥美土地。诗人，他血沃诗歌。

诗人生活在远处，诗人是一个游离者。可他比谁都热爱生活，比谁都热爱阳光、温暖和人群，可他是那样赤诚，甘愿把自己流放在荒凉的山冈，他含着热泪歌唱，直到双目失明。

在人群中，诗人觉得自己很孤独，当众语喧响于耳畔，诗人惜言如金。独处时，诗人觉得自己很快活，当四周寂静无声也无人，诗人废话连篇说给自己听，然后从中精选出一行又一行。

我们的诗人注定是孤独的。他和常人隔着一万重山，他的灵魂相对于同龄人来说走得太远，他在人们面前常常是沉默无言，他的头脑里满满的全是生僻的东西。在今天，诗人已不再甘于沉默了，他一方面稳健地和人们交往，一开口就是日常生活，另一方面，他坚守着夜晚和明亮的灯光。诗人，在诗歌的黑夜里，他旗帜鲜明地护卫着自己内心的光亮。诗人在灯下自得其乐，诗人在太阳下与人们谈笑风生，但绝不透露自己的身份。

诗人，当你在某个时候重翻那些旧作，你是多么感动，你会想起无数个夜晚运思挥毫的动人情境。许多时候，它们像精灵一样从你心头或笔尖上涌现，又像白鸽或黄鹂，一只一只展翅飞起，你抬起头，却见鸟群满天，它们的叫声密集而清脆，诗人因此而欣慰。

一个真正的诗人，应该拒绝晦涩，拒绝游戏。诗到晦涩是故弄玄虚，诗到游戏是自暴自弃。

最优秀的诗作应该是震撼人心的。它指向深切痛彻的情感，指向普遍而独特、幽深的体验，它指向一个时代最本质的欢乐与痛苦。它把深刻的意蕴化于清澈无淤的诗行，它让读者在最短的距离内看见最有价值的东西。即使被认为披了晦涩的外衣，也会让你在望第二眼时透视到骨骼、经脉和内脏。即使是作出游戏的姿态，也会让你掂量到其背后的沉重，让你闭上眼想见其含泪的微笑。

诗人应该从苦难与窘迫里超拔而出，他应该在精神的太空里自在无拘地飞翔，这样才能如愿以偿地扑向生命、人类、宇宙的本质之火，并在熊熊的火焰里涅槃，获得永生。

不论向内转，还是向外望，诗人都不会尴尬。打开手掌，沿着那细密的掌纹仔细搜索，你发现了网一样的路径，它们深入到了人的各部分肌体，深入到了人的各种结构乃至黑暗里。而身外的这个世界又有多么纷繁！看吧，那巨大的车轮在大地上滚滚奔腾；听吧，那喧嚣的世声里有无数的飞行物在呈现。这些实体或幻象在表达什么？诗人，你一定能猜中。

诗歌是诗人的儿子，虽然没有户口，没有口粮，但却能集你全心的宠爱于一身，你不必为之花钱，却必会把自己的内在积蓄为之耗尽。诗歌又是诗人的父亲，只有诗歌能把你养育成人，虽然他不会给你生活费，可你能感觉到他脸上千年的皱纹，可你能在成长中时刻听到他悠远而亲切的教导。

诗歌理所当然地是诗人肉体和精神的组成部分，诗人应该像血管里不能没有鲜血奔流一样不能没有诗歌。无论怎样贫困、落魄，体内的诗歌也不能枯萎；无论怎样富足、腾达，诗歌也不应散淡、汽化。诗人，请记住：诗歌是你今生今世的铁哥们，是你白头偕老的初恋情人。

诗歌是一株神奇的植物，当瞬间的诗意奇迹般地从诗人的头脑里冒出来时，这植物的生长就会像止不住的喷泉一样。只一会儿，它就是蓬蓬勃勃的一大丛了，旺盛得像心花怒放一样。

一首诗，就是一颗珍珠，它是在贝壳的体内修炼而成的。作为贝壳的诗人，无疑为这些珍珠支付了一生的营养和代价。

诗歌是一架天梯，诗人借此神梯提升海拔，不断登高，臻于奇境，以至云为书桌，日月为灯，其他天体是想象力，而诗人，还是那个沉思者。

诗歌是铺在诗人脚下的路，诗人必须在路上撒下赤道般漫长的足迹，才有望收获到那顶放射着赤焰般金光的环形桂冠。

本文刊于《农村青年》（1998 年第 11 期）。

点击《北大情诗》

——选编者感言

　　北大人历年来所作的情诗，实在是极令人欣慰的，一方面是数量的可观，另一方面，是质量上的可喜。摆在读者眼前的这一册容量克制的《北大情诗》，自然是编者读了又读、选了又选的一个结果。我想，在一个大的基数上进行的精心的挑选，也许是可以赢得读者朋友的信赖的——这是一本佳作云集、精品荟萃的爱情诗选集。

　　综而观之，可以发现，北大诗人们的创作风貌其实是比较多元的。正是这些诗人和诗作丰富了北大的诗歌宝库，《北大情诗》因此得以尽显其青春与浪漫、优雅与亲切。应该说，这一本情诗集子是凝聚了北大众多青年学子的爱心和才情的，他们涌动的青春，他们对美的渴望和对幸福的追求，尽在这一卷之间淋漓尽致地呈现出来了。从艺术水准上来看，这些情诗也是能拿到高分的，无论是学院式的沉思、低语与优雅，还是口语化的俏皮、幽默与俚俗，都是沉潜到水体之下了的，都是最大限度地喷涌出体内的慧泉了的。对读者而言，这一卷情诗显然是一批又一批风华正茂、才情横溢的北大人情爱历程的诗化再现；这些诗篇或含蓄婉约，或热烈奔放，或欢欣喜悦，或忧伤愁郁，不一而足，谁能说人世间还有何种的风情在其中寻而不见呢？

北大人之所以能为我们的青年奉献出这样一部精彩的情诗集子，自然是有原因的。首先，是因为有北大这样一个文化资源极为丰厚的校园，其次，是因为有一批又一批资质可人、孜孜以求的青年。显然，北大的文化资源包括古今中外的诗学资源和北大自身的诗学传统，而北大的青年当中，又包括一批优秀的对诗歌写作满怀虔敬的校园诗人，两方面汇合交融，自然会有大量的诗作问世。爱情又是诗歌永恒的主题之一，而爱情又是青年注定要遭遇的人生课题，如此这般，一代又一代的北大诗人焉能不写出一批又一批笑傲江湖的情诗呢？

事实上，在历代北大诗人的努力下，北大的情诗已经形成了自己的传统。这个传统既有以海子、骆一禾、西川、臧棣、戈麦、西渡为代表的诗人的新贡献，更有 20 世纪上半叶诸北大诗坛前辈们的心血。

百年北大，情诗何其多！究其源头，乃在白话文兴起之初。想当年，新文化运动风起云涌，一大批北大先贤居立时代之巅，叱咤风云，何其快哉！就是在那个年代，北大青年教授胡适挥笔写了一首《蝴蝶》，其诗云："两个黄蝴蝶，/双双飞上天。/不知为什么，/一个忽飞还。//剩下那一个，/孤单怪可怜，/也无心上天，/天上太孤单。"这首诗表达了情人忽然离去，情事戛然而止的失意与落寞的心绪，应该说，在白话诗诞生之初的那个时代，实在是堪称为杰作的。另一位北大青年教授刘半农更是身手不凡，一出手，就写了一名篇，这就是后来被谱曲为歌并传唱一时的那首《叫我如何不想她》。其时，一同写诗的北大学生还有不少，如康白情、朱自清、俞平伯、傅斯年、罗家伦等等，虽然他们留下的情诗并不多。

在 20 世纪二三十年代的中国诗坛，以写情诗著称的人，当以曾先后求学、任教于北大的徐志摩为最。徐在二三十年代创作了许多脍炙人口的情诗，如《两地相思》《我等候你》《在山道那边》《云游》《最是那一低头的温柔》等等，徐志摩的情诗恐怕大多是为陆小曼而写的，或热烈、或烦忧，或甜蜜，或焦灼，也真是写尽了两人世界的阴晴圆缺。公正地说，徐是堪称为 20 世纪上半叶中国诗坛的情诗王子的。

再往后，三四十年代中国诗坛的重要诗人如冯至、李广田、卞之琳、何其芳、穆旦等也都先后毕业于北大，他们都写出了若干为人称道的情诗杰作。如冯至的《我是一条小河》、李广田的《窗》、卞之琳的《断章》、何其芳的《预言》、穆旦的《诗八首》等等，无疑是那个年代青年人心目中的抒情经典，今天我们读来，仍然能被其间的真情与诗艺所深深打动。

1966 – 1976 年大概是不适合有情诗的，所以这个时期的情诗我们很难看到，这是令人遗憾的。好在这之后我们迎来的是一个思想解放、人性觉醒的年代，而情诗的黄金时代也就随之开启了。20 世纪 70 年代末80 年代初的一批北大情诗，如沈群的《船》、白玄的《变》、阿吾的《苦难十四行》、陶宁的《酋长的女儿》等，基本上是与时代同步的，字里行间都是舒婷的痕迹，无论是诗的风格，还是作者的心理结构，乃至情爱双方的关系模式，都是标准的朦胧诗的路数，这说明，北大的诗人们是与时代血脉相连、呼吸与共的。客观地说，这些诗写得是很好的，否则今天我们读这些篇章，怎么会仍然为其中人物的命运及其情感的归宿而担忧呢？

尤其令人惊喜的是这个阶段里北大有两位大诗人横空出世了——这就是 1979 级的海子和骆一禾，再加上 1985 级的戈麦，这三位早逝的天才诗人被编者收在全书的第一辑当中以为主打，应该说，编者的这一举动是彰显了诗歌的光荣与诗人的光荣的。海子与骆一禾是当代中国诗歌的奇迹，他们在诗歌道路上的探险与求索早已得到诗歌界的肯定，并且，他们的创作使他们赢得了普遍的推崇与敬仰，他们也因此得以永生，这实在是北大诗歌的光荣。而他们留给我们的情诗无疑也是精品中的精品，是可以传之久远的，如海子的《幸福》《日记》《四姐妹》《海子小夜曲》等许多情诗均是深婉、真挚而热烈的绝好之作，骆一禾的情诗自然也是极可读的，只是较之似乎要多一份明丽和愉悦。戈麦的情诗则有了明显的风格上的变化，感觉似乎是更为内敛和隐晦了。

在这篇文章的结尾，我要特别提到全书的开篇之作，就是海子那首朗朗上口、许多人都能背诵的《面朝大海，春暖花开》。显然，这首诗已经跳出了作者个人的情感世界，它是诗人对天下所有有情人的祝愿。我想，海子这一美好的祝愿其实也正是《北大情诗》一书对天下所有有情人的衷心祝福。

本文刊于《北京日报·文艺周刊》（2002 年 11 月 17 日）。

北大与中国新诗

在北大校园里见到一则公告，内容是关于北大诗歌中心成立大会的事，可惜错过了时间，我没能到现场亲身感受一番，好不遗憾。幸运的是，稍后的《中华读书报》以一个整版的篇幅对此进行了报道和介绍。那一组由袁行霈、谢冕、孙玉石、温儒敏等人执笔撰写的文章说的是关于北大诗歌中心成立的意义、宗旨之类。我想，这大约都是在该名家诗歌"论坛"性质的成立大会上的发言稿吧，果如此，则也算弥补了许多如我一般未能与会的人们心中那份莫名的失意了。

据了解，担任北大诗歌中心主任一职的人是林庚先生，一位早年以新诗创作著称的著名诗人，同时又是一位在古代文学研究尤其在古典诗歌的研究上建树卓著的学者。该中心旗下的古典诗歌研究所则由在古典文学研究尤其在唐诗研究方面成就卓著的学术大家袁行霈先生担任，至于新诗研究所所长一职，自然还是非谢冕先生莫属，这样的超强组合，再加上历届北大中文系师生在诗歌方面一贯的修养与创造力，势必会给我们的诗坛以有利的冲击与积极的影响。

北大原先只有一个新诗研究所，是中文系的一个下属单位，其所长乃诗歌界泰斗谢冕先生。眼下新成立的北大诗歌中心下辖新诗研究所和古典诗歌研究所，似乎已是独立于中文系之外的级别更高的系级单位了。果如此，那就说明北大对诗歌的重视更甚于先前了。在当今诗歌界表面祥和实则局势复杂的眼下，北大高举诗歌大旗的行动无疑是一件大好事，除了对抑制诗坛偏颇起到相当作用之外，我以为此举很可能还为诗人们指明了当代新诗的发展方向和创作前景。

正如谢冕先生在他的文章中所指出的，北大与中国新诗有着无比深切的渊源。事实上，中国新诗就诞生于北大，北大就是中国新诗最早的滥觞地和摇篮。想当年，中国新诗最早的创作者和倡扬者胡适、刘半农等北大教授是何等意气风发，一首《两个蝴蝶》，一首《叫我如何不想她》，80多年来一直都传诵在诗爱者们的心灵深处。之后，又有朱自清、俞平伯、废名、徐志摩、冯至、卞之琳、何其芳、李广田、穆旦、林庚、袁可嘉等一批北大师生相继关注于中国新诗并创作出了一大批业已载入诗史的优秀诗作，且其中颇有一些大家耳熟能详的名篇力作。五六十年代，北大除了奉献出了李瑛等诗人外，更培养出了谢冕、孙绍振、孙玉石、洪子诚等一批杰出的诗歌理论家。新时期以来，北大的诗人则涌现了海子、骆一禾、西川、戈麦、西渡、臧棣等成就卓著的杰出诗人和一批名声响亮的优秀诗人。

纵观新诗80多年的光辉历程，北大在新诗发展的每一个阶段基本上发挥了巨大的引领和推动作用。无论是新诗的创生、现代派诗歌的繁荣，还是朦胧诗主流地位的建立等等，北大在当中都可谓是贡献莫大焉。一句话，正是北大对推动中国新诗发展所起到的无与伦比的作用，才使北大成为当之无愧的中国诗歌的旗帜。

这一回北大诗歌中心的成立，我以为最值得注意的是北大对中国古典诗歌传统的重视和强调。中国古典诗歌自古雅简朴的《诗三百》始，承以雄浑而瑰丽的楚辞、汉赋，又发展于魏晋风流的文人诗及苍茫的南北朝民歌，而臻于唐诗之巅峰，达于宋词之美而伤……差不多有了3000年的历史。只要沿着时间之河上溯，我们就能深切地感受到这是一笔多么巨大、多么宝贵的财富！正是这至为丰美的创造和积累，构建出了一个伟大民族无比灿烂、无比深厚的诗歌传统！然而，自现代诗从西方跨越地域的界限进入中国文化大陆以来，中国古典诗歌这一宝贵的资源和传统却几度遭到了轻视和冷遇。外面的好东西自然是要拿来的，但拿来以后就把自己的东西通通扔掉肯定也不可取，横的借鉴是重要的，但纵的继承也是同样重要的，惟有博采古今中外，海纳百川，方能成就大气象。

综观当前诗坛，"知识分子写作"也好，"民间写作"也好，不结盟的独立写作的诗人们也好，无论是在具体的诗歌写作中，还是在就诗歌问题进行理论阐述时，大抵都存在着忽视本民族传统文化和文化传统的问题，这是值得警惕的。言必称西方，奉西方的一切为圭臬，这样的亲西方的姿态是可悲的，因为他迷失了自己，就像一个人出门闯世界，眼界开阔了，本事似乎也大了些，可却把故乡扔到了九霄云外，丢了自己的根。20世纪五六十年代，台湾曾经涌现过一批质资很好的诗人，他们无不有"弑父"之后长期沉浸、濡染于西方现代派诗歌的丰富经历，但最终却还是走上了认祖归宗的重返传统之路。当他们终于既重视借鉴西方诗歌的油画、麦当劳和葡萄酒，又重视本民族的青铜器、粽子和米酒的时候，也就成功地为中国新诗奉献出了如洛夫、余光中甚至包括席慕蓉等在内的一批成就不凡的杰出诗人。

大陆诗歌界在创作上暴露出来的这方面的问题，实在是时日已久。现如今，北大这样的诗歌高地终于举起了旗帜，公开了立场，他们提倡打通中国新诗与古典诗歌在研究和创作两个方面的藩篱，以融会贯通、兼收并蓄的胸襟和气度，奋力提升新诗的品质并改善其格局。这实在是诗歌界的一大幸事，值得我们为之鼓与呼。

本文刊于《中国文化报》（2004年7月21日）。

"梨花体"事件：问题在于新诗本身

　　去年发生于网络间的"梨花体"诗歌事件表明，中国的新诗很可能出了问题，至少是中国新诗在近些年来陷入了某种困局之中——准确地说，也许只是我们的诗坛陷入了暂时性的"紊乱"与"失衡"而已。一方面，尽管诗人群体和诗歌刊物表现出了比较明显乃至比较突出的帮派意识、小圈子意识、自我封闭意识，但当代诗歌仍然在总体上呈现出了百花齐放、各展风采的繁荣态势；另一方面，在有关诗歌发展与前进的大方向问题上，尽管业已为此展开了多次的探讨乃至爆发过多次激烈的嘴仗，但其中的矛盾与迷乱却始终没有得到疏通、化解和清理。长此以往，新世纪中国新诗前进的步伐恐怕难免会在喧闹中显得艰难困苦，而当代诗歌在社会生活中的凄凉处境也势必会在读者的冷漠和嘲笑中继续维持，得不到改善。

　　当前诗歌的困局也许表现为这样几个焦点：一是旗号众多的诗人群体内部的分裂与纷争。比如知识分子写作、民间写作、第三条道路、下半身写作、废话诗写作、乡土诗派、打工诗群等等，彼此间大多是占山为王、自大自狂、互相鄙视乃至大打出手，少有能本着客观、清醒的精神来看待自身与他人的写作的。如此，整个诗人队伍的互相尊重、和谐共处也就无从谈起。二是许多诗人的写作得不到社会和读者的承认。比如所谓的"梨花体"风格、"下半身"风格的诗歌在网上遭到许多网民的唾骂，比如知识分子写作、学院派写作的部分作品被读者视为晦涩难懂并避而远之，比如一些长期在寂寞中笔耕的诗人长期得不到诗歌刊物、文学刊物的接纳，比如出版界对诗歌的出版因缺乏判断与信心而视之为畏途，凡此种种，都使得当代诗歌在发展上表现出迷乱，遭遇了困顿。

诗歌到底怎么了？当代诗歌究竟应该向哪里去？这无疑需要我们平心静气地用发展的观点、开放的态度、理性的思考来面对，来求索。

在我看来，诗歌的发展和创新是有规律可循的，如果我们能真正把握住这一规律，则所有的问题应当都可以迎刃而解，至少也可以从根子上解决一些关键性的问题。

为什么"梨花体"风格、"下半身"风格的诗歌没能赢得多数读者的欣赏和接受？坦率地说，我不认为这是读者的错，相反，我以为问题出在有关的诗人们这里。类似"梨花体"这样的以简单、直白为特征的写作，类似"下半身"这样的以"身体""欲望"以及"性"为旗帜的有粗鄙嫌疑的写作，在有关作者们的初始想象中，大概满以为会借此赢得市场和大众的欢迎。可事实证明，不但他们的预期完全落空了，甚至他们还遭到了许多网上读者的嘲讽乃至唾骂，即使在诗坛内部，这两种写作也远没有得到半数以上的同行们的认可和赞赏。

要知道，"梨花体"与白居易的写作完全是有着天壤之别的两回事，白居易的诗以通俗易懂著称，例如"野火烧不尽，春风吹又生"就是很好的例子，更有《卖炭翁》等作品中蕴涵的社会批判力量，以及《琵琶行》和《长恨歌》等作品里放射出来的出众文采，所有这些，都是"梨花体"的简陋笔法和无聊劲所望尘莫及的。要知道，古代的诗人们虽写有数量不菲的"艳诗"（非是通常所谓的爱情诗），但这些作品在文学史上显然没有什么地位。要知道，西方的"恶之花""嚎叫派""垮掉的一代"的力量并非来自粗俗的词汇和表达，而是来自于对资本主义社会发展过程中暴露出来的种种丑恶现实的批判和怒吼——所谓的"下半身"写作显然不能与之相提并论。

现代诗的发展在根本上应当依赖于对中外两种诗学传统的继承与创新。有关继承与创新的话题，说来话长，这里姑且不论。总之，我从以上的两种写作中，一来没有看到多少"传统"底蕴的张扬，比如诗歌的神性和韵味的氤氲，比如写作技巧和手段的高超运用，诸如此类；二来也没有觉得他们在创新上表现出了多少有说服力的作为，最多是觉得他们对自己有这么一种期望乃至幻想，但却在不觉间走上了歧路。在海子的《亚洲铜》都已入选中学课本的今天，我们切不可过低估计今日读者的鉴赏力与判断力。在黄色文化暗中泛滥的今天，打擦边球的写法并不能真正吸引住读者的目光和心灵。当人们在众多的文化消费中选择阅读诗歌的时候，大家显然并不是想让自己头痛（因为读不懂），更不是想来寻找什么刺激，他们最多的可能是希望自己能从诗中感受到美，感觉到愉悦和陶冶。所有这些，想必都值得我们在诗歌创作的美学观念和价值观念上多做一些思考。尽管如此，我仍然觉得"下半身"的写作也并不全是垃圾，当中或许也可以挑选出若干不错的作品，果真如此，则这些作者也就可以借此在诗坛获得相对奇特的一席之地了，尽管其地位并不重要。

至于以晦涩、玄虚为特征的诗歌写作，即使不是刻意的以此为追求，我也仍然觉得还是要退后一步才好。先锋诗歌也好，现代诗的前沿探索也好，如果走到了让人晕头转向、如坠五里云雾之中的地步，则命运大抵也就会跟"梨花体"差不多，是个人都可以信手排列、组合各样汉字，信手分行断句、随心所欲地胡诌了。而且应该明白，类似这样的写作，要得到市场和广大读者的青睐，在 500 年内肯定是没有指望的。问题在于，优秀的诗歌之间比拼的并不是晦涩和玄虚。衡量诗歌好与坏的标准在不同的人那里也许有不同的答案，但在我看来，雅俗共赏、深入浅出的追求并不会降低诗歌的格调与品位，并不会影响诗歌作品的艺术含金量，只是这需要诗人们投入更多的心智与才情。仅仅就这一点的认识而言，闻一多、徐志摩、戴望舒、穆旦、艾青、臧克家、洛夫、余光中、食指、北岛、舒婷、海子、骆一禾、昌耀、席慕蓉等也大多以他们的诗作做出了精彩的表达。在我看来，诗人们在这一问题上的认识和实践其实是至关重要的，因为，这很可能是新世纪中国新诗健康发展、勇拓前程的核心和关键所在。

至于诗歌界存在的其他问题，似乎眼下表现得还没有那么急迫和尖锐，我相信，经过诗歌界广大同仁一段时间的认真沟通与努力磨合，一切问题就都可以不成其为问题。如此，诗歌在读者心目中的地位自然就会重要许多，如此，诗歌真正走向市场的日子也就为期不远了。

本文刊于《北京日报》（2007 年 1 月 22 日）。

特殊时期的中国诗歌

（**编者按**）在巨大的地震灾难面前，在生死考验关头，最需要的是人的精神不倒，而诗歌正是可以唤起人们斗志、振奋人们精神、呼唤人们良心的最好文学样式。再加上诗歌本身就是轻武器，它短小精悍，不需要花很长时间来构思，在突如其来的灾难时刻，它是最适合以最快的速度发出自己声音的。所以，这次很多人都参与了诗歌写作，在网络上，纸质媒体上，到处都有诗歌的足迹，都有诗人的声音。很多写诗的人并不是专业的诗人，但他们真挚的情感倾诉出来，都变成了最动人心弦的作品。

无数诗篇汇聚成"地震诗歌浪潮"

若干年来，中国新诗仿佛从来都是拘囿在一个小圈子里自娱自乐，但自"5·12"地震发生以来，长时间被冷落、被边缘化的诗歌似乎迎来了在大众视野中重出江湖再显身手的机会。

在各台电视赈灾晚会的演出现场，在各大主流网站和商业网站的页面上，在各类报纸的副刊版面或地震特辑中，无数真挚深婉的以抗震救灾为主题的诗歌作品蜂拥而出,吸引、打动乃至刺痛了人们的感官与心灵。其中最早传播的要数王久平的《生死不离》,在中央电视台"抗震救灾·众志成城"的直播节目中一经播出,迅速传遍全中国,打动了亿万人的心。类似这样的诗歌,在地震发生后不到一个月的时间,数以万计地涌现出来,出现了一个我们久违的"诗歌浪潮"。

长期被寂寞环绕的诗歌,这一次终于置身在了社会关注的中心,乃至罕见地发扬了一回其以艺术的力量尤其是情感的力量打动人心、凝聚人心、鼓舞人心的社会功能。

那么,为什么会爆发这样的诗歌写作热潮呢?诗歌圈子一向多门户之斗、派系之争,是什么原因使得这些彼此"相轻"的文人们竟然能放下平日里积累的无数纠葛与恩怨,不约而同地袒露出真情,由衷地为地震而叹、为"大写的人"而歌呢?

正所谓"国家不幸诗家幸",突如其来的巨大灾难虽然给了国家与人民以重创,但却震动了无数当代诗人与草根群体的心灵,使他们仿佛受到锥刺,猛然间从迷惘、沉埋、寂寞到挣扎、奋发、狂欢到独醒、物化、后现代化等诸多的状态里挺立而起,乃至泼墨挥毫,写就了无数诗篇——无数久违了的突显真情实感、人类大爱的诗篇。

看到这些发自内心的动人诗篇,也许我们就能明白,为什么有这么多诗人或草根作者在很短的时间内创作出了这么多的诗篇。很显然,这并非诗人们响应号召所致,也并非作者们集体约定所致——像写诗这样的事,毕竟大家一直都以为是个人行为。答案其实很简明,地震诗歌写作热潮的形成,主要的就是因为这对整个国家甚至对全人类来说都是悲惨事件——实实在在击痛了诗人们的心与魂,而诗人又总是如此的感情丰富和充沛。

事实上,中国作为诗歌大国,其诗人自古就有爱祖国、重民生的优良传统,从忧国忧民、愤而沉江的大诗人屈原,到一生颠沛流离却仍然悲天悯人的杜甫，还有一心总想收复河山的南宋爱国诗人辛弃疾，等等，无不如此。而且，不仅古代诗人如此，20世纪的新诗作者们也是如此，比如以"为什么我的眼里常含泪水／因为我对这片土地爱得深沉"著称的大诗人艾青等。我们的诗人们，通常血管里也都流淌着这样的传统。

中国新诗能否由此走向大众？

其实诗歌这一艺术样式也是有相对大众化的特征和要求的。比如我们的古典诗歌，早在《诗经》的产生时期，风、雅、颂诸篇，就多有口头民间文学和歌唱文本的特征，诗歌在一开始，就处在和广大劳动人民亲密接触的大众化时期。只是诗歌在后来逐渐发生了由民间向社会上层转移的运动，并且越来越文人化了。

在封建社会，特别是在唐代，文人诗日益成为官员阶层文化修养的标志之一、互相酬答与唱和的手段之一。这时候的诗歌地位很高，固然也有日趋封闭、躲进象牙塔的趋势，但却不尽然。比如白居易的诗就以明白晓畅、通俗易懂著称，老幼妇孺，皆懂其诗，这或许也可以算作是诗歌大众化运动在历史上留下的伏笔之一。

新世纪以来，诗歌的网络化使得诗歌的发表变得轻而易举，年轻一代获得教育的机会普遍增多，无论从作者还是从读者的角度来说，我们的诗歌都可谓面临着一次诗歌大众化的机遇。近些年来，大家也不是没有努力，甚至可谓连蹦带跳、连吼带叫，但诗歌却始终没有成功地走向大众，没有真正获得市场的认可，所有的挣扎无不以失败告终。

至于这一次因地震触发的诗歌热潮能否促成新诗由此走向大众或者打开新的局面，我以为仍然是不容乐观的。毕竟诗歌圈子的内耗太多了，许多人都不会潜下心来钻研诗歌写作面临的诸多困难。中国新诗能否成功地走向大众，或许有外部环境的问题，譬如文艺门类和文化消费的日益多元化一直就是一个很现实的问题，或者也还有诗歌本身的问题，譬如是否真正做到了在保证艺术品质基础上的雅俗共赏——而这似乎正是永远需要诗人们潜心钻研的"怎么写"的高难课题。

尽管这一次突如其来的大地震引发了如此汹涌悲情的抗震救灾诗潮，但有关诗歌"怎样写"的问题并没有来得及讨论，事实上，几乎所有的作者都普遍采取了有感而发、直抒胸臆的方式。地震发生得太突然了，大家受到的心理打击太大，巨大的悲痛使他们忘了"技巧"，使他们"欲辨已忘言"，使他们一落笔就是强烈的感情，就是质朴而真切的心声。应该说，这显然不是通常的为了成就而写作，为了写出一首好诗而苦思冥想、反复雕琢，而是生命本身情感表达的内在要求和不可阻遏地喷涌（这当然是可贵的）。比如"梨花体"诗人赵丽华在其发布于博客传播于网络的《哀悼日，让我们13亿人一起痛哭吧》一诗中所写："让我们跟着这悲号一起痛哭吧／在这一刻放出我们所有的悲声／释放13亿人心声中的所有抑郁……"

基于此，我以为类似"地震诗歌浪潮"的写作，诗人们恐怕都重在以自己的诗篇表达对这一灾难和灾难中的人的纪念，通常并不会也来不及专注于艺术根本的提升和创新。所以说，汶川大地震的强烈震动固然震开了许多诗人和无名作者的情感闸门，但随着灾害的消停与灾区生活的正常化进程，诗人们的情感震动势必将归复于平静。虽然此次地震带给人们的伤害和悲痛难免将持久下去，作者们的写作也还会延续，但一切终归还是会回复到正常状态。而我可以想见，到那时候，诗人们的内耗恐怕仍将不可避免，而诗歌的市场也同样会在各种事物的夹击下难有根本性的奇迹发生，新诗创作的局面多半也会依然如故。我只愿这一次灾难的发生能对诗坛的风气特别是诗人们的生命状态和创作理念或多或少地有所触动乃至改观。

本文刊于《中国图书商报》（2008年6月24日）。

诗歌与青春同在

——我的漫漫诗歌路

　　不知不觉，习诗已有十余年了，准确一点说的话，是接触诗歌已有十余年了。一个人在人生当中最可宝贵的青春时代里——整个的青春时代，都在默默地热爱着诗歌，怎么说，这也该算是与诗歌有一点关系了吧。在此，我愿借着《北大情诗》出版的这个难得的机会回顾一下这么些年来自己所走过的路，谈一谈我与诗歌的一点缘分与纠葛，并借此与同好们作个交流，以便卸下旧日因袭的重负，乃可以在新世纪的康庄大道上轻装前行，乃可以在诗歌的通幽小径间走得更远。

最初的相遇与练习

　　我最早读到的新诗，应该与同时代的大多数人是一样的，就是收入当年中小学课本里的那些篇目，比如郭沫若的《天上的街市》、艾青的《黎明的通知》、臧克家的《有的人》、郭小川的《甘蔗林—青纱帐》，以及李瑛的《一月的哀思》等等，数量非常有限。那时候对新诗好像并没有什么特别的印象，感觉远不如古典诗歌那么好，唐诗宋词能在课本里学到的也不是很多，可就觉得古诗有文采，有韵味，有意境，有诗意，读之心神怡悦。我想，这应该是大多数中国人的一个普遍感受，否则，在我们的日常生活里接触到的人，热爱古典诗词的怎么就远远多于热爱新诗的人呢（在北大则相反，热爱新诗的肯定多于热爱古诗的）？当然，这个比例应该是在不断地发生着变化的，我想，喜欢新诗的朋友应该是越来越多了，毕竟新诗的历史已经是一年一年地在延长了。

　　我对新诗发生触电感，当是1987年我尚在读高中的时候。这样的年龄，自然是晚的了，有些主观和客观条件都比较好的人不是早在小学、初中阶段就出版自己的诗集了吗？不过，倘若我早知道诗歌在今天是这样寂寞，或者干脆就不该喜欢诗歌；但既然这是命中注定的遭遇，则我完全无须重来，而只该与所有爱好诗歌的同道一样继续努力吧。总之，从那时屈指算到现在，我倒确乎是与诗歌打了十几年的交道了。

　　回想起来，湘中腹地的那所中学实在是闭塞的，说起来也是一所两千多人的省重点，校园还是承袭钱钟书先生在抗日战争时期曾经执教过的为规避战火而在此新创建的蓝田国立师范学院的校园，可连个最小规模的图书馆也没有！图书室倒是有一个，却仅在高一时开放过两三个月，并且每人每个月只能借一本书！还是由班上派出一两位代表去统一借回来，然后是大家一阵近于哄抢的"分配"……在这样的情形下，我自然是绝没有机会见到过什么诗歌类的报刊和书籍的。事实上，在高中阶段的三年时间里，我连《诗刊》也没有见到过。尽管如此，但我总算还是读到了一些新诗，否则，也不会在此期间喜欢上新诗。

　　那时候，我偶尔在班上流传的很少几种已记不清刊名的中南或西南地区的中学生报刊上读到过同龄人写的一些新诗，不承想我竟然对那些东西"心有戚戚焉"了。那些新诗似乎是出自年龄与我差不太多的中学生之手，状写的也许是校园生活，也许是青春的萌动，写得也许就那么回事吧，但当时却真的激起了我的共鸣，并且我猛然觉得自己也完全可以写诗啊！似乎许多写诗的青年人都有这样的经验——对诗歌的喜爱几乎是突然之间滋生的，一定是某几首诗某首诗甚至仅仅是某几行诗在某个时刻打动了你，抓住了你，使你不由自主地陷入了诗歌的泥潭。课本上的新诗自然都是很好的名篇，但毕竟与正在成长的年轻生命的情感经验隔着几层。但我承认，在那个时期，确实也有少数我偶然读到的名篇使我无比迷恋，记得当时我在自己的摘抄本上是摘抄过几首的，比如《一片槐树叶》《你的名字》（后来才知道这两首诗均出自台湾著名诗人纪弦的手笔），我觉得这样的诗实在是诗意飘香、美不胜收！又比如流沙河的《理想》，我觉得该诗在很鼓舞做梦的少年人之外，艺术手法上也确实有新意，让人过目难忘。对了，假期我从寄宿的学校回到家里，似乎还在家里见到过几期《名作欣赏》，并在上面的几篇关于新诗的鉴赏文章后读到了所附的一些诗，比如郭沫若的《炉中煤》、余光中的《乡愁》及《寻李白》、郑愁予的《错误》等。之外，我还在班级以班费订阅过一段的《辽宁青年》上读到过一些篇幅仅仅只有两三行的哲理诗，严格地说，这些哲理诗更像是一些精短的警句，但那个年纪的我喜欢其中蕴藏的人生哲理。此外，我还在类似课间十分钟这样的时间段里读了一些非诗的各种文体的文字，但我特别注意的是那些文笔优美的篇章，也许是我觉得这样的文字更富有诗意吧。

总之是在那段时间当中，我情不自禁地在紧张的学习之余兴致勃勃地"写"起诗来。毫无疑问，那时的"作品"一定是稚拙不堪的，不过，倒也没什么不好意思的，在与诗歌走近的过程中，这一定是任何人都必经的一个阶段。回想起来，高中三年间也许还有两档子事是不妨提一下的。一是高一时我在一位邻桌那里发现了一本唐诗宋词的精品选本，当即爱不释手，乃至在许多天蒙蒙亮时就已经开始了的晨读课里朗读起《将进酒》《春江花月夜》《登幽州台歌》等唐诗千古名篇以及辛弃疾、李清照等大词家的经典之作来——可都是那时的课本里没有收入的（也不知后来的、现在的中学课本选的又是哪些）；当然，课本里的古典诗词也是读的，但数量不多，不经读。我想我的朗读是有点不务正业的，但好处恐怕也是有的。我能背诵许多古典诗词了，我的古典文学修养有了明显的提高，这对我的新诗练习无疑是有帮助的。并且我还弄了两个16开的数学作业本，四处收罗，陆陆续续誊抄了几百首唐诗宋词。

另一件小事是，我在高三临毕业的那个学期竟然获得了一个诗歌奖，这是我在诗歌方面得到的第一个鼓励。事情是这样的，那年春天，湘中的一个横跨几个县的文学社联合了我们的校团委，在我校举办了一个诗歌大奖赛——我觉得这是个难得的稀奇事，就不免想借机检验一下自己写的东西在全校范围内水平究竟怎么样，于是把自己写的几首诗编排成了一首"组诗"《人的雕像》投了出去。原本没抱什么希望，没想到却入了围，当时在我们班内得到同学们"公认"的三个小文人都获了奖，而在三人当中，我的名次是最靠前的，乃至成为我班唯一的代表进入了此次大赛的"十大校园诗人"的行列。从榜上看起来，我仅排在第八位，而我后面，获奖的名字还有一二十个，听说参赛的"选手"有一二百人，这大概是真的。唔，中学里的文人原来也很不少呢。虽说只是校内的一个奖，但手里拿到一个荣誉证书，心里觉得还真是给鼓励了一下。现在回过头来看，我觉得这个小小的荣誉还是不能忽略，所以我在这里记一笔。我想，如果没有这个鼓励，或许我后来一不高兴就放弃了在诗歌上的努力也没准。

高中毕业的那个夏天，我做了一件有意义的事，就是把自己两年多里断断续续写的几十首"诗"大体收集齐，誊抄在了一个耐用的塑料封皮的日记本里（连"创作"的大体时间也照样给标上了），甚至还用彩笔描描画画配了些图——尽管我到今天也没有出版过自己的诗集，但我在此也不妨开玩笑说：该手抄本乃是我的第一本"诗集"（到同年冬天，这本后半部尚是空白的"诗集"就被我新"创作"的诗填得满满的了）。这本所谓的诗集我一直收到今天。东西越早越旧价值就越高，好像是这样的，所以到今天重翻该"诗集"时，我的心情就像我的鼻子闻到了一坛陈年老酒。事实上，我后来又"创作"出了一本又一本的"诗集"，新的"诗集"在不断生成，旧的"诗集"则保留着。在上世纪90年代前期的那些年，我写下的诗稿装满了这些"诗集"，在这些习作中，有的是一挥而就的，现在看也不用改动，可以直接拿出来发表的，但更多的，则是一些不错的原材料，需要稍加修改乃至需要大修大改。遗憾的是，这么些年以来我竟然很少做过这方面的工作，也许是在写各种体裁的新"作品"吧，也许是在疲于奔命地应付生活的鸡零狗碎吧，也许是没有时间也没有心情吧！总之是过于紊乱；总之，它们一直以半成品的身份蹲在那些既逝的冷清的光阴里；总之，它们不可能插翅而飞，我总有机会来收拾、打理它们的。

就像那些围棋迷一样，一旦入了门，就会想着不断地提高水平了，而且不用别的人来督促，自己就会很自觉地去努力，因为你着迷了，你为之沉醉了。诗歌的魔力并不亚于围棋，一个人一旦尝到了诗歌的甜头——主要是浸淫于诗歌中所体会到的那种心智上的乐趣、那种飞翔的快感，则往往是上瘾了一般难以自拔地越陷越深，你简直是情难自禁地被诗歌牵引着往前走，你着迷了，你想方设法地想要提高自己的"段位"（当然，不是围棋的段位，是诗歌的段位）。是的，入门之后紧接着考虑的问题就是怎样提升诗歌写作的水平了，一个最有效的办法也许就是多读书勤动笔了。高中毕业后的那个暑假，我不知从哪弄到了一本当时正流行的席慕蓉的诗集，席的诗集能够畅销自然是有其道理的，在很好接受、很容易就能看懂的基础上，作者还把抒写的内容主要地锁定在一些有普遍意义的主题上，比如时光、青春、爱情乃至人生等等，再加上全书散发着的那种淡淡的美丽而伤感的气息，读者特别是那些正值青春年少的人，自然很容易就能受到情绪上的感染，从而产生共鸣，从而被抓住，以至难以释卷。老实说，当时习诗还不算久的我也被席的诗吸引住了，这是一种我以前没读到过的风格，于是兴致勃勃地一首首品读、欣赏。我的感觉是：唐诗宋词的底蕴很足，似乎有李清照的遗韵在其间。几乎是每一首诗，从文字到意境都很优美，诗意葱茏，且很抒情，有一种忧伤的气质在里边。我想，作者的古典文学的修养肯定了得，席慕蓉一定是深受了唐诗宋词的影响的；由此我还想到自己高中时代在古典诗词上所下的一点功夫肯定是有用的，这应该是一种潜移默化的艺术浸润和文化积累。

　　一直就很少上街、很少出门的我，终于在这个暑假首次在另一个小城市发现并买到了一本《诗刊》。我很高兴咱们国家还有这样一本专门的诗歌刊物！我在粗粗地阅读了上面的一些诗作后，竟狂妄地觉得上面的东西不过如此，至少是其中的部分作品不过如此，也没有高到高不可攀的地步，我觉得自己也完全可以试一试嘛。于是在酝酿了一阵子之后（其时离国庆好像是还有两个月左右），非常真诚而又满怀激情地写了首一百好几十行的长诗，好像是歌颂咱们国家的五千年文明什么的来着，并径直投寄给了那本杂志上印着的一个名字，好像是诗刊当时的主编。这样长的诗在我显然是首次尝试，我在高中时写过的最长的诗如果不算得奖的那个组诗《人的雕像》的话，就该数那首题为《校园生活大观》的诗了（也就 40 行的样子吧）。这首诗对我来说还是创作题材上的一种新尝试，之前所写的，不过是一点校园生活、一点初恋似的朦胧情愫，一点送给同学、朋友的节日、生日贺诗之类，像社会、国家、历史这样的大题材，比如歌颂我们国家的五千年文明这样的题材，还真是首次尝试，我想，这一定与我在这本诗刊上所读到的比较大气的诗篇有关系。

刊授学习与处女作

为了提高自己，不久，我就报名参加了《诗刊》社刊授学院 1990 年的学习。记得我是 1989 年秋季以信函方式报的名，普通班，学费 40 元，学期 1 年，学习方式是刊授（也就是函授吧）。学员可获赠本年度的院刊《未名诗人》共 12 期，并享受两月一次一年共 6 次的改稿机会及在《未名诗人》发表作品的机会。一年的学习结束之后，学员可获得相应的结业证书。从刊院寄来的入学通知书中我得知，我的辅导老师是：麦琪——这个名字是我没有听说过的，凭感觉，这个陌生名字的主人应该是位女同志。接下来，我把按要求交寄的第一次作业（100 行以内的诗作）邮寄过去了。麦琪老师在 1990 年 2 月底对我的学员作业作了批改并回了信，那封信至今我还收着。麦琪老师在信中这样写道："细细读过你所寄来的诗，感到你写诗还是有很大潜力的。你的诗感情充沛、语言干净，望你能坚持下去。《怅惘》一诗不错，写得含蓄、凝练，我拟推荐给《未名诗人》，故暂留。其他的即较之弱些，主要是语言的厚度不足，还望努力！"信末还有麦琪老师的一个附言："我的诗集《天边梦边》已出版，若需要，可将款寄我。最好能买 5 本以上，否则单本取款邮寄太麻烦了。"当时，我交作业总习惯把自己最新写成的文字寄过去，全长 12 行的《怅惘》一诗便是其中的一首新作（从我保留至今的几乎每首诗都注有日期的诗稿本中可以查知，该诗作于 1990 年 1 月 14 日），全诗是这样写的："叶色青青的时候/并不太留意/岁月流成晚秋/才发现当年的枝头/枫叶绚烂成/无力的怀旧//零落于地的残红/倏然提起你的叹息/绽放的当初/竟漫不经心/待一旦发现/却无力挽回"。这首诗发表在《未名诗人》1990 年第 4 期上，如果不介意这是一份内部刊物的话，则《怅惘》一诗大约就是我诗歌写作道路上的处女作吧（该诗 1997 年时还曾被中国人民大学的校报选用过，2002 年又得以在

《诗刊》发表了)。无疑,这样的事对初学写作的人来说,必然是难以忘怀的(不过我觉得抱歉的是,其诗集《天边梦边》我只寄钱购买了一本,没有如作者所愿买上最少5本)。第二次作业的投寄与批复则是两个月之后,这一回,我没有诗作被选用。再往后,我投寄的作业则如泥牛入海、杳无音讯起来。我很纳闷,麦琪老师不是很认真的吗?怎么会不改作业也不回复了呢?普通班学员不是可以提交6次作业的吗?这才两回呢,怎么就扔一边不管了啊?为此,我在这年秋天曾跑到在虎坊桥的刊院办公点去打听过,才知道辅导教师麦琪已经出国几个月了。我恍然大悟,原来如此!

我觉得参加诗刊社的这个刊授学习还是有一定收获的,除了在《未名诗人》上发表了我的处女作并由此得到了一套薄薄的丛书外(这首诗的稿费是一套赠书——"诗人丛书"。丛书总计12本,作者分别是艾青、严辰、李瑛、周荻帆、张志民、白桦、邵燕祥、蔡其矫、程光锐、黄永玉、雷抒雁、梁南等12人,该丛书首印于1980年),最主要的,就在阅读《未名诗人》的心得了。

这本院刊的形式、格局都类似于《诗刊》,每期所刊发的,除理论部分外,基本上都是学员的习作。这些学员分布在全国各地,他们的习作来自城市、乡村、军营、学校……来自火热的生活,很多作品都散发着强烈的生活第一线的气息。特别是其中的一些乡土题材的诗作,洋溢着泥土、大地、故乡、麦穗、村庄、庄稼、农具的芳香,质朴而亲切,读之其实是足以令人感动的。这些乡土诗,来自具体的乡村生活,来自真切的农业劳动,它们是沉醉于泥土、扎根于村庄的,是埋首于麦地、弯腰于水田的,它们是吟咏的,是形而下的。这些诗歌的作者是深情的,他们满怀着对现实中国农村的热爱与眷恋、希冀与鞭策。这些作者,我以为在中国是闪着质朴之光的脊梁似的一群,他们的创作,是发自心灵的梦想,是来自大地深处的光荣。在我看来,海子所创作的大量以乡村为场景或背景的作品与前文谈论的乡土诗显然是很不一样的。海子的作品虽然成功地构建起了以麦地、乡村为中心的诗歌意象群，但生活层面的东西毕竟较少。从学院文化中熏陶出来的海子毕竟是有他的大抱负的，他的麦地也好，乡村也好，注定了是美丽的、悲伤的，是超越的、抽象的，是形而上的，是凌于麦地上空进行着辽阔的思考的。我以为这两者，都是发展到当前的中国新诗积近百年之精气神方孕育出来的很可宝贵的精神财富。

至于《未名诗人》诸期理论部分的内容，我也从中获益匪浅。特别是诗评家李元洛先生的连载文章，既有才思洋溢的诗人情怀，又有引经据典的学者风范，既有理论的严谨与实在，又有诗歌的飘逸与空灵。总之，当年我读他的评论台湾诗人洛夫的诗歌创作的系列文章颇有些如醉如痴的劲头就是。我觉得李元洛的评论与洛夫的诗作实在是互为衬托、互相辉映。当然，我的目的是想让自己的诗写得更好，自然对诗歌本身会更注意一些。洛夫的诗歌确实了得，既有中国传统文化的深厚底蕴在诗句与段落间回环缭绕，又有西方诸现代派手法的超现实般的运用。我真是非常喜欢他的风格。我想，这一年我之所以在王府井新华书店毫不犹豫地买了一本刚出版的洛夫的诗集《诗魔之歌》，就是因为在《未名诗人》的文章中已事先领略到了洛夫的风采，的确，以洛夫的诗才，他是堪称"诗魔"这一称号的。

我原以为通过这个刊授学习自己也许能有机会一举走上诗坛呢，但我显然没有如愿以偿。客观地说，办这种刊授辅导班无疑是很好的事情，但具体到我自己参加的这期刊授学习来说，则我以为还是不够理想的，但事情也就这样过去了，我还能怎样呢？诗歌这东西，还是自己摸索吧，多读多写，偶尔再投投稿就是了。

年轻时的求索与思考

也许我应该在这里谈一谈我所遇见的一本对我来说很重要的诗集：

《中国现代朦胧诗赏析》。这本购于 1989 年秋定价 2．8 元的诗集收录有二三十位现当代诗人的诗作，而且每首诗的后面都附有几百字的赏析文字，非常适合处在我这种阶段的读者阅读。这本诗集我一直收存着，今天再翻看一下，才发现这本首印于 1988 年 4 月的诗集，到 1989 年 9 月时已是第 6 次开机印刷，印数竟到了 156060 册！原来这本很严肃很纯正的诗集还是一本畅销书呢！当年我可真没注意到这一点。由此，我们完全可以想见 20 世纪 80 年代后期那会儿读诗的人有多少，写诗的人有多少。

这本集子中的主打诗人有李金发、冯文炳、戴望舒、卞之琳、北岛、舒婷、顾城等等，于是我在该书中领略了一系列的杰作名篇，比如徐志摩的《云游》，李金发的《有感》，冯文炳的《十二月十九夜》，戴望舒的《我的记忆》《印象》，卞之琳的《断章》，北岛的《回答》《宣告》，舒婷的《致橡树》，顾城的《一代人》等等，极为兴奋的我乃如饥似渴地吸收起其中的营养来，先读作品，用心体会，再读赏析文字，细心领会。待到我把全书读下来，顿觉功力大增，何其快哉！当然，我不是一个晚上读完的，而是在一段时间当中陆陆续续品完的；并且我还在不断地"创作"新的作品，真可谓是理论与实践相结合。我在读了这本书之后，收获是很显著的。一方面，视野开阔了。我从此知道一些诗人比如戴望舒、北岛、舒婷等人的名字了，之前我可是只知道中学课本上那些诗人的名字的。我还知道有朦胧诗这么个流派或潮流了，知道现代诗、朦胧诗的概念了，等等。另一方面，由此，写作上也确实有了长进。比起高中时代的习作来说，我 1989 年下半年的诗作的确不一样了，有现代感了，朦胧起来了。倘要举例子的话，比如作于 1989 年 10 月 24日的短诗《思》可算一首，又比如，1989 年 12 月 29 日我一挥而就，写了两首直到现而今也无需修改的短诗《梦雨》和《夜行》，等等。不过说老实话，以后来的眼光来看，当初写下的这样不需再修改的作品并不是很多。由此可见，诗艺的提高并不是一件简单的事，真是需要长期的琢磨和锤炼才行的。

接下来，我又买到了徐志摩、戴望舒的抒情诗集，读后也很有收获。再往后，则又有更多的个人诗集和诗选集进入我的视野。我想，所有我读过的好诗对我而言肯定都是很好的营养，在此，我要感谢它们与我的相遇。我还要特别提到当年我在北大图书馆及在其他场所中所读到的很多大诗人，比如浪漫主义的雨果、普希金、莱蒙托夫、雪莱、拜伦、泰戈尔，比如现代主义的波德莱尔、兰波、玛拉美、布勒东、叶芝、瓦雷里，以及惠特曼、庞德、艾略特、金斯堡，以及聂鲁达、米斯特拉尔、维尔哈伦、帕斯，以及艾青、闻一多、臧克家、穆旦、郑敏、食指、昌耀等等。我想，这些名字是每一个习诗者都熟悉的，因为他们是传统，是诗歌道路上的一座又一座丰碑。

如果是就当代中国的诗人而言，则已经去世的海子无疑是对我影响最大的诗人之一。我想，许多年龄和我差不多的人也会这样认为的——海子在整个 20 世纪 90 年代中国诗坛的影响实在是太大了、太深刻了，海子给生于 20 世纪 60 年代和 70 年代的诗人们留下的心灵烙印可谓是至为深切的。我首次接触到海子的诗是在 1990 年，这年的 12 月，诗人西川来北大作了一次关于海子、骆一禾的专题演讲。这是一个有着强烈追思与怀念气氛的场合，也是一个海子、骆一禾的千秋大名在北大隆重登场的时刻。显然，这个给了诗迷们以空前震撼力的讲座取得了极好的效果，演讲结束之后，西川带来的两大捆诗集（刚刚出版的海子的诗集《土地》、骆一禾的诗集《世界的血》）立即被抢购一空，即是一个证明。这两本诗集我也是买了的，一本书就是一首诗，新鲜得可以，反正当时的我是头一次见到。扪心自问，震撼归震撼，感动归感动，两本书初看之下却大抵是看不太懂的，只是在翻读的次数多了之后，就或多或少有了一些开悟吧。海子的长诗《土地》阅读起来可真是费神，骆一禾的长诗《世界的血》倒似乎是好懂一些，因此这两本书当中，我更喜欢《世界的血》。关于海子，他的"《太阳》七部书"暂且不提，他众多短篇的抒情诗却真的是风靡了整个 20 世纪 90 年代的大学校园和各种各样的诗歌类集会。的确，如此众多的顶级优秀的诗篇表明了海子的天才，而且海子诗歌中的意象系列是很独特、很成体系的，也是很中国、很本土化的。仅此一点，我以为也是海子对中国新诗的发展所作出的一大贡献。关于骆一禾，他的美德、他的眼光以及他的才华，无一不令人赞叹乃至击案。骆一禾的诗歌才能和诗歌抱负，其实与海子是肩并肩的，所谓双峰并峙是也。我想，骆一禾作为海子极其关键的倾听者的形象是并不能掩盖他自己的光芒的。至于海子、骆一禾的长诗，即所谓"大诗"，气魄之大，篇幅之巨，是可以令人联想到荷马的史诗、但丁的《神曲》、歌德的《浮士德》、印度的《罗摩衍那》等流传千古的巨著的，不过，海子、骆一禾的长诗究竟能否成为人类文学史上的丰碑巨著，则现在恐怕还是不好下结论的。

　　继 20 世纪 80 年代后期的"席慕蓉热"之后，"汪国真热"也在1990 年成功地出笼了。我是差不多同时接触到汪国真的诗与海子的诗歌的，记得刚刚热起来的汪国真来北大办讲座的时间是 1990 年的 11 月，从我当时记的日记上可知，正好比西川来北大早一个月。汪国真的诗歌清新自然、浅显易懂，由初中生、高中生来读也许是最合适、也最有获益的。如果说汪国真的诗在市场上赢了，则他在文坛上可就输了。我当时几乎是在同一时间里领教到这两种风格截然相反的诗歌的，很自然的，我难免会有一点自己的感受。我以为：海子、骆一禾等人的诗歌在艺术水准上无疑比汪国真高不少，前者很先锋，很探索，很丰厚，很大气，沉甸甸而又透着全新的异质感；而汪国真的诗歌呢，所表述的人生道理是清爽的和向上的，所显示的风格是明朗的和直接的，意象是传统的，艺术上的创新似显不足，写作水平无须令人仰视，读者是大众化而非圈内化的。我觉得两者之间因为差别太大而缺乏可比性。同时我认为，从文学史的意义上来讲，海子、骆一禾是永生的，而汪国真呢，能留下名字就算不错。再有，我觉得汪国真的诗要稍逊于席慕蓉。我觉得以海子为代表的新一代诗人比起朦胧诗的群雄来，显然在继续地"向内转"，他们更加彻底更加深入地转到个人的内心世界里去了。

也是在 1990 年，我读到了于坚等人的诗。1990 年的《诗歌报月刊》我是订阅了几期的，记得我在上面读到了一首于坚的诗，读到的究竟是哪一首我虽然不太记得了，但我对这种以前我没见过的新鲜风格印象深刻，并且很喜欢；总之，仅仅一首诗，我就记住了这个名字。只是我没想到，在海子去世 10 年以后，以于坚、韩东、伊沙等为代表的"民间写作"派和以西川、王家新、欧阳江河等为代表的"知识分子写作"派竟然为争诗坛之牛耳而大打出手，直搅得诗坛沸沸扬扬、不可开交。我虽人微言轻，可在此我却也想发表一点自己的观点以就教于同道们。我以为：归根结底，这两派毕竟是各有所长，谁也灭不了谁的，至于解决矛盾的办法，我以为是不好找的，如果说一定要有，则也许是要请大家互相尊重、和平共处，也许是要请大家携起手来共同维护原来的安定团结的文坛局面。我倒不是闲来没事要在这里当和事佬，我的这个姿态我以为是自己真实观点的体现。在两派论战之前，我就差不多同时领略到了各有千秋的这两种风格的作品；当时我是不可能受到什么论战的影响的，我想我当时听到什么讲座或读到什么诗，如果受震撼那就是真的受震撼，如果喜欢那就是真的喜欢。以我多年来的切身体会，我以为诗坛应该是多元化的，唯我独尊的格局于诗歌艺术的发展肯定是极为不利的；灭掉任何一方，对于中国新诗在新世纪的发展来说，都将是无法估量的巨大损失。我以为两者应该互相尊重，乃至应该互相学习、互相借鉴，互相取长补短，果如此，则确是中国诗坛的幸事，更是诗歌艺术的幸事。从作品层面来讲，如果说"民间写作"迷恋于生活的喧闹与世相的斑斓，鲜活又生动，调侃加游戏，是口语化的、大众化的写作，其风格以幽默、诙谐见长，非常的好玩；那么"知识分子写作"则沉醉于内心的远游和神思，严谨又庄重，沉潜而智慧，是书面语的、精英化的写作，风格以优雅、宁静见长，无比的和谐。至于缺点嘛，我觉得前者有时是过于随意了，因此也就显得比较的粗糙；后者呢，有时是过于幽深了，因此也就显得比较的晦涩。

我想，每个诗人的写作都应该有自己的个性和特色，甚至是独创性，是否在某个阵营、流派或团队当中并不重要。我以为决定一个诗人的重要性的关键之处，仍然在于作品本身的艺术水准，在于其作品在整个时代中的意义，等等。我以为，作为一名独立的诗人，他应该是开放的，聂鲁达不是说过吗？"艺术的道路是开放的"，一个不懈地探寻诗歌艺术的人，应该是敞开怀抱广泛地吸收各方面的营养的，所谓融百家之长是也。

总之，在20世纪90年代前期的那些年当中，我一直还是在用心求索的。一方面，我进行了相当数量的阅读，我尽量广泛地吸收各种相关的营养；另一方面，我的写作热情在好几年当中一直持续着，几乎每天都多多少少要涂抹出几行乃至几首来，并且习惯在每一首新写的诗的末尾注上"生产"日期。多年以后，当我重翻这些类似于日记写作的诗歌"创作"，我看到那些日期，就觉得那些既逝的日子仿佛又回来了，我看到那些诗句与段落，就觉得我的青春还写在纸上还能够看得见。

那些年的努力与感慨

说到投稿，我在20世纪90年代前期肯定投过十几二十回的吧，但倘要问自己具体都投到了哪些报刊，这我可就真忘了。总之，陆陆续续我是往各处的一些正规报刊胡乱投寄了一些；总之，所有这些投稿都如泥牛入海杳无音讯；总之，我的投稿努力统统失败了，我连一封回信都没有收到过。至于我再次发表诗歌作品，竟然是几年之后的事了。1994年，我的诗作《故乡》在北大的校报（副刊）上发表了，我记得当时在北大读研的我的一位老乡不久之后与我见面时还向我夸过这首诗，并且他能背出其中的最后几句："我希望故乡像一样东西/放在随身的口袋里/或者我像一样东西/放在故乡随身的口袋里"；事实上，《故乡》一诗先后发表过6次（我投稿一般不一稿两投，但这首却是个例外，先后投了多家报刊），是我发表次数最多也最"著名"的一首诗了，除了北大校报这一次之外，后来还先后在中国人民大学校报、《中国青年》、《文化月刊》、《中国文化报》、《中国作家》上发表过。再往下，乃是到了中国人民大学以后，1995年，拙作《父亲》《怅惘》《我来到生活的前沿》等在人大的校报上发表了，其中第一首，1998年时曾被《中华新闻报》选用过的。值得提一提的，还有1999年春刊登在某民间文学刊物上的《诗四首》（包括《黄昏》《正午》《子夜》《凌晨》这4首旧作），以及2000年4月被《诗刊》选用的《我的同屋比我先睡》一诗（计30多行），还有登载于2001年《十月》第3期的情诗《冬季在血管里流动》一诗。有件事或许也可以提一下，就是2001年我有诗作（《黄昏》《边缘处的绝唱》两首）被选入了一本名为《词语的盛宴》的诗集……

唉，一个如此执着的人，倾心习诗这么多年，能够得着机会发表的作品，却实在是屈指可数。在此，如果能允许我就诗歌发点牢骚的话，则我的感叹必然少不了这样一句：唉，现在要发表点诗歌可真难哪！不过我相信，任何事情，起步固然艰难，但路却会越走越宽的；只要自己的诗歌确实是好东西，就总会浮出水面的，路正长，未来也正长啊。

自结束诗刊的刊授学习后，我的诗歌习作仍在我的笔记本上持续、稳产地增长着，虽然推销它们是个很困难的事情，但我并没有因此就放弃，我只是坚信着未来。不久，我就注意到文学刊物上各种各样的大奖赛之类的广告了，要交参赛费的，我自然不会考虑，免交的，我自然兴致勃勃。能在大赛中获个奖，乃至领到奖金入选到作品集当中去，怎么着也是很好的事啊！这么想着想着，没想到我还真的就获奖了！从我当年的日记中可知，我得的一个名次较好的奖的时间是在 1993 年的春天，记得那天我接到了来自湖南省炎陵县的一个获奖通知及获奖证书，这是当地举办的一个"炎陵杯"全国诗歌大奖赛的奖项，我的作品得了个二等奖！初见证书，我还真是挺高兴的，但再往下细看，我的兴奋劲就消失了，因为我先后参加了几个大赛，都忘了这个"炎陵杯"有没有奖金什么的了；细看之下，不但没有奖金，获奖作品在收入到获奖作品专集一书当中后，还需要购买样书；虽然费用只在几十元左右，但我还是不能接受。于是该诗集就把我的作品给撤了下来。

在我的印象中，这种收费的大奖赛在很长一段时间里都在盛行着。究其原因，我以为也许有这么几点：第一，散落在全国城乡各地的热爱诗歌且倾心于写作的人实在是太多了，说实话，把自己的作品变成铅字，恐怕是每一个真正热爱诗歌的人都梦寐以求的，然而，以中国之大及人口之多，发表的园地却极为有限，发表的机会却极为有限，这样，即使大奖赛是收费的，也会有相当的作者会参加，因为获奖是荣誉，诗作收入诗集中是鼓励，是安慰；第二，这样的大赛之所以要收费，是因为这也是一个市场，是因为主办者要通过这个市场挣钱，即使不赚，那也得不赔才行；第三，当年的主办者在图书的策划方面还是不太灵光，一个选题，即使是关于诗歌的选题，如果策划得好，也完全可以凭销售挣钱的，不收费不说，甚至有稿费发给作者。其实，诗歌真不应该这样窘迫，可事实上，诗歌的处境却真的是窘迫，这究竟是因为什么呢？这个问题很值得我们大家深思。还有，近几年出版的诗集好像有几本竟然挣钱了，不是席慕蓉、汪国真，而是严肃的纯文学、纯诗，这说明什么，说明业内的图书策划的水平在进步，对诗人来说，这也应该是可喜的。眼下，我终于编将出这本《北大情诗》来，很希望它也能被大家认可为图书策划在诗歌领域里的又一个成功尝试。

整个20世纪90年代前期，我都在北大校园里生活、成长，显然，其时我的诗歌学习与诗歌写作也同样是在这里进行着的。这个为期数年的过程可以说是比较漫长的了，所以，当我在此回顾自己所走过的诗歌之路的时候，是绝不能回避北大的。但关于北大，真要说起来，却也没什么太多的可说。首先，在中文系诸位老师所开的诗歌课上，作为无数听讲者中的一员，我确实感觉到了诸位诗歌导师所给予我们的推动和提升。其次，就要数校园里的文学集会了，印象中但凡有诗歌朗诵活动、研讨活动之类，我总是克服一切困难去参加。我喜欢这样的现场，我喜欢在这样的氛围中倾听与感受、观察与思考。我想说，北大是诗歌的一块沃土，是诗人的一大家园，我热爱这里，我怀念在燕园亲近于诗歌的那些日子。

至于在中国人民大学的那两年，似乎可说的事情并不多。一是参加文学社的活动，包括在社刊上发一点作品之类；二是把1994年夏天写的一篇诗论整理毕并发表了出来，此文标题为：《血或水：从诗歌写作中拧出的体液》，分两次连载于《农村青年》杂志社1995年第5期、第6期；三是1995年春写了一篇谈论海子的文章，此文载于同一杂志1995年第10期。这两篇文字同时也在人大十三月文学社的社刊上登载过。总而言之，这两年虽然比较的杂乱不堪，但我的诗歌练习还是一如既往地在继续，并且多了一点理论方面的思考。

自1996年离开人大至今，转眼就闪过去这些年了，蓦然回首间，才发现多少青春的昂扬都没了，甚至连青春的余痕也隐约得很了。时间流逝得可真快呀！

如果有人拷问我毕业以后这些年究竟做了点什么，那么，我的交代还是差不多的，写有一些诗歌习作而已吧。生活是这样狼狈，我还能怎样呢？具体一点说的话，则比如我整理出了历年来陆陆续续所写下的一组动物题材组诗：《壁虎》《蚂蚁》《刺猬》《鱼》《鸭子》《狗》等，我以为这是我最重要的代表作之一，我真希望它们能找个地方发表发表啊。此外，整理出来的旧作还有《冬》《乡愁》《独行》《孤独》《朋友》《诗四首》之类。又如我1996年毕业之后新写的《在城市的大雨中》《周末》《泪流满面》《笑容》《回家》乃至《香港回家》《战争与和平》这样的政治题材等等，要许个什么愿的话，我还是希望能找个地方把它们发表发表什么的。对了，我还把一些旧作录入了电脑，比如《大海》《夜行》《静夜习诗》《外面的世界》《万分之一》《写给珠峰》，等等，还重读过一些旧作，比如《成长的岁月》《年龄》《回忆总是很美丽》《经验在掠夺》《静思》，等等。

还有，我的爱情诗也不妨提一下。坦白地说，从上世纪80年代末接触诗歌之初我就写过情诗的，至于上世纪90年代，我的情诗创作恐怕和许多人一样是断断续续一直没有停顿的。倒不是说老在谈恋爱或老在琢磨谈恋爱的事，而是因为自己比较"勤奋""敬业"，心里头即便是偶有些微风吹草动的什么感受，我也会尽可能地记下那些瞬间的零碎的灵感。如此日积月累，积压在"仓库"里的情诗的存货，可能数量上就会显得略略的多一点吧！比如收入《北大情诗》中的《情殇》《刺骨的玫瑰》《情别北京站》，比如《情感笔记》《七月》《夜光兰》《她》《思念》《眼睛》《胸口》《情弦》《情伤》《你》等等，我想，这里面也应该可以挑选出一些，组成我的代表作之一的。

对了，我在1998年还写出了一篇新的诗论：《诗人的道路》，该拙作1998年10月刊于《农村青年》杂志，发表时标题为《诗人》；我知道，它不是研究文章，不是理论文章，而是感悟似的创作谈似的文字，其间所表达的，乃是自己对诗歌的一点体会与认识，如此而已。再下来，大约就该数这篇比较长的文章《诗歌与青春同在》了。

自2001年11月写成这篇文章到现在，转眼竟然过去了20年！因为之后多少还是又发表了若干诗歌，所以我在这里就再为它们作一丁点补录。《诗刊》下半月刊在2002年第1期发表了我的两首小诗：《哥们》《怅惘》。之后又有若干首爱情诗陆续见刊，如《深夜里的情感》一诗见于2002年第11期的《北京文学》；《难道不是你》刊发于2002年第23期的《辽宁青年》；《七月》《刺骨的玫瑰》刊登于《安徽文学》2003年第2期。特别是《青春潮》（原《福建青年》），于2003年第5期一次采用了我的三首情诗：《你的轻捷》《像雾像雨又像风》《花季雨季》；而2003年第12期的《芒种》杂志也同样刊出了三首情诗：《海边的守望》《猜》《珍藏的玫瑰》。《中华新闻报》则于2003年秋先后发表了我的两首诗《回忆》《送别》；《兄弟》一诗刊在《诗潮》2004年第3、4期的合刊上；《望见故乡》刊在《中国文化报》2004年9月29日……《台港文学选刊》2018年第4期刊登了三首情诗：《情弦》《盼望》《情伤》……最近的发表，则是《童年与蚂蚁的关系不一般》《壁虎》《狗》这三首诗以组诗名《人类与自己身边的动物》刊于《北京文学》2021年第6期上。之外，也可以提一下的是，还有一些诗歌选本选收了我的一些诗作。

就这样，我在北京这个巨大的城市里晃来晃去，晃来晃去，我的青春竟然也就在不知不觉中晃得不知去向了。好在我还写有一些文字，比如诗歌什么的。我以为这些文字是蘸着青春的汁液写下的，只要留下了这些文字、这些诗，青春就永远留下来了。

与校园时代不同的是，我的奔忙大体是为着生计而不是学业什么的了。与校园时代相同的地方也有，那就是：我的诗歌之路仍然没有步入理想的境地。我想，这倒也没什么可特别失意的，诗歌的事业，恐怕本来就是需要用一辈子去追的一个梦想。我想，我应该和所有的同路人一样，满怀虔敬，沿着高速公路边那条诗歌的通幽小径，悄然、执着、潜心地前行。

本文以附录的形式收在作者主编的《北大情诗》（2002 年 1 月出版）一书中，收入本书时于 2021 年 7 月对文章略有修订。

第五辑

真诚用心的阅读

史诗气度

——说说我喜欢的三本古代名著

《史记》

司马迁以毕生心血浇灌而成的这部巨著，既是一部空前绝后的史学丰碑，又是我国文学史上堪称"绝唱"的一部独特之书。阅读这本书，我们的认识视野将随之向着神秘、混沌的上古时代做辽阔、苍茫而清晰的上溯和延伸，好一部恢宏博大的民族通史！好一部华夏民族发展和奋斗的史诗！好一部古老文明和民族生活的百科全书！不需要很多，仅仅这一部，我们关于上古时代三千年的贫乏就能借此获得充足的填补和丰富。想一想古埃及文明的暗哑，我们就应该为《史记》的问世和流传倍感庆幸，对于在全球范围内光荣地跻身到四大文明古国行列中去的一员，《史记》为此留下了丰美而扎实的注脚。作为一笔绝无仅有的巨大财富，《史记》为我们留下的并不是可见的实物化的金银财宝乃至生产于久远年代的石器、陶罐及青铜宝鼎。《史记》为我们留存的是一个民族的真实发生的活生生的历史记忆，为我们记录的是从上古的黄帝时代到汉武帝时期约三千年的文明史实——从神话传说般的祖先们的身影，到开创、传承一个又一个朝代的大帝、到文治武功的将相名臣，从思想家、军事家、文学家到刺客游侠、高士异人，从政治、军事、经济到社会、文化、风俗到世态人情……而作者穿越时空的巨大抱负，纵横捭阖的豪迈气势、前无古人的雄心和毅力、严谨细密又丰美充沛的文辞，无不为我们留下了须仰视的旷世丰碑。

《三国演义》

中国的四大古典名著中，我最喜欢这一部。这是一部写给男人看的气势如虹的书，其间的历史事件纷繁错杂，其间的战争场面恢宏浩大，其间的人物形象鲜明丰满，其间的恩怨纠葛交织起伏，其间的人生际遇令人慨叹。应该说，这是一部再现古代战争的史诗，也是一部集中表现政治智慧、军事智慧的书，还是一部关于特定时代里无数个体人生的命运之书。这部书脱胎于真实的史实，在大的方面基本忠实于历史事实，又能不受其拘泥而超越之、升华之；综观全书，细品全书，整个文本可谓是史家的严谨风范与文学家的浪漫主义情怀齐飞。小说的叙述既博大深沉，又严谨细密，无论是大处的落墨，还是小处的勾勒，作者之匠心均令人惊叹！例如该著之叙述中，其前后勾连因果递进此呼彼应者又何止数十处，然千丝万缕却能编织得无一疏漏，又如在人物形象的塑造和大的战役的描写上，作者是绝不惜浓墨重彩的，而其文字却无比从容和淡定。

《老子》

中国古代哲学当以先秦时代为最辉煌，而百家中，老子的独特光辉和伟大形象无疑是极其突出的。老子生活的年代比孔子要略早一点点，比之孔子等人来说辈分似乎也要略微高一点点，也难怪《老子》一书比起其他诸典来似乎要略显古奥一些，不过事实上，这更主要的是因为《老子》一书中思想的深邃、幽微和精辟所致。《老子》篇幅不是很大，但却值得反复解读反复玩味之，且每读一次都会感觉到有新的收获；《老子》是一本充满了无穷奥妙的神奇之书，其文本蕴蓄着一旦卷入便难以抗拒的强大引力和神秘能量。读《老子》无疑是一种人生的享受，因为其中的章句充满了辩证的逻辑力量，充满了探究宇宙、社会和人生的博大胸襟和从容气度，也因为它的语言中蕴蓄着的凝练而美丽的巨大诗意。

本文刊于《中华新闻报》（2004 年 2 月 20 日）。

《红楼梦》怎么就成了中国四大名著之一？

　　"四大名著"对今天的中国人来说可谓是如雷贯耳。《三国演义》《水浒传》《西游记》《红楼梦》（按成书先后排序）这四本巨著不但是中国老百姓最熟悉的小说，拥有极庞大的阅读人群，而且还代表了中国古典小说的最高成就。但这四部伟大作品是在什么时候被统称为"四大名著"的呢——这仿佛却不是众所周知的。

　　追根溯源，明代小说家冯梦龙提出的"四大奇书"之谓大约可算作是"四大名著"滥觞所在。被有关学者誉为明代通俗文学第一人的冯梦龙尤以纂辑古典通俗小说集"三言"（《喻世明言》《警世通言》《醒世恒言》）著称，就是这位晚明的文学家首先为我们开列了明代的"四大奇书"：《三国演义》《水浒传》《西游记》以及《金瓶梅》。明末清初的文学家李渔沿用了这一说法，并称《三国演义》为"第一奇书"，尽管与李渔同时代的文学批评家金圣叹似也曾提出过若干部才子书一说，但在明末清初那个时期，相对固定下来并流传开去的就是这"四大奇书"说。后来，曹雪芹在乾隆前期创作出的伟大作品《红楼梦》取代《金瓶梅》，明代"四大奇书"之谓也就演变成了"明清四大奇书"。

至于我们今天常说的"四大名著"之说，毫无疑问应当是在《红楼梦》成书之后才有的。应该说，这个提法还不是在清朝定型的。往早了说，或许是初步形成于民国年间的新文化运动期间，确凿一点说，则或许应该是在中华人民共和国成立以后，乃至是在 20 世纪 70 年代末改革开放之初才最终确定的。实际上人们通常认为，"四大名著"一说，应该是人们在长期阅读、研究、探讨我国古代文学作品的漫长过程中逐渐达成共识，并最终得以确定和命名的。

四大名著中，《红楼梦》成书时间最晚，但却后来居上，被许多人认为是当中成就最高的一部，是中国古典文学的巅峰之作。但《红楼梦》获得这样的地位显然也经历了一个漫长的过程。在旧派红学家中，最早的红学家脂砚斋以及清代的王希廉、张新之和姚燮等人都可谓是"评点派"，著有《红楼梦索隐》的王梦阮、沈瓶庵等则可谓"索隐派"的代表，乾隆时代撰著有《红楼梦题词》的叶崇仑等等大约要算作是"题咏派"的代表。

"红学"最早出现于光绪初年喜读《红楼梦》的京师士大夫们的口中，带有半开玩笑的性质。到民国初年，有个喜读小说的叫朱昌鼎的人对《红楼梦》十分入迷，朋友某日来访时见他正埋头读书，就笑问："先生现治何经？"朱昌鼎答："无他，吾所专攻者，盖'红学'也。"这个小故事流传开来后，"红学"一词就逐渐成为了研究《红楼梦》这门学问的专有名称。

国学大师王国维在 1904 年所写的一篇题为《〈红楼梦〉评论》的文章中从哲学和美学的层面分析了《红楼梦》的艺术成就，以为这个小说是一个"彻头彻尾之悲剧也"，是"以解脱为理想"的艺术成就很高的"一大著述"。王国维既不是索隐派、评点派，也不是题咏派、考证派之类，但他给予《红楼梦》的高度评价显然对提升《红楼梦》的文学史地位大有助力。受了清廷之恩的王国维一向以"清遗"自居，但愿他对《红楼梦》的推崇与此无关。

享有"现代圣人"之誉的民主革命家、教育家蔡元培在1917年9月出版的《石头记索隐》一书中提出:《红楼梦》是一部隐喻性很强的政治小说,认为"作者持民族主义甚挚。书中本事,在吊明之亡,揭清之失,而尤于汉族名士仕清者,寓痛惜之意。"《红楼梦》成书时正是以文字狱著称的乾隆年间,所以作者只能以非常隐晦的谜语式写作来建构其心目中的《红楼梦》。蔡元培是资深的革命党(各党多以"反清复明"作为宣传口号),是清朝颠覆者同盟会及国民党元老,他从民族主义的角度来理解和研究《红楼梦》或许是命中注定。蔡元培的观点在当时很受欢迎,蔡元培的社会影响又这么巨大,所以客观上为《红楼梦》壮了些声威。其时,《红楼梦》的作者究竟是谁尚无定论。现在我们所了解的曹雪芹——其祖上是汉人,但明末清初时即已纳入满族并得到了乾隆皇帝的认可,曹雪芹家族在其祖父和父亲的时代享尽了荣华富贵,当其年少时,曹雪芹家却被雍正帝下旨抄家,曹家由此坠入困顿中,但因为曹雪芹有旗籍,所以终生都可享受不必劳动也能按月从政府处领取几两银子过活的满人待遇。如果撰写该文时蔡元培就能知晓后来人们普遍认为《红楼梦》的作者的确是曹雪芹,并了解曹雪芹的身份及其家族渊源的话,或许他就不会认为《红楼梦》是一部立意于"反清复明"的杰作了。

著名学者兼文化名人胡适是所谓新红学的奠基人,在"整理国故"的背景下,他于1921年写就的《〈红楼梦〉考证》一文提出了一些新观点,比如确定《红楼梦》的作者是曹雪芹,比如认为《红楼梦》是由曹雪芹完成前八十回、由高鹗完成后四十回的,再比如,胡适认为《红楼梦》系作者曹雪芹的自传,等等。胡适的新观点以及他的考证式的研究法是全新甚至革命性的,彻底摆脱了以往红学研究的附会、猜谜式路子。胡适撰写《〈红楼梦〉考证》是应上海亚东图书馆出版新标点本《红楼梦》而作的序言,但其所为并不是纯粹的为学术而学术,而包藏有打破旧传统、助力新文化运动的动机。不过胡适在这篇文章上还真是下了些功夫，并且这篇序言的影响力也挺大，所以，他也由此开创了红学研究的新天地。不过胡适对《红楼梦》的评价并不是很高，为什么胡适对《红楼梦》评价不算特别高？这固然是胡适个人的文学价值观在起主要作用，但或许也和当时的时代背景有些关系吧——毕竟给北大教授奇高薪水的中华民国是清朝的推翻者，毕竟《红楼梦》是一本由旗人撰写于清朝的著作。

胡适的观点直接在扫荡红楼附会学的同时，也动摇了聘请他到北大担任教授、对他有大恩的蔡元培先生关于《红楼梦》的观点。蔡元培没有介意胡适的挑战，他"兼容并包"地肯定了胡适重视考据的研究方法，他只是在 1927 年才在为别人作序时顺便给予了反击。再次阐述了自己的观点并作了一些辩护。蔡元培与胡适的争论在当时引起了很大的社会反响，客观上为《红楼梦》最终迈进"四大古典名著"的行列做了很好的铺垫，也为红学的成型与进一步发展打下了很好的基础。而胡适的"考证派"与蔡元培的"索隐派"也由此得以在红学中长期共存，并一直探讨、争执直到 21 世纪的今天。

新中国的创建者、一代伟人毛泽东也是一位在红学研究上颇有心得的专家，但他既不是实证派红学家，也不是索隐派红学家，从他的涉及《红楼梦》的各种言谈和观点来看，或许可以称其为"阶级斗争派红学家"。毛泽东以为，思想性和文学性都取得了很高成就的《红楼梦》非常细致地书写了封建社会和封建社会的衰败史，对于读者认识、研究什么是封建社会很有帮助，并且主张用阶级分析的观点和方法来解读《红楼梦》。毛泽东早在青年时代于长沙卜学时就阅读了《红楼梦》，此后，不论在革命战争年代还是在新中国成立以后日理万机的年代，其对该著都一直保持着强烈的热忱和关注，不但通读过 N 次之多，对《红楼梦》非常熟悉，还经常在和他人的谈话中，以及在各种会议上讲话、作报告时引用《红楼梦》中的典故，即性地发表对该著的评论乃至公开推荐阅读该著。如《红楼梦》作品本身的成就，以及毛泽东这样一位影响力极为巨大、一言九鼎的伟大领袖的推崇，无疑使《红楼梦》获得了它所能获得的最大的社会影响，也把《红楼梦》推到了中国古典文学最高峰的位置上。

经过上述的种种人事，当初的明朝"四大奇书"最终也就演变成了今天我们时代尽人皆知的以《红楼梦》为首的中国古代"四大名著"。

20世纪70年代末80年代初，《〈红楼梦〉学刊》杂志创办，中国《红楼梦》学会成立。由此，红学甚至在体制内获得了稳固有力的支持，红学的发展真可谓是风光无限，《红楼梦》所领受的关注和荣耀更是众所周知——尽管一直也都有声音质疑《红楼梦》真有这么牛吗？红学是否真值得这样大张旗鼓地去搞？甚至红学是否真的有存在的必要……不过这些声音并不能起到多大作用，《红楼梦》照例如东方红日般绚烂，红学照例如滚滚长江般壮阔地向前奔腾！

新时期以来，特别是最近六七年来，一些重量级的甚至是大师级的学者、作家、评论家不约而同把目光聚焦在《红楼梦》上，且陆续写下了不少关于《红楼梦》的精彩之作，这些著作和篇章无疑彰显出了这些作家、学者、评论家在《红楼梦》研究等方面的不同凡响的造诣和见解。

我想，包括我在内的尚未对《红楼梦》做过真正认真研读的一些小年轻或老青年，在这样的巨著和诸多的研究著作及研究篇章面前，真的还只能是远观和仰视，毫无冒昧碰触、钻研的勇气。或许二三十年以后，这些小年轻或老青年中的尚健在者，如果届时还有精力、有机缘的话，包括在下在内的这些人，也会踏着诸多前辈先贤们的足迹去研究研究这本伟大的巨著？

本文2011年6月首发于本人的新浪博客。

感觉王蒙

——读《王蒙学术文化随笔》

由北京大学青年学者王岳川教授主编的"二十世纪中国学术文化随笔大系"拟出五辑，每辑又分两个系列，"系列一"主要选编业已去世的现代思想学术大师的代表性篇章，"系列二"则选编当代著名学者的代表性篇章，大系五辑计一百卷。由王山选编的王蒙一卷收在第一辑的"系列二"中，该书与同辑中其他各卷已于1996年7月由中国青年出版社出版。

《王蒙学术文化随笔》一书分为三编：政论篇、杂论篇、文论篇，其后还附有王蒙年谱简编。

王蒙写政论似是必然。1948年年仅14岁，他就入了党，一直与政治有缘，50年代做过北京市某区的团委副书记，甚至下放新疆劳动时也做了生产大队的副大队长，80年代更是文化部部长，现在呢，是中国作家协会副主席。"政论篇"中的一些文章确实颇为大气，如《社会主义初级阶段的文化刍议》，王蒙纵横捭阖、高屋建瓴地论述着现阶段整个中国的文化问题，其核心意思大致是既要继承民族传统文化中的优秀部分，又要吸收世界先进文化，文章颇有指导性，写作此文时王蒙尚在文化部长任上。至于答编者问的《我看毛泽东》一文则是有读头的东西，王蒙对毛泽东的看法很真实，很有趣，也很中肯。从某种意义上看，王蒙奉持以进取为本的儒家精神，从文与入仕相得益彰，而绝非一对矛盾。

从"杂论篇"中看王蒙，也是文如其人。王蒙给人的印象是什么都关心，从衣食住行到学问、艺术、观念等等。他可以在《读书》上读到尘元的文章而生感想，顺手写出篇文字来；也可以是在电视里看了一个节目而浮想联翩，漫议一下"头朝下"；或者还可以是在生活的某个场合触景生情，由此写下一篇且其文章有很强的时代性和生活气息。王蒙是很注意观察生活的，他总是很快地对一些生活现象和问题作出反应，与时代的心脏一起跳动，平日里读到王蒙的各种文章，给人的印象就是这样。内容上不落伍，甚至形式上也是。王蒙文章中的术语或许赶不上最新潮的先锋批评家，但在不长的时间后，王蒙总会跟上来，甚至冲在了前面；并且，王蒙的文章中会不定期出现些英文单词，像留洋的文学博士的理论文章那样，虽然出现的频率低许多，也没那么艰深。王蒙此举显然有幽默的意味，但也不妨说，王蒙就是不落伍。再先锋的理论家，王蒙也能与之对话，这在与王蒙同辈的那一代人里是可贵的。王蒙从不漠视别人，他对出现的新事物总保持着热情。

说到底，王蒙是文人，因此"文论篇"中的篇什才是更能展现他这一社会身份和角色的智识和内涵的。《文学三元》《漫话艺术效果》等文章大体是文学理论方面的，《"抄检大观园"评说》《雨在义山》等文章则近乎学术论文。王蒙是作家、小说家，他的许多小说都为人熟知，其文论亦显示出了相当的功底，论述严谨，有理有据，颇值一看，只是个别的地方有文论教材的味儿。至于那些学术文章，有研究《红楼梦》的，有研究李商隐诗歌的，有研究苏联文学的……细细读去，便可领略到作家王蒙在学术领域的建树与才能，虽然王蒙的治学是业余的，但其研究成果却相当专业，精深幽微，堪称精彩。

王蒙的胸怀在书中得到了比较完美的体现。这种胸怀一方面体现在他写作的广度上，另一方面，则体现在王蒙对各种事物采取的比较宽容的、通达的、中庸的态度上。王蒙在知识面上尽可能显得渊博，这是一个在文学上有很大抱负且极具实力的大作家的追求。王蒙对西方文化、对历史上的人与事，对生活中的种种现象，对许多人说"不懂"的作品，对许多人都在抨击的王朔等等，都能持一种较为宽容、理解的态度，也许，正是因为这种胸怀和境界，使王蒙在当代中国文坛得以稳稳地长久地矗立。

另外，王蒙随笔中的政治熟语较多，举例子或引用时也同样可见他早年生活的那个时代的烙印，这不能说是缺点，但如果王蒙给自己换血的规模更大一些，则我们阅读的感觉也许会更好一些。

与王蒙收在同一系列中的，是张岱年、季羡林、费孝通、钟敬文等学界泰斗，以小说家著称的王蒙竟与他们站在一起？也许，多年前王蒙那篇谈我国作家的非学者化问题的文章给人的印象太深了。王蒙在文章中举了些例子，并进行了科学的论述，他得出的结论是：大作家都是非常有学问的，作家有相当的常识非常重要……总而言之，王蒙的确能干，小说创作很有成就，治学也很显功力，影响又有这么大，王蒙因此得了资格位列其中，这恐怕也是情理中事。

本文发表于《全国新产品》（1998 年第 2 期）。之前曾被《中国青年报》（1998 年 1 月 10 日）节选刊出。

倾听成长的声音
——读曹文轩长篇小说《红瓦》

　　成长的历程对于我们每一个人来说，都是切身难忘的。我想，不论是深重的车辙，还是淡远的足迹，都势必挥之不去、拭之不灭地烙在我们的生命里。

　　曹文轩先生所著长篇小说《红瓦》叙述的正是一个关于成长的故事。沉浸于曹文轩所营造的大氛围与小环境中，读者的情感很自然地就会与书中人物的情感融为一体，同舟共济，起伏与共，一起经历特定人生阶段的烟云风雨。是的，《红瓦》使我们重返那些美好的成长的日子。

　　我个人对于成长的印象是深切的，以至于 20 岁那年就冲动地写下了百余行的长诗《成长的岁月》。写得怎样且不说，我的激情实在是成长历程对我的冲击与唤醒的结果。其中，我试图说出成长的酸甜苦辣，试图摊开那复杂的滋味给人看，但诗歌的局限却也是没有办法的事。而读了《红瓦》，我就敢这样说：《红瓦》的叙述足以使任何遗憾都无法藏身。它充沛的故事情节，鲜明的人物形象，诗意的氛围与丰实的语言，都让读者怦然心动。《红瓦》使我们重温那个已然远去的年代。

准确地说，阅读《红瓦》就是谛听来自我们生命内部的成长的声音。那青春年少的记忆中，既有阳光的照耀、春风的吹拂，又有暴雨的袭击、狂沙的扑打；既有温馨的友谊、脉脉的恋情，又有微妙的人际间的隔阂甚至明枪暗箭般的仇恨。这样的记忆是真实的，我们正是在这样的复杂中生长，向高处伸展。在那些日子里，我们清晰地听见了骨骼生长的响声与青春萌动的灵光，我们清晰地感知着视野迅速开阔的惊喜与经验不断丰富的欢欣，我们无法抗拒地承受着真与善的洗礼以及丑与恶的冲刷……我们对生活的认知日益深化，以至于飞掠过我们身边的万物逐渐呈现出了它们的真实与本质。

《红瓦》表述的是一个身体与头脑、情感与心灵都渐次成熟的历程。《红瓦》对这一历程的表述是具体的、丰富的，也是深情的和理性的，因此《红瓦》好看、精彩、美丽，而且超越。《红瓦》表达了作家曹文轩对成长历程不舍的回忆与深沉的思考，读之令人心旌摇荡。

成长绝不仅仅是一个简单的时间的流程，重要的是，成长使人心智成熟，至少是趋向成熟。成长的过程是幸福的，因为丰美的生活在向我们冲涌；这个过程也充满了烦恼和忧伤，因为少年的心绪总不免像湖水一样被雨点敲打；这个过程甚至是痛苦的，因为每向前迈进一步都要付出某种代价。这一切，我们在《红瓦》中都读到了，不同的人物各有其不同的生长状态，但每个人都在向成熟迈进，哪怕结局沉重了一些。

《红瓦》是小说而非自传，但我们不难发现其间依稀有作者自己少年时代的影子，所以说，《红瓦》其实是有一点断代体自传的色彩的。作为小说，《红瓦》自然是虚构的，但它的感染力却是真切的，虽然是关于乡村少年的叙述，却足以打动在城市的喧嚣中奔走不息的成人的现代心灵。

《红瓦》无疑是一部优秀的小说。它像一部老式汽车，载着我们回到了那光辉、温暖而摇晃的岁月，身体拔节上蹿的声响又回荡在耳畔。

这就是《红瓦》的魅力所在。

　　本文刊于《北京晚报》（1999 年 6 月 7 日）及《文化月刊》（1999
年 6 月）。

《山羊不吃天堂草》的语言艺术

北京大学中文系教授曹文轩创作的第一部长篇小说《山羊不吃天堂草》，出版于 1991 年底，是中华当代少年文学丛书当中的一本。读罢该作，我的感触就像球状仙人掌的叶刺，纷然地向四面空中伸展；之所以有这种感觉，是因为作品提供给我们的思考角度很多。

这里我要谈的是作品的语言艺术。我们知道，文学是语言的艺术，语言是文学的第一要素。语言是文学作品的建筑材料，没有语言，作品只能是无处栖身的空中流云，落不下建筑一般的实体模样来。面对这样一部有特色的作品，我以为到它的语言宫殿里去观赏、漫步，一定是件惬意爽心的事。

清清的浅溪，心灵的滑翔

曹文轩这部小说的语言风格是：流畅、平易，于朴实中显出风味。

我们在阅读中感觉到作品的语言很顺利地流过我们，绝没有故意为难的巨岩怪石耸立在我们面前，挡住去路，叫我们绕道而行，或者使尽心机方获准通过这类事。你尽可一口气顺顺当当读下来，在语言的清丽流畅中做心灵的滑翔，并随着故事的发展、情节的起落做几个俯冲和上仰，这时你的心底是舒坦明亮的。

踩着语言前进，就像过一条清清的浅溪，光着脚丫子，踩着溪底圆实放亮的鹅卵石，大大小小的鹅卵石向身后退去，你发现自己不知不觉地涉过了一条小溪。在涉水时，你偶尔一抬头，总能看到一些岸边的花，缤纷地开在那里，叫视野鲜亮，叫感觉新颖。

我是说，在小说流畅、平易的语言中，你不时会发现一些漂亮的句子，就像发现岸边的一束花。这些花为这景致平添了不少风韵。

比如写炊烟冒出农舍时的情景，"远远地看，仿佛那房子是冬天里一个人长跑后摘掉了帽子，满头在散发热气"，房子、炊烟与长跑的人风马牛不相及，当两种颇有距离的事物嫁接在一起时，往往能产生特殊的效果。山羊倒下去"那情形像石灰墙被雨浸坏了，那石灰一大块一大块地剥落下来"，两种事物与现象的拼接是出人意料的，这种陌生化效应带给读者以惊喜，也显示出作者经营句子的独到造诣。这样点缀清溪的岸花实在不少，它们基本匀称地散落在各处，从而使每一片视野都可保持鲜亮。比如写山羊额的毛轻轻打了一个旋，"细看时，觉得那是一朵花"，一朵花的印象是以跳跃的姿态扑入你脑海中的，突兀而新鲜。再看，山羊"鼻尖是粉红色的，像是三月里从树枝下走过，一瓣桃花落下来，正好落在了它们的鼻尖上"，桃花，这个意象是美的，绯红的桃花以三月的姿态飘落在这句子里，句子里就有了一片绯红的诗味。这样的句子还有不少，它们的新鲜与出奇在一定程度是被衬托出来的，平易流畅的语言在实际上成了扶持这些岸花的绿叶，在一片朴实的绿丛之中冲出点点红花，谁都知道这种效果的良好。这其实是一种布局的艺术，你的语言要讲究错落有致，太过藻饰反而不及，太过平常又觉无味，正是这点缀清溪的岸花所体现出来的韵致最令人赏心悦目。

神来之笔的比喻

曹文轩在这本书中显示出了他对比喻的钟爱，这些比喻是属于曹文轩自己的，因而有新意，有惹人注目的姿态。他的比喻有一个特点，多以各类动物为喻体，这类比喻很形象、很传神。动物可掬的憨态含着幽默，作者的比喻更是神来之笔，这样我们就看到了动物们的造型，叫人欣喜的姿态。

先看一个鸡的系列。写三和尚的累态，"那样子像一只被啄掉了毛已无一丝抗争力量的公鸡"；明子未中大奖，受到不小的打击，他"像只失去窝巢的公鸡歇在阴影里"，这些鸡够疲软的。又如写黑罐捡破烂，"像一只总爱一处刨食的鸡那样，在垃圾堆里翻找"，这鸡够猥琐的。有大鸡，还有小鸡。"几枝新芦花慢慢从芦秆中抽出，仿佛刚刚出壳的鸡雏一样来到了还微带凉意的空气中"。再有明子握住手的感觉是"像小时候到草垛去抱草，发现两只小鸡雏，他一只手捉住了一只"；这些小鸡都给人毛茸茸的感觉，小鸡那种稚憨之态着实惹人怜爱，依附在句子中让人连这句子也想动手摸一摸。这些带鸡的句子有一些，但每一句都有自己的捕捉角度与表现方式，这是作者语言能力的显示。我想曹文轩一定是看鸡看多了，只看得胸有成"鸡"，故而下笔时不需以食相诱，也会有鸡群跑到读者眼前来。

还有别的家禽。卖奖券者手持奖券，"像叼了一条蚯蚓的鸡"，而跟在后面看中奖与否的人，则像"无数空肚鸭在后紧紧撵着"，这些比喻散放着生活土壤中的气息，我们不得不赞叹作者对生活现象巨细无遗的观察，平常的事物、现象，在作家笔下却能奇妙地变幻，显得出人意料、新颖诱人。生活现象与语言表现之间的空白，正是作家向成功跨越所必过的空间，这一空间是作家寂然凝思的空间，是灵感迸发的前期宁静，作家的艺术水平就决定在这种内心劳作的质量上。

跟在鸭后面的是鹅。据说狗是狼的舅舅，猫是老虎的师傅；我琢磨鹅大概是鸭的表哥吧。不管是表哥还是堂弟，反正它们一起出场了。明子师徒三人在城市的人流里漂，"总像灰鸭子与一个庞大的鹅群相遇，在鹅群中慌慌张张地游着，最后鹅游走了，他们留下了，互相发现了，又扑着翅膀游到了一起"。看来，鸭鹅这两兄弟隔阂不小。

到底是家禽，有翅不能飞。看看能飞的：师徒三人夜里踩船，船"长了翅膀一样，在这夜空下贴着水面疾行，像一只难以起飞的巨大水鸟"，巨大水鸟给人的印象也是巨大的。明子累了，坐在人家门口中，男户主出门时看见明子"像一只晚间停在途中一户人家屋脊上的远飞的鸽子受了惊动，本能地朝一边躲闪着"。再比如，作者写等活的木匠们，"一个个如同飞累了的鹤，神情漠然地立在路边上"，这群鹤把这群人模仿得惟妙惟肖，尤其神似。又如写围着奖券看的人多了，像"夏日黄昏田野上空随空飘动的蚊阵"。作者把对日常现象的观察折射到语言上去，我们就看到了作者语言的日常化风味。作者凭丰富的日常生活经验带给语言以生机。越是在平常中越能呈现出语言的能力。

作品中关于马、黄鼠狼等喻体的比喻也都很精彩。比如写水中水草，"一团团甩动，如同奔腾的马群飘动于气流中的尾巴"；又比如写黑罐落水而出，"像只落水而出的黄鼠狼站着，瘦长瘦长的"。限于篇幅，就不再论述。再如，描写赌徒们的手指时，作者是这样表述的，像"正在撕咬小动物的饥饿的狼群"。语言是很随和的，像面团，你怎么捏，它就成为什么样；像水，盛在器皿里，它就成为那种器皿状。语言制造出狼群的凶恶时，你会感到语言有牙齿，是锋利的狼牙。明子内心斗争的状态作者是这样写的："一个明子变成了两个明子，像两头天性好斗的牛，用了锋利的犄角，毫不留情地抵牾，各不相让。"两头牛一斗，心理冲突就很形象，很剧烈了。作者的语言使人物的内心水落石出。语言是个魔术师，他操纵着作品中的世界，呈现着数不尽的花样，作家怎样捏弄语言，语言就怎样捏弄作品。

　　曹文轩对语言并不刻意以求，只是顺手写来，自然流畅，平易朴实。而其风味却愈发彰显，愈发引人注目了。从以上的论述中我们可知比喻在该作品语言中的重要性，亦可知曹文轩于比喻里尤为倚重动物。看来，作家曹文轩与动物们的密切关系可谓非同一般。但我不是说，曹文轩每礼拜都会去动物园一次；也不是说，每到大年初一，动物们都会去曹文轩家拜年。我只是以动物为线索，试图分析一下《山羊不吃天堂草》这部小说在语言上表现出来的一些特点。

一笔尽得风流

　　对这部小说，我还有一点体会，就是作者的感觉力特别强。

　　作者写赌博的气氛写得很成功。赌徒的目光"仿佛有哧溜溜的燃烧声"，那份紧张，那种一触即发的局面，真是一笔尽得风流。这种紧张气氛连旁边的明子也"仿佛听见了好几只心脏榔头一样敲击着胸膛"，着墨不多，紧张的气氛却被语言给充气一样充得很足。这里写赌博的成功，其实是写紧张气氛的成功，实质又是感觉的成功。黑罐赌输了，想方设法弄钱，甚至蹲下身去拿瞎子的钱，"他慢慢地像一支融化的蜡烛矮下身去"，这个句子的确新鲜，它仅仅为我们展开了一个姿态，如雕塑，顿时就给我们一个强烈的印象。这种句子对感觉的刺激性很强。

　　明子买的奖券大都是"谢谢您"的字样，这字样变成了声音，"仿佛听见一种勒住脖子以后发出的声音"——这是视觉向听觉的偷渡。好的语言能把几乎是只能意会的感觉清澈见底地展开来，这一处的语言，作者使我们清晰地看见了明子的内心感受。揭奖券上的锡封那份小心翼翼，"像是揭开黏在伤口上的胶布条"，叫人感到不由自主地担心，这种担心只一笔就显得很贴切，想着马上就是一撕，伤口绽开，血！作者在把感觉向我们传递。语言是一种导体，人物内心的电流通过语言这一导体传到读者的内心，读者受此电流袭击也就不会安稳，而要心有戚戚焉了。好的语言具有静电复印功能，能把人物深层的状态复印出来，散发给每一位读者。曹文轩这些类似清溪边的岸花的语言，在传导人物内心感觉时是清晰的、准确的。

再如写明子的欢快，明子在大街上旋转起来，"感到天旋地转"，"眼前的树木在一排一排地倒下去又站起来"，就像电影中的人物晕倒之前的感觉，那镜头充满的天空、阳光、树梢、山峦、房屋、行人都在旋转。不写人怎么样了，而写物在动，这是以人为中心，感觉以此为源而辐射四周。一些描写性的东西我以为说是展现人的感觉更好。"太阳的轮廓清清楚楚的，像剪子剪的一枚圆形的金属片儿"，一种静态的美，宁静的美，似客观世界，更似主观世界的景致。"夕阳越来越低，越来越大，像一只圆形的红色的风筝在坠落"，这更像一种主观感觉，慢镜头的、动态的、朦胧的感觉，那夕阳撑开伞幅径直向感觉降落下来，像一位天外来客，突如其来，英姿动人。我们看到，作者良好的感觉能力埋伏在语言中，十分隐蔽，我们要做细致的搜索，才能使之露出光泽。感觉是一种敏感的触角，它向事物周密地蔓延过去，捕捉那些最突出的部分，并在强化之后，通过语言以出奇的方式表达出来。具有这种感觉力和表达力，也就有一个好作家的素质资本了。

我想再次重申，这部小说的语言风格是：流畅、平易。我想提醒一点，平易流畅在当代文学的喧嚣中是极为可贵的，这需要一种处变不惊的冷静。中国古代的文学家中，很早就有人提倡以流畅洗练的笔墨展示朴实平易的文风，并且身体力行。比如晋代的陶渊明、唐代的白居易，他们诗歌的特色就是朴实、平易、自然、流畅。又比如韩愈的散文就有"文从字顺"的一面。尤其是宋代，有王禹偁、苏舜钦等一批人为朴实平易的文风呐喊，提倡"元白体"，以欧阳修为首的宋代古文六大家也以自己的创作为宋代文学奠定了平易、畅达的文风。文学史上这样的作家很多，他们以平易、舒畅之风留名于文学的天空，这无疑是在证明，这样的作品在文学史上是立得住脚的。

长篇小说《山羊不吃天堂草》的作者曹文轩是北京大学中文系教授，是年轻而颇有建树的学者。他是学术研究与文学创作双管齐下，两路出击的。学术研究是在一种理性思辨的建构中攀援，文学创作则是在形象思维的氛围中飞扬。曹文轩的研究是深入的、透辟的，可直入地层；他的研究又能化而为写，飞上高空，以心怀全局的胸怀俯瞰他为之劳作的领域。他的创作则是从理论里逃出，化而为水，水一样地流畅明易，像是返璞归真的那种感觉。我们读他的作品就像在明易清朗的流水中漂滑而下。曹文轩有深厚的文学功底，但在这喧嚣的文学浪潮中，他并不去追逐现代派文学的足音，这是不是一种历史性的眼光呢？

本文刊于《北京大学校报》（1995 年 3 月 30 日），收入本书时略有修订。

学术路上的虔敬之心
——王岳川访谈

王岳川，北京大学中文系教授、博士生导师、著名学者，"二十世纪中国学术文化随笔大系"编辑工作委员会主编。

朱家雄："二十世纪中国学术文化随笔大系"丛书自上市以来，虽不事张扬，但还是受到了很多有识之士的关注，受到了读者们的欢迎，能否请您介绍一下丛书的基本情况，现在丛书的编辑工作进展如何？

王岳川：这套丛书计划选编100本，每年出两辑计20本，分5批出齐，总字数为2000万左右。第一批两辑20本应是1995年10月出版的，但进度受了影响，实际上是1996年6月出的。第二批1997年下半年出，马上就要上市了，其中第一辑是严复、康有为、章太炎、刘师培、陈独秀、马一孚、熊十力、顾颉刚、林语堂、朱光潜的书；第二辑则包括邓广铭、周钰良、王铁崖、何兆武、李学勤、裘锡圭、袁行霈等，也是10本。第三批计划1998年出，包括汤用彤、王力、柳诒徵、朱自清、潘光旦、赵元任、傅斯年、陈垣、张东荪等，目前正在约下一批稿，如赵朴初、张中行、侯仁之、金克木、饶宗颐、成中英、金耀基、张光直、田余庆等。1999 年出 40 本，上半年一批，下半年一批，这样，到 1999 年底，这套丛书就出齐了。

中国青年出版社自 50 年代以来出了很多学术类的书，我们的想法可谓与他们一拍即合。不过这套书到时候不一定限于 100 位，如有可能，下世纪可以接着再出，出版社有这个想法，或者还会出精装收藏本，乃至也可能出版百年学术资料之类的丛书。

开始，这套丛书是自发地搞起来的，可喜的是，现在已被列入国家"九五"出版规划项目，在政策、人力、资金上给予了倾斜。

朱家雄：印象中，您的学术研究工作主要关注的是西方，比如西方的文艺理论、美学、哲学等等，您怎么想到要编"二十世纪中国学术文化随笔大系"这样一套很中国很本土的书呢？

王岳川：1994 年夏天，我完成了三本关于西方文艺美学问题的专著，我个人在学术上有一种转向的要求，想回过头来做一下中国 20 世纪文艺美学或思想文化学术的研究。20 世纪是一个学术膨胀的时期，作为学者，应该有一个如何清理本世纪学术文化的意识。至于外因，则是基于 90 年代以来休闲层次的读物铺天盖地这样一个现实，当然，这些读物也不能说不重要，也可有一席之地，但不能铺天盖地，青少年浸之既久则不能知道真正的好东西，这种负面影响是不能忽视的。我还有一个意思：为一些老同志做一些事，学术越专精，则圈子越窄，越少为人知，我的许多老前辈坐了很多年的冷板凳，现在年纪大了，无暇来做此事，我们便来做。一方面老人极谦虚，另一方面，少数年轻人很狂，当我们看到这种现象，更感觉要做些实事。希望这一工作能为一百年的学术筛选一些基本的材料，做一些基本的价值判断。

朱家雄：这套书是从 100 年中选出 100 位，那么，选编的标准是怎样的呢？丛书被社会接受的程度怎样？

王岳川：我们聘请了庞大的顾问委员会，以便保证选编的客观性、公正性，为学界所接受。而且我们尽量保持学术的中性色彩，各派兼收并容，保持学术发展的全貌。

至于选编的标准，大致有三条。第一，看他在20世纪学术思想史上的地位，这是通过他的作品来说话的；第二，看他对知识的增长、对学术思想推进的贡献大小，而不为名人的光圈所眩惑；第三，他应该是用母语写作的，选编范围为整个汉文化圈，以大陆为主，每辑中海外、港台一般不少于20%。

朱家雄：这套丛书规模不小，请问从内容到形式都有什么特点？

王岳川：这套丛书最大的特点是强调打通20世纪，把20世纪看成一个整体。有些书如民国丛书、晚清学术丛书把本世纪分割成几块，我们不这样做，在具体的编选工作中是贯彻了这个意识的，我们不仅选胡适五四时期的、三四十年代的文章，也选他60年代在台湾写的文章；既选陈独秀早年叱咤风云的文章，也选他晚年关于小学、语言学的文章。其次，我们编的不是文学随笔，而是学术文化随笔，这就不同于一般的创作谈，是用比较容易阅读的、比较流畅的笔调来比较精深地谈他的学术领域，并且是其一生有代表性的此类作品。要求文章尽量短小精悍，3000字左右，比较好读。再者，我们在每卷中都加进序、跋。像费孝通一卷的跋，是他自己写的《我的第二次生命》，和钟敬文、季羡林、王蒙等卷的跋一样，相当于心灵独白，很动人，不少人是读了跋决定买的。去世了的，其跋介乎传记与学术研究之间，如冯友兰、宗白华卷的跋。至于王国维、蔡元培，包括陈寅恪、梁启超等卷是文言文，同样也是挑出其具可读性的文章，不过前面还要加上文字浅显而精炼的引言，并在适当的地方加些注释。白话文就不必加引言了，但有的也加了，如钱理群编的鲁迅卷就有。还有，每卷后面附年谱简编，要言不烦，让青年朋友看出他每一岁在干什么，这极为重要。

朱家雄：编这套书花的时间精力肯定不少，想必其中颇有甘苦，您觉得工作还顺利吗？

王岳川：编这套书真是累不胜累，事情一旦开启，就感觉永远没有结束；从另一方面看，编这套书我获益匪浅，尽管许多前辈在会议上见过，但因为编书亲自到他们家中谈学术，聆听他们，收获确实不小，这是一件很愉快的事。比如拜访季羡林、张岱年，我就切身地体会了他们做人的非常朴素的道理。

工作中遇到过不少麻烦，比如一些书的版权问题、版税问题，就很费心。这也是一个很朴素的工作，是学术研究和普及相结合的工作，我们愿意花力气做下去，尽量减少工作中的失误，能让学界的前辈和青年读者朋友两边都满意就很好。我们起的是一个桥梁性的作用。

朱家雄：为大师们编书，与大师们接触，使您获益匪浅，比照他们，您以为今天的学者该如何治学？

王岳川：编这套书，使我备感在治学的道路上最可贵的是要有虔敬之心。现在，有些人把学术看作饭碗，当作人生狂傲的资本，以为前辈学者都不行了，没有那种起码的虔敬之心。当前某些人较为浮躁，不愿坐下来做学问，我对此颇为反感。陈独秀、胡适二十多岁已博古通今，而我们呢？我们也要检查自己，要有危机感。取法乎上，仅得其中，取法乎中，仅得其下。学术越做越艰难，而平淡是最重要的，虔敬是最重要的。做学术如履薄冰，要怀有一种学术的庄严感，只怕有不周、不全、不精之处，要尽量按照"学术者，天下之公器"这一条来做。

朱家雄：您以为编辑此套丛书意义何在？

王岳川：在20世纪的帷幕即将拉上的时候，回首这一个世纪，成千上万的学者像满天的繁星，把在我们看来是最明亮的100颗星交给青年朋友，让青年人感受到他们的思想道路。20世纪确实是5000年来变化最大、转型最剧烈、灾难最深重的一个世纪，编辑、整理在这么一个世纪当中的百位老人对这个世纪的深切的看法，无疑可以总结过去，警示未来，可以让人们从中获得许多文字以外的东西。

朱家雄：这套书确实不错，一见书就让人喜欢上了，请您谈谈丛书在定位上的考虑？丛书在市场上销得怎么样？

王岳川：我们希望这套丛书能受到青年读者朋友的欢迎，如果不是搞专业，就没必要读得很深，但青年人有求知的愿望，有阅读本世纪思想与文化的愿望。20 世纪的思想学术很有厚度、力度，思想学术，特别是随笔这一形式，加上朴素、大方、新颖的装帧设计，以及 32 开的长条本，在接受上就亲切多了，读者面就大多了。有不少书，如首都师大版的学者自选集，都是专家研究书，是大部头，这就局限在学者、专家的圈子里了，当然，这些书很重要。而这套学术文化随笔，既有较高的品位，又有相当的可读性，在这样的定位下，丛书就比较好销了。

本文刊于《文化月刊》（1997 年第 11 期）。

我曾在三间大学读书

1990年底，电视连续剧《围城》在中央电视台播放，立即在全国掀起一股"围城热"，钱钟书与其所著《围城》于是家喻户晓，名声大振。

近日我翻阅孔庆茂所著《钱钟书传》，无意间喜获发现：《围城》中的三间大学有现实的原则，并且，这原型就是我的中学母校——湖南省涟源一中。

钱钟书先后留学英法，1938年夏，他从巴黎回国，任西南联大教授，1939年夏，他辞职回上海养病，同年秋，赴湖南宝庆蓝田的国立师范学院，任外文系主任，两年后返沪。

钱钟书的这一段生活经历成了他重要的创作素材，《围城》中方鸿渐、赵辛楣、孙柔嘉、李梅亭等一同赶往内地新办的三间大学去任教，就是取材于此。从传记中我们得知，钱钟书于1939年夏秋之交自沪至宁波，经溪口，过宁都、宁兴，到庐陵，跋山涉水，一路流浪，终于到达宝庆蓝田。小说中方鸿渐等则是风尘仆仆，受尽旅途颠簸，终于赶到三间大学。两者情形极其相似。

我是涟源人，多年前在涟源一中读书时，就知道涟源一中前身是抗战时期的一所国立师范学院。学校以这段历史为荣，新生入学接受校史教育时都会被告知这一点。我就是 1986 年初入校时知道这一点的，但我那时并不知道钱钟书及其《围城》，更不用说三闾大学与涟源一中的渊源了。

涟源地处湘中，是娄底地区的一个县级市。这个地方在清朝时叫蓝田镇，属于宝庆府。解放后，蓝田镇升格为蓝田县，因与陕西著名的古人类发源地蓝田县同名，故更名。又因湖南四大水系之一的涟水发源于其境内，故改称涟源县，1988 年撤县设市。涟源一中是娄底地区最好的中学之一，迄今为止，省属十三所重点中学里娄底仅此一所。记得我初入涟源一中时，就为清静幽美的校园所迷醉，更为校园里一些几抱粗的古树赞叹不已。现在我才知道，那些树是历史的见证人，当年曾陪伴钱钟书等一起度过抗战时期的风风雨雨。

三闾大学脱胎于蓝田国立师范学院，亦即现在的涟源一中。钱钟书曾在蓝田师范任教两载，我曾在涟源一中求学三年，要是切除时间的阻隔，把我和大学者钱钟书搁在同一时间平面上，我们岂不是师生关系了吗？钱钟书在西南联大教过许国璋、杨周翰、王佐良、周珏良、李赋宁、查良铮（即穆旦）这样的学生，岂可生拉硬扯把自己这样的小角色也归纳到这一行列中去。我不能异想天开地高攀学界泰斗，还是老老实实做自己的事，凭一份份耕耘换来一份份收获吧。

但我尽可笑称自己是三闾大学的正牌弟子，这一点，您不会介意吧。

本文刊于《文化月刊》（1997 年第 9 期），此前曾载于中国人民大学校报（1995 年）。

钱钟书笔下的三间大学

　　钱钟书的长篇小说《围城》酝酿于我的故乡湘中蓝田。1939 年到 1941 年间，钱钟书曾在设于湖南安化县蓝田镇的国立师范学院任教两载。《围城》的创作则是钱钟书在上海于 1944 年至 1946 年间完成。自 1946 年 2 月至 1947 年 1 月，《围城》分十期连载于由郑振铎、李健吾共同主编的大型文艺月刊《文艺复兴》杂志（1946 年 1 月在上海创刊）。1947 年 5 月，由赵家璧和老舍联手创办的上海晨光出版公司将《围城》编入"晨光文学丛书"第八种出版。

　　1949 年后，《围城》从大众视野中消失。1961 年，阅读过晨光版《围城》的美籍华人学者夏志清在美国出版了让他自此声名鹊起的英文学术专著《中国现代小说史》，该著在论述 20 世纪三四十年代的中国文学时，各设专章评介了沈从文、张爱玲、钱钟书等被忽视的作家，夏志清在《中国现代小说史》一书中评价说："《围城》是中国现代文学中最有趣和最用心经营的小说，可能亦是最伟大的一部。"由此开始，《围城》陆续翻译出版了英、德、法、日、俄、捷克等众多语种的版本，于西方世界荣享盛誉。

小说《围城》和同名电视剧我都看过，但《围城》与蓝田的渊源却是在1995年读孔庆茂所著《钱钟书传》时我才知晓，因此也对《围城》多了一些关注的兴味。一些言论说，《围城》有相当的作者自传色彩，小说内容和作者自身之间的关系一直都是文学界热衷研究和探讨的焦点问题之一。如其中的主人公方鸿渐之性格特征、为人处事、人生经历等，似乎多多少少都有些作者的影子。不过钱钟书和杨绛似乎都不接受这一坊间的所谓自传说。《围城》中的方鸿渐游学多年，最后买了个克莱登大学的博士学位回来；现实中清华大学外文系毕业的钱钟书1935年去英国留学，1937年获牛津大学文学学士学位后回国。小说中方鸿渐一路奔波，去到湖南乡下的三闾大学担任副教授；现实中钱钟书也曾一路辗转去到湖南蓝田国立师范学院担任英文系主任。作者钱钟书的部分人生履历和《围城》小说主人公方鸿渐的生活轨迹的相似性由此也可见一斑。

尤其钱钟书在《围城》中所写的三闾大学，更取材于真实生活。1938年夏到1939年夏，钱钟书在昆明的西南联大任教一年，之后就应父亲钱基博之命到蓝田（今湖南省娄底市下属的县级涟源市）国立师范学院任教，当了两学年的英文系主任。1938年，国民政府决定新创办一所师范学院，光华大学副校长廖世承被任命为院长，并负责选址和筹建工作。最终选定在湘中山地间的蓝田镇办学，办学的具体地点则选在镇西不远处光明山附近占地近百亩、计有房屋约200间的李园（辛亥革命元勋李燮和故居）。当年，钱钟书正是在李园工作生活了春秋两度。

那么，三闾大学的原型到底是西南联大，还是蓝田国立师院呢？这个问题早有学者探讨过，结论是：《围城》中所塑造的三闾大学教师群像，当中可能有若干的人物原型移植或引申自西南联大，但三闾大学的原型却一定是蓝田国立师范学院。据说钱钟书在西南联大虽然只教了一年书，但因恃才傲物、自视颇高，平日言语又常显刻薄，无意中得罪了某些人，日子过得多少有些欠愉悦。或许正因此，《围城》中所勾勒的某些大学教员形象，就有些被作者或无情挖苦、或有意调侃的劲儿。

不过我以为，小说中所写的三闾大学校园生活、校园景致及其所在地的美好风土人情、美丽山光水色等无疑都是以现实中的蓝田为原型。当时于国立蓝田师范学院任教的名师有不少，在抗日战争的漫天烽火中，他们都潜身安宁和美、民风淳朴的蓝田小镇，既在这方山水间竭诚播种现代文明的秧苗，又潜移默化地在这方天地间领受着朴拙乡村最为清洌的洗礼。以此，我愿意相信生活在蓝田国师的这些人物应该都是以美好的配角形象进入《围城》并站立为当中的某些值得记忆的风景的。

1944 年夏长衡会战期间，日军进占湘乡县城，得陇望蜀地想要西侵蓝田及安化等地，所幸中国军队奋勇抵抗，使得日军最终止步于蓝田以东、湘乡县娄底镇（今娄底市娄星区）以东。创建于 1938 年的湖南国立师范学院为避极可能袭来的战火，不得不在这年的夏秋之季由蓝田西迁溆浦继续办学。但国师留下的这个校园此后也没有荒废。1946 年，省立第十五中学在该处创建。1952 年，蓝田镇及周边部分地区单列为蓝田县，不久又更名为涟源县，而省立第十五中学也随之改为涟源一中至今。

《围城》是一部绘写知识分子众生相的被誉为"新儒林外史"的讽刺小说，其中人物多系高级知识分子，如海归博士、大学教授等等，而三闾大学恰恰是这些人物最集中的所在。包括情路坎坷的主人公方鸿渐的婚姻，也恰恰是在无意中借助三闾大学得以成全的——小说的第 5 章中，方鸿渐、赵辛楣、李梅婷、顾尔谦、孙柔嘉 5 人结伴从上海赶赴地处湖南的三闾大学，旅途艰辛劳累，但方鸿渐、孙柔嘉两人正是在这一路上逐渐增进了对彼此的了解。

美国纽约大学历史学博士汤晏 20 世纪 40 年代末即开始接触钱钟书的作品，对钱钟书颇有研究，改革开放后又与钱钟书多有交往和联系，其为钱所写传记《一代才子钱钟书》查证翔实、用功很深。这位台湾籍华人学者汤晏就曾说:"如果没有蓝田之行,则钱钟书绝对不会有《围城》。"信然!我想,即使钱钟书总也有兴趣写写小说,如果他人生中缺了在蓝田的这段既阳春白雪又下里巴人的生活阅历,那估计要写也会写成另外一个样子。

本文刊于《中华读书报》(2018 年 2 月 28 日)。

想说忘记不容易

——1999 年图书市场热点回眸

1999 年的图书市场比之以往，区别是不大的，只是业内人士一如既往地敬业，一如既往地推出一批重点图书到市场上来。年年岁岁花相似，只是那些可圈可点的现象与卷册却是一年不与一年同，那么，1999 年到底为读者奉献了什么？就让我们重温那书卷间的辉煌与静美，就让我们回首，细品流年中那缕缕沁人心脾的书香吧。

一个焦点：揭示科索沃战争，痛斥北约袭击我驻南使馆事件

1999 年，北约发起的科索沃战争成为世界舆论关注的焦点，中国驻南联盟大使馆的被炸更激起我全国人民的震惊与愤怒，由此引发了以批判这场战争之罪恶和怀念遇难新闻工作者为内容的图书出版热。其中最醒目的两本书是：由光明日报出版社出版的以许杏虎为主要作者的《未写完的战地日记》一书，和由新华出版社出版的《七彩云环》（以邵云环为主要作者）一书。在中国人民愤怒的抗议浪潮中，两本书都显出了

可观的销数,前一本自 1999 年 5 月上市,当月印数就达到了 15 万余册,后一本则印行了 5.5 万册。

至于围绕科索沃战争和北约袭击我驻南使馆事件而编著的各种书籍,如《中国愤怒了》《聚焦科索沃》等等,其种类不下十几种,一时间很是热销。之后还有对未来世界格局重新作出分析、判断的时政类书籍,如军事专家张召忠教授新著《下一个目标是谁》等书,在市面上卖得也还俏。这一事件还触发了人们对中美关系的再一次反思,于是翻译过来的费正清所著的《美国与中国》等一类书籍也热销起来。

一个热门:展现电视人的精神风采

围绕电视文化做文章,出版商们认定了这是电视时代的一条真理,问题在于上哪儿找品牌去?湖南卫视和凤凰卫视颇受青睐,而"注意力经济"的基本特点就是:被关注得越多,则其身价越高。

海南出版社憋足了劲,一口气推出三本:《走进"快乐大本营"》《炅炅有神——我是这样长大的》《李湘写真:快乐如风》。三本书都风靡市场——其印行数依次为 20 万册、50 万册、15 万册。一个节目竟衍生出三本畅销书,电视的威力真是了得,《快乐大本营》的身价可见一斑。中国广播电视出版社于 9 月推出的《玫瑰之约——荧屏内外的故事》一书也值得一提,这本首印 2 万册的书是由湖南卫视《玫瑰之约》这档爱情节目衍生而成,读来也蛮有味道。

至于建台仅三年多形象却已凸显得很的香港凤凰卫视,品牌资源自然有优势,于是我们看到了现代出版社推出的凤凰丛书。1999 年能见到的是:许戈辉主编的《想说忘记不容易》、杨澜主编的《渴望生活》等。这套丛书到 1999 年底的销数都在 3 万册左右,表现比较平实,远不如"快乐大本营"的书那么火,可是内容丰富,品位不俗,称得上是好的电视书了。对了,1999 年初,杨澜还推出过一本《我问故我在》,

卖到了 6 万多册。1999 年，电视人为图书业打造了一个热门，诚然！

两个文本：《霜冷长河》与《看上去很美》

1999 年的文学书，有两个文本是大家谈得最多的，一本是余秋雨的《霜冷长河》，一本是王朔的《看上去很美》。

余秋雨的品牌已经出来了，在市场上是叫得响的。作家出版社看准了这一点，于 1999 年初夏推出了余秋雨的一本新著：《霜冷长河》。这本散文集当年的印数是 32 万册，让一般的文人望尘莫及。余秋雨成功的法宝在于他把文化的东西和市场的东西结合得比较好，其读者除了文人之外，许多都是一般的市民百姓。《霜冷长河》当之无愧地成了 1999 年中国文坛的一道重要景观，连电视台的文化类节目也就此聚焦，作专访等节目。

王朔停笔多年之后终于耐不住寂寞又拿起笔，于是有了长篇小说新作《看上去很美》。华艺出版社不遗余力地为此进行了一番发行前的宣传大战、炒作大战，结果是令人满意的，据说这本书卖了 35 万册。但是这本书引起了不少的争议，有人说这本书其实并不美，读起来没多大意思，跟王朔以前的东西比起来不是一个味了，王朔的小说怎么了？许多人不客气地作了批评，更多的人读了也就搁在一边，什么也没说。重要的是，印出来的这些书都卖出去了。

两个视角：经济类图书的时事色彩和理论色彩

在风入松书店 1999 年的年度销售榜上，占据第一位的，是三联书店的《经济学原理》，这套包括上、下两册的比较理论些的书居然如此好卖，为什么？据业内人士介绍说："这套书主要是经济类专业的高年级学生和研究生在购买，因为它实用、丰厚。"排在该榜第二位的书是经济学家胡鞍钢所著的《中国发展前景》一书，据介绍，其原因是该书见解独到，且直面现实。再有一本就是中国人民大学出版社推出的《萧条经济学的回归》。该书出版策划人闻洁介绍了该书受欢迎的原因，一是契合了中国当前社会、经济现状，二是作者克鲁格曼系世界著名的新生代经济学家之一，经济学功底很深，可书却写得深入浅出，很生动，适合于任何知识背景的读者。

至于时事类经济书，自然是与社会经济时事紧密偕行的，比如以大企业家著称的南德公司老板牟其中，在 1999 年以其经济问题彻底翻了船，于是经济出版社出版的《红与黑——牟其中为什么覆灭》一书开机一印就是 4 万册，并且供不应求，还要加印，大家都有好奇心，想了解牟其中其人啊。再如财富论坛在中国上海举行，全球企业 500 强中的许多巨擘云集上海，轰动一时，出版界为此推出了一批书：《财富中国人》《财富对话》等等，前一本为长征出版社发行，首印数是 5 万册，后一种首印 1.5 万册。

三个人物：吴小莉、郎平、吴士宏

以著书立说而成为书业 1999 年度风云人物的，应该是哪几位？权衡来，权衡去，也许是如下三位：吴小莉、郎平、吴士宏。

吴小莉自 1998 年春后人气飙升，星光很是灿烂，于是她写了一本《足音》，首印 7 万册，1999 年年初在西单图书大厦签名售书时，购书者排起的长龙令人难忘。据华艺出版社介绍，《足音》一书已加印至 17 万册，销得非常好。

郎平是中国女排的一个神话，她的扣杀是大家所熟悉的，但她在美国的经历、她的婚姻问题、她担任中国女排主教练的心路历程却是我们所不熟悉的。1999 年秋，一本《激情岁月——郎平自传》为我们提供了一把解密郎平的钥匙，郎平的酸甜苦辣，郎平的巾帼风采，都在东方出版中心为读者奉献的这本书中展现出来了。

吴士宏长期服务于微软，又在 IBM 公司做过，她在外企做到了很高的职位，1999 年 10 月，她跳槽 TCL 信息产业集团担任总裁。吴士宏以其丰富的经历和成功的个人奋斗而被尊为"打工女皇"，这位传奇色彩浓厚的女企业家在 1999 年 10 月出版了自己的专著《逆风飞扬》。书一出来，吴士宏立马就成了大众化的名人，光明日报出版社在短短的一个多月里就把这本书加印到了 14 万册，成功者的书还就是好销。

三个现象：文学创作、神秘文化和隐私问题

1999 年的图书市场，有三个现象不能忽视。一是文学图书表现不俗，二是神秘文化受到关注，三是隐私问题余波仍在起伏。

文学图书中，女作家池莉的小说《来来往往》、王海鸰的小说《牵手》都卖到了可观的数字。这两种书除了作品本身的原因外，同名电视剧的热播无疑也起了很大的推广作用。在国林风书店的文学图书销售榜上，高居榜首达数周之久的是一部名为《根鸟》的长篇小说。这部由春风文艺出版社推出的作品开机印数为 5 万册，是学者型作家曹文轩"成长小说三部曲"中的第三部，他不久之前推出的成长小说《草房子》《红瓦》销势也很喜人。1999 年，曹文轩当然是为数不多的引人注目的几位作家之一。

第二个现象是以探究神秘文化作为主题和内容的图书在 1999 年下半年的涌现。这类图书印数一般在 5000 册到 2 万册之间，印得不是很多，但汇集起来，就是图书市场中一个比较令人注目的现象了。

至于隐私书，源头当然是安顿那本火爆一时的《绝对隐私》。1999年，"安顿热"过去了，可步其后尘者仍然纷至沓来：吉林文史出版社的《绝对初恋》、中国戏剧出版社的《绝对魅力》、内蒙古人民出版社的《感悟婚姻》、四川人民出版社的《好想结个婚》……虽大同小异，可仍是层出不穷，婚恋话题、情人现象……隐私余热仍是烫手。隐私类

图书在 1999 年仍未退潮。不过除了南海出版公司的译作《一个单身女人的日记》略有新意之外，这类书在 1999 年没有出现做得特别成功的，这主要是因为在思路上没有创新，不过尾随安顿而已。

1999 年的图书市场热点就是这样。我们对它的勾勒显然是粗线条的。1999 年已经成为历史，它翻过去，但也留下了许多不易抹去的记忆。

本文刊于《中国出版》（2000 年第 2 期）。

"哈佛题材" 走俏之谜

位于美国波士顿的哈佛大学是美国最早的私立大学之一，其前身为哈佛学院，成立于 1636 年，而美国的建国时间是 100 多年后的 1776 年——也难怪人们会说"先有哈佛，后有美国"了。许多年以来，哈佛大学一直稳居全球综合性大学排行榜的头把交椅。自改革开放以来，随着中国人出国机会的日益增多，特别是当去美国留学日益成为年轻一代的梦想的时候，美国的那些名牌大学在中国大陆的名头就日益地响亮起来，而其中，最响亮的莫过于哈佛大学了。

"哈佛题材" 的扛鼎之作为什么能走红？

中国出版界的"哈佛题材热"无疑建立在哈佛大学巨大品牌号召力的基础之上。而"哈佛题材热"的发轫之作，当属 2002 年出版的《哈佛女孩刘亦婷——素质培养纪实》一书。这本书一经出版，很快就跨入了优秀畅销书的最前列，乃至在不长的时间内，总销量就达到了 100 多万册！

许多人都感到很奇怪，这本书之所以能畅销起来，原因何在呢？重要的原因大致有这么几点：第一，是该书确定的"素质教育"这个角度。2000 年前后，素质教育正是教育界的一个热门话题，所有的学生家长都关注这个话题。第二，是两位作者即刘亦婷的母亲刘卫华和父亲张欣武采取的"纪实"式叙述具有亲和力和可读性。第三，或许有出版界大环境方面的原因：韩寒这样的另类学生刚在 1999 年出版了他的畅销书《三重门》并引发了教育界和社会各界对应试教育、因材施教、素质教育等问题的反思与思考——正在这时，一个与高中没念完就退了学的韩寒完全相反的优秀高中毕业生刘亦婷冒出来了，这不能不引起社会的普遍关注。

其实，该书畅销最主要的原因乃是因为这个题材——成都女孩刘亦婷，高中毕业时竟然被美国四所名牌大学同时录取！然后她作出自己的选择，成为一名哈佛大学的中国籍留学生——在大多数家长看来，这样的事迹还真有如神话一般。普遍抱着望子成龙心态的中国家长，谁不希望自己的孩子有能力到哈佛这样全球顶级的高校深造呢？为了学习成功家长的先进经验，无数的父母为这本书掏起了腰包，于是《哈佛女孩刘亦婷》得以火爆热销，而媒体对该书的宣传和报道也可谓不遗余力，于是"哈佛题材热"拉开了帷幕。

从这个案例中我们可以了解到，其实某一个出版现象的形成，往往都与某一本或某几本书紧密相关。当某本书成为有口皆碑的畅销书并掀起了某一高潮之后，我们的出版界往往会有一批所谓的"跟风书"随之而出——这样的情形我们或许可以一分为二地看，一方面，这反映了出版界的惰性和创新精神之匮乏，另一方面则是大家或者可以由此把某个题材进一步做大、拓宽、掘深。

具体到"哈佛题材热"这一出版现象上来说，我以为《哈佛女孩刘亦婷》理所当然是这一现象的扛鼎之作（滥觞之作或许是 1997 年由三联书店出版的《哈佛琐记》），而在此之后出现的许多书名上镶嵌有

"哈佛"字眼的图书，虽然未必是跟风之作，但多多少少还是有点借势之嫌的。

"哈佛题材"大致可划分为哪几类?

"哈佛题材热"先后为中国读者带来了数量可观的几百种书，但梳理起来，我以为大致也不过文学、励志、管理这三类而已。

所谓文学类，例如 2000 年 9 月由作家出版社出版的《做一回哈佛情人》和由文化艺术出版社于 2000 年 11 月推出的王蕤所著之《哈佛情人》，以及 2005 年底出版的肖巍之《哈佛碎片》、2006 年推出的宋一平著《亲历哈佛》和台湾作家刘墉之子刘轩所著之随笔集《从哈佛走向世界》，等等，甚至还有韩国青年作家所写的由长江文艺出版社推出的《爱在哈佛》这样的青春小说——哈佛云集着世界各国的留学生精英，这就注定了"哈佛"题材不独是中国的，而可能会是世界各国的。总之，所有这些书，大多以散文、随笔、小说等体裁叙述自己在哈佛大学的求学生活或自己与哈佛的某种关系，应该说，对这类书最有购买意愿的应该是那些有机会出国，特别是有机会去美国留学的读者，因为这类书能帮助他们对这所世界第一名校获得一个更加直观和感性的认识与了解。

所谓励志类，除了《哈佛女孩刘亦婷》之外，恐怕就得属春风文艺出版社 2007 年 5 月出版的《朱成在哈佛——朱成父母家教手记》一书影响较大，之外还有群言出版社 2007 年出版的张扬的《我的哈佛日记》……这些以在哈佛求过学或正在求学的人为作者的原创图书，对有志于出国留学的读者显然颇有教益。还有一类编著图书则多以哈佛大学的校长、教授、学生等人的故事、素材、名言、事迹等为主干，并希冀能为更多的青少年朋友提供思想上的助益，比如近三四年来出版的《哈佛精神——百年哈佛教给年轻人的 16 堂课》《哈佛教授给学生讲的 200 个心理健康故事》《哈佛成长课堂》《百年哈佛教给学生的人生哲学》《哈佛学不到：100 位世界名人给青少年讲授的人生哲理》等等就是。但这类编著的图书中，也有在内容上竟然与哈佛大学毫无瓜葛，只是书名上挂着有"哈佛大学"的字样，颇有些挂羊头、卖狗肉的意思。

而打着"哈佛"旗号的管理类图书之所以一度热销，一个重要的原因就是因为哈佛大学的商学院在全球所有商学院排在首位且难以撼动。于是有人发现，似乎所有管理类图书，书名一旦沾上"哈佛"二字，这本书就大抵要好卖一些，至少会起到吸引眼球的作用。比如经济日报出版社 1998 年 6 月出版的《哈佛商学院案例全书》就可谓契合了市场的脉搏——哈佛商学院的案例教学一向著名，许多 MBA 学生从这些案例中学到了不少商场实战技巧，乃至直接用到实践当中且立竿见影取得了较好的收益。类似的书还有人民日报出版社 2004 年 4 月出版的《哈佛模式·项目管理》、燕山出版社 2007 年出版的《哈佛经营管理学》，其他出版社陆续推出的《哈佛经理手册》《哈佛 MBA 最新核心课程财务总监》等书，更有一些定价高达数百元的大部头图书，例如中国致公出版社 2001 年 8 月推出的《哈佛商学院管理全书》（全十册）等等。这些书之所以能信心十足地出版，似乎都有这样的原因——书本身内容不错，况且有"哈佛"这个金字招牌撑腰，所以认为销售方面应当可以高枕无忧。也难怪打着"哈佛"旗号的图书近些年来会在中国图书市场遍地都是。

尽管"哈佛题材"图书也曾热火朝天过，但正如曾经轰动一时的"北大题材"，经过这么些年的开发与挖掘，大家多少都感到有些困乏了，而广大读者，也多少有些审美疲劳了。不过，让人感到可喜的是，人们已经在这些年来的"哈佛题材出版热"中掌握了越来越多的"哈佛经验"，并且这种经验看起来似乎还将在今后的出版中得到持续的更新。

本文刊于《中国图书商报》（2008 年 6 月）。

张胜友：出版界的一条好汉

话说作家出版社前些年气象低迷，扛着块国家级权威出版社的牌子，名盖九州，在市场上却无甚么大的作为，一干人马过着紧巴巴的日子。而出版社诸同志也无多话可说——出版业大多如此，富起来的毕竟是极少数嘛。

不承想作家社这两年忽然火了起来，富了起来。1996 年被业内人士誉为"作家年"，1997 年更是有过之而无不及，君不见，作家版的图书横扫市场，风行一时，《苏菲的世界》《英国病人》《马语者》，销量动辄就是 10 多万、20 多万册，《走过西藏》《马桥词典》《钥匙》《中华人民共和国演义》……本本都好卖，还有倪萍、宋世雄、王铁成几位写的畅销书，作家版的好书一批又一批，像一股劲风卷吹业内外，好不引人注目。于是乎作家社这一干人马昂首挺胸，好不神气，走在大街上步子都迈得高了。你道这是如何？原来是幕后有一位名唤张胜友的好汉在鼓捣，搅起了这一天大风。

1998 年 1 月的一天，记者在中国文联大楼作家出版社的办公室里见到了张胜友。身材不魁梧，也不壮实，这就是出版界那条响当当的好汉吗？一点也没有正在播映的《水浒传》里的那些好汉的模样。也许是青少年时代在农村长期被苦难所磨练的缘故吧，也许是长期在新闻出版的岗位上尽心竭虑的缘故吧，张胜友显得单薄瘦削了些。不过，他清癯的面容却格外精神，一双眼睛透着洞明与通达的混合型光亮。重要的不是他的高矮胖瘦，而是他开创这一番业绩所需要的智慧与魄力。

张胜友系乡村出身，复旦大学毕业后在《光明日报》做了十来年记者，乃一大手笔，他在新闻岗位上勤奋敬业，写下了大量契合时代的有影响的新闻作品。1993 年底，张胜友出任光明日报出版社总编，由此转入了出版行业。张胜友在此初露锋芒，他只用了一年多的时间，就使出版社面貌焕然一新，300 多万元的债务全部还清了，且还有了一些盈余。1995 年 9 月，张胜友调任作家出版社总编辑，不久又兼任了社长一职。奇迹就从这里开始了。作家出版社图书发行总码洋为 1200 万元，1996 年，图书总码洋跃升到 3859 万元，1997 年，图书总码洋更达 6100 万元。这个 80 多人的文学图书出版社，人均创产值 100 万元，人均创毛利 24 万元，人均年收入近 6 万元。成绩令人瞩目，各有关领导部门也对作家出版社给予了极大的肯定。

张胜友坦率地说："我以为作家出版社的改革成功地回答了三个问题：第一，在商品经济大潮的冲击和体制转轨的新形势下，图书出版还能不能有所作为？第二，社会效益第一，力争社会效益与经济效益的最佳结合，能不能真正做到？第三，坚持国家关于图书出版的法规、方针、政策、条例的规范化管理，那么出版社还能不能有所发展？"事实胜于雄辩。作家出版社两年的改革圆满地回答了这三个问题，改革方向是对头的，路子是正确的，两个效益取得了双丰收。

量化管理、岗位招标、聘任制……一系列的改革措施次第出台了，张胜友把按文学类划分的若干编辑室打散，按人员自由组合的原则重新成立了 5 个编辑室，各室在选题组稿上机会均等，公平竞争。张胜友解决了编辑和出版发行的矛盾，在利润的计算上重复记账，如某本书获利了，则既记在编辑室的账上，也记在出版发行部的账上，编辑与出版发行非一条龙，但利益一体化，荣损与共，这样，两方合力协作的积极性就不成问题了。说来说去，张胜友的改革措施都是以人为核心来制定的。

张胜友常念叨毛泽东的一句话："世间一切事物中，人是第一个可宝贵的。"张胜友所做的一切，就是最大限度地调动每一个人的积极性，他以为，改革首先要尊重人的价值、人的劳动，使每一个生产者的劳动与价值挂钩，能者多劳也多得，谁的贡献大，谁的收益就多，这是有一套相应的政策作为保证的。

提起张胜友，大家都知道他是一位著名的报告文学作家。当年，他以满腔的赤诚关注着时代与社会的变迁，倾力写出了《世界大串联》《历史沉思录》《中国潮》等一系列等产生了极大社会影响的报告文学作品。当作家，他是一条好汉，当社长、总编，他仍是一条好汉。细究起来，两者之间是有内在联系的。写报告文学、选题很重要，有热点性，为人们普遍关注，又要注意导向，不能出格；策划图书选题，既要坚持正确导向，有品位，又要好卖，有市场效益。张胜友在出版行业的成功，显然得益于他多年的报告文学的创作实践。

作家版的书两年多出了多少啊，可社会效益与经济效益都是有口皆碑，读者欢迎，领导还表扬，这大概就是掌舵人张胜友的绝活，从上到下，从里到外，大伙儿全高兴。即便是长篇政治抒情诗《邓小平》一书及获了"五个一工程奖"的张海迪所著《生命的追问》这样的极讲社会效益的书，在作家出版社的操作下，也都获得了很好的经济效益。你说张胜友"执政"的日子好不好？难怪有全社职工对他进行的一次年终无记名信任投票时，张胜友的"优秀"票率高达95.58%。张胜友，是条好汉，大伙愿意跟着他干。

要是出版界有 108 条张胜友一般的好汉那该多好！竞争也许免不了会更激烈，但我们的图书市场会呈现出怎样精彩的气象和怎样辉煌的场面！丰足的优秀的图书将为我们提供多好的精神食粮，而我们所置身的这个商业时代，又会有着怎样氤氲的文化氛围。

据悉，作家出版社在 1998 年 2 月份的北京图书订货会上又一次取得了骄人的战绩，好汉张胜友和他的弟兄们对 1998 年的前景充满了信心。

本文刊于《全国新产品》(1998 年第 3 期)。

前辈师长的温情关怀和言传身教

　　北大中文系段宝林教授 2019 年 5 月出版了一本新书《北大回首六十年》，是北京大学出版社推出的"北大记忆"丛书中的一本，通读之，觉得颇有些感触。从收在全书最前面的两篇长文《难忘的黄金时代》《五六十年代北大校园生活琐忆》中，可对作者的生平获得一个大致的了解。其经历比之年轻的几代人，可谓有些传奇色彩。段宝林先生 1934 年生于扬州，1949 年高一时参军，先后被送至苏北机训大队、华东军区青年干校学习电报收发技能，之后即在上海中共中央华东局从事机密性很高的译电员工作，1951 年初又因喜爱文学而调入华东作家协会任秘书，当夏衍、巴金等名家开会时，他就为会议作记录。1954 年考入北大中文系，1958 年毕业后留校任教至今。

　　书中关于作者师辈的回忆、纪念类文章是我最喜欢的。在这些文章中，段宝林写到了杨晦、冯至、魏建功、王力、钟敬文、季羡林、吴组缃、林庚、王瑶、阴法鲁、彭兰、吴小如以及北大同学刘绍棠等等。从这些篇章中，能读到作者的诸多人生感慨，特别是强烈的对师长的感恩之情。

从书中可知，作者当年之所以能留在北大中文系任教，很大程度上是因当年的系主任杨晦要留他担任自己的学术助手。段宝林写道："对我的命运影响很大，使我没齿难忘"的杨晦，是"我学术征途上的启蒙老师和引路人"。当留在文艺理论教研室做助教的段宝林主动提出去搞民间文学时，杨晦也给予大力支持，并支持他密切联系实际，下到民间去做调查。当有人要调段宝林到北大附中去任教时，也是因为杨晦力保才没有去。杨晦平日称段宝林为"段宝"，段宝林感到有一种"父辈的爱心"，他在文章中深情地写道："这种父辈的感情是令人刻骨铭心的火热的感情，永生永世难以忘怀。"作为一名8岁丧父、10岁丧母的孤儿，段宝林自谓长期过着寄人篱下的凄凉生活，只是到了部队、机关后才得到了人间的温暖，但那仍然是同志友爱，像杨晦恩师那样的年长父辈的热情关怀是很少碰到的，所以"印象极深，特别刻骨铭心"。

魏建功是段宝林"古代汉语"等多门课程的授课老师。1934年到1936年间，魏在北大首开"民间文艺"课。段宝林1962年写了篇七八千字的题为《民间文学的社会价值》的论文，魏建功时任北大副校长，但仍然在百忙中仔细审读并写长信提出了宝贵意见，段宝林感到这对自己"帮助极大，使我毕生难忘"。

王力则是段宝林"现代汉语""汉语诗律学"等课程的授课老师，其讲课特点是"条理性很强"，"每一门课都有一个完整的科学体系"，其讲课"非常精炼、清楚，从容不迫"。1978年，段宝林当了中文系教改组长，为了很好地向王力学习，"借机找他谈了几个晚上，受到了极大的教益"，王力"从头到尾非常详细地讲了他整个的治学过程和教学经验"。1985年段宝林编了一本名为《民间诗律》的研究文集，请王力作序，"写了一篇很好的序言"，"产生了很好的影响"。

20世纪50年代，钟敬文担任中国民间文艺研究会主持日常工作的副理事长。段宝林毕业留校讲"民间文学"课时，"常到钟先生家去请

教，钟先生是我实际上的老师"。钟敬文和杨晦一样，也称呼段宝林为
"段宝"，1979年的民间文学培训班上，钟说："到60年代，我过去培
养的研究生似乎都改行了，只有段宝还坚持开民间文学课，有张志新精
神。"八九十年代，段宝林和钟敬文先生关系特别密切，他在北大中文
系举行学位论文答辩时常请钟先生当主席，而钟也会请段去北师大参加
论文答辩。钟老很注意团结，总是避免大家搞内耗，在中国民俗学会的
工作中，面对不少事情使人常怀念心怀宽广、包容的钟老，有些事情使
段宝林想到"要是钟老在就好了！"

　　段宝林以为，季羡林是自己"东方文化的启蒙老师"，觉得季老颇
有"君子之风"，"体现了一种中华美德，君子成人之美"，"凡是对人
民有益的美事，季先生都热心支持，表现了一种崇高博大的胸怀"，季
羡林"是真正学者的楷模"，他"特别重视民间文学，这一点给我印象
极深"。1982年12月，时值北大《歌谣周刊》创刊60周年，季羡林作
为主管文科的副校长，支持开会纪念，并亲自主持作热情发言。正在创
建北大民俗学会的段宝林邀请季羡林先生担任会长，季老说社会兼职太
多，只答应了担任名誉会长。北大民俗学会在段宝林的张罗下，办刊，
办讲座……作为副校长的季羡林还为学会批了每年2000元的经费；每
次出国考察遇到经费困难时，季老也总是给予支持。段宝林感慨，自己
之所以能多次出国开会、考察，先后到过世界五大洲30多个国家，并
获得国际权威的人类学大奖，没有季老的关怀和支持是绝不可能实现
的，而这也出于季老对民间文学的一贯重视。因为季老的大力支持，段
宝林对自己所从事的长期被视为冷门的学科研究也平添了很大的自信和
动力。

　　段宝林在书中写道："王瑶是我的导师，在五六十年代，我们关系
非常密切，他对我的一生有巨大的影响，也是令人难忘的。"王瑶在西
南联大读书时是朱自清的研究生，本是重点研究中古魏晋文学的，后来

在中文系开设"现代文学史""《野草》专题"等课程，讲课非常投入，眉飞色舞，"内容很生动，新的见解层出不穷，又很幽默"。王瑶在治学上很有一套，比如他认为研究问题一定要把有关的资料全部掌握好。王瑶讲治学方法很有权威性，60年代北大最大的教室坐得满满的，都认真地听。段宝林以为王瑶是公认的博古通今、学贯中西的学界泰斗、学术大师。

1958年各大学把民间文学教员调去教基础课，北大中文系领导决定调段宝林去教现代文学，并安排王瑶指导。段宝林记得王瑶先生曾教导自己说："民间文学很重要，我的老师朱自清就开过"歌谣研究"的课，所以你还是讲民间文学为主，搞现代文学你就看看《鲁迅全集》，研究鲁迅是如何对待民间文学的。"王瑶不仅指导段宝林讲课，而且还仔细审阅段宝林的"民间文学"讲稿。1960年到1966年，段宝林给中外学生讲"民间文学"课累计达7遍，在全国绝无仅有，他以为"是王瑶先生教导的结果"。1964年讲义已印过两次，王瑶对段宝林说可以给出版社看看，言外之意是他认为可以出版了。段宝林在书中坦诚：王瑶如此鼓励使自己非常感动，觉得如无他的谆谆教导，自己可能已经改行了，怎么能有今天的成就呢？

在北大的前辈师长中，段宝林教授是对我主编的"北大系列"丛书支持力度最大的作者之一。翻阅全书，看到这本书中收录有他应我之约整理的部分他自己的"北大日记"以及为《北大情事》《北大情书》所写的他自己的北大爱情故事及家书，不免倍感亲切。

段宝林以一个孤儿的敏感度过了阴郁的少年时代。他苦闷的心境因新中国的诞生而大为改观，他感受到了组织的关怀、部队的爱护、集体的温暖，从此阳光明媚，人也变得快乐起来。据1956年10月8日他在日记中所写——在北大学生国庆游行回来的路上，他仍意犹未尽地大声歌唱："同志们，向太阳，向自由，向着那光明的路……"是夜，段宝林甚至梦见了毛主席来北大"躬下腰来和我们亲切地交谈"。也难怪段宝林从青年时代起就一直爱唱正能量的歌曲，就一直喜欢阅读正能量的文学作品。

书中也收入有一些谈论民间文艺、民俗的文章，这是作者学术研究的主要领域，联系 2018 年他出版的《民间叙事的立体研究》《民歌与新诗》两书的内容来看，段宝林在学术上是非常投入、非常执着的，他的研究是深入而广博的，也是成就卓然的。在他数十年如一日孜孜不倦地勤奋耕耘之下，也难怪他能斩获意大利国际人类学权威大奖"彼得奖"，并先后三获国家级大奖"山花奖"。

本文发表于《新华书目报》（2019 年 9 月 5 日）。

第六辑

两代新锐的奋斗

新一代作家群的命名问题

前几年文坛上谈论得最多的显然是 70 年代出生的那一批人，但关于这一批年轻作家的命名似乎一直都比较混乱，有提"70 年代"的，有提"70 年代生"或"70 年代出生"的，也有提"70 年代以后"的，还有提"70 后"的，等等吧。其实，作为描述文学史上一个作者群体或写作现象的专业术语，最终还是应该统一了的好。尽管也有一些专家指出，以年代来划分和命名并不一定科学、合理，但存在就是存在，在众多媒体的热烈探照和关注乃至炒作中，这样的命名似乎已是我们所不得不面对的了。

假如最终大家还是采用了这样的命名办法，那么，在所有这些命名中，究竟采用哪一个会比较好呢？

从简洁好记的角度来说，我想还是"70 后"比较好一点吧。

首先说说"70 年代生"或"70 年代出生"这个提法吧。其实，这一提法大体可以算是由我提出来的：2001 年 4 月，海南出版社推出了由我主编的关于这一批人的一本爱情小说选：《玫瑰深处的城市》，这一提法即出现在这本书当中。我之所以这样提，是因为觉得作为一个日常用语来说，这个提法确实是清晰不过、准确不过的，特别是在文学圈以外的人群中也很容易被人们理解，而"70后"却还需要跟圈外的读者作一些解释才好；但现在看来，作为有可能载入文学史的一个专业术语来说，"70年代生"或"70年代出生"这个提法，在字数上似乎还是稍显多了点，不够简洁。

至于"70年代"这个提法呢，恐怕和我也是有一点关系的。2003年1月，北京出版社推出了一套由我主编的小说选，"70年代"的命名就是在这套书中比较正式地提出来的，但这个命名其实不是我的意思，大约是出版社的编辑修改我个人的提法"70年代生"的结果。关于"70年代"的提法我本来是不太同意的，因为我觉得作为一个文学术语来说，这一说法是容易引起混淆的。因为在现代文学史里，30年代的作家、40年代的作家，乃是一直以来都比较普遍的提法。而且在日常生活中，当人们说到70年代的时候，自然是指20世纪70年代那10年；同理，当你对一个文学圈之外的人提到"70年代"作家的时候，对方很可能会自然而然地理解成活跃于20世纪70年代的一群作家的，既如此，又何不趁早修正呢？

最后我再说一说"70后"这个说法。如果仅仅在字面上来理解"70后"的话，那么这个提法未必科学，因为，凡是1970年以后出生的人，不管是20世纪80年代还是90年代出生的人，甚至21世纪出生的人，都可以列入"70后"这个大筐里，"70后"实在太笼统了。可以说，如果没有"80后"甚至"90后""00后"这一个系列的命名跟上来，则"70后"或"70年代以后"的提法显然都缺乏一定的合理性，因为它们只有上限而没有下限，那怎么行呢？但是，一旦有了"80后"的出现和命名补上来，则"70后"这个提法就显得既简洁好记又很科学、很确定了。那么，就用这个以为术语吧。如此一来，事情就好办得很了，"70后"就是指出生于1970年到1979年之间的这一代人中的作家们，"80后"就是指出生于1980年到1989年之间的这一代人中的作家们。

本文刊于《中华读书报》（2004年12月15日）。

"80后"：又一代人崛起了

最近这一两年以来，所谓的"80后"写作被媒体和书商炒得一塌糊涂、热闹至极，什么"神童"啊、"少年天才"呀、"青春偶像"呀、"五虎上将"啊之类的高帽子，包括一些不着边际的表扬、赞美乃至阿谀，统统如廉价项圈般被一些莫名其妙的人恶作剧似的朝他们青葱的头颈间扔将去。扔项圈的人似乎很多，他们竞赛般的行动也就很容易地取得了成功，于是那些80后的小年轻俨然成了同龄人中名利双收的新贵。

面对此情此景，可能不少的老同志都会觉得自己的感受是稍稍有点复杂的。尽管如此，我希望老同志们还是要能比较客观、理性地面对这一切。

首先，我们当然是照例为文坛这又一茬的新人们感到由衷的高兴。前几年，70年代出生的那一批人也曾经风光一时，那阵子我是写过一篇题为《一代人的崛起》的长文来发过一番议论和评说的，记得自己当时的立场是为这一群文坛新人大力鼓与呼的。转眼几年过去，文坛上很快又出现了一批更年轻的新人，这些从十多岁到二十出头、有着小小年纪的年轻人，这么早就搂住了梦想、拥住了成功，抱住了名利双收的快乐，可真是让人羡慕得紧啦！也许他们是赶上了好时代，也许他们是撞了大运，总而言之呢，这些人都可谓是万中选一的幸运儿了，即便是抽奖抽中的，那也是命好福大啊！不以为然也罢，心平气和也罢，吃不到葡萄就说葡萄酸也罢，不管老同志们究竟是怎样一种心情，我想，只要冷静下来了，则大抵还是可以做到以一种爱护年轻人的高姿态向这些晚辈后生表示一下热烈的祝贺的吧。

其次呢，我觉得我们还应该给他们一个相对客观的描述，比如不妨这样描述他们——又一代人崛起了——这就是老同志们的风度所在嘛。虽然我们并没想到新一代的接班人们会这么快就成长起来乃至呈现出了"篡位"于"前辈"们的迹象，虽然这些年轻人大有阅历太浅、笔头尚嫩、作品分量还颇为不够等诸多问题需要解决，但他们的成绩显然还是不能够随随便便就抹煞的。虽然 N 年之后他们中的某些仲永似的角色会被大家忘得干干净净，虽然他们中的一些人不过是客串性质的玩票，但眼下的他们的确是新人，确实需要扶持，需要搞文学的那许多的老同志接纳他们并为他们的良好起步而倍感欣慰。

情形若此，难道我们连欣慰一下都做不到吗？不会吧？

起码我个人是很感欣慰的，但在欣慰之余，我却忍不住要寻思：为什么会出现这样的景象呢？为什么这些少年的书比许多名家的书都要销售得好很多呢？为什么这些文学含量并不是特别高的书能被成功地捧上天呢？在我看来，其原因不外乎有这么几条，一是"70 后"已成气候，其阵营蔚为可观，再想继续"妖魔化"这批人势必难以得逞乃至要碰壁；二是出版商们仅脑瓜子一转，就想到了用反衬的手段来继续嘲弄"70 后"的这么一个馊主意——比如大力吹捧更年轻的作者以"老化"70 后，比如把这些更年轻的作者塑造得无比青春、无比健康以说明"70 后"有多么"美女"、多么"身体"；第三呢，出版商们由此乃可获得一种龌龊的心理满足感——我多有能耐啊，文坛这些事，我想怎搅和就怎么搅和；至于第四点，当然是票子的魔力使然，出版商们忙乎来忙乎去的，最主要的，恐怕还是想多弄点钱、多赚几把票子，如果把一个能写字的英俊少年或乖巧少女炒爆了就能狠狠地搂一堆货币回来，那就放手干吧，还管那作品的含金量究竟有多少干吗！

于是乎，"80后"们的"天才"神话硬是给造出来了。应该说，这些出版商的炒作能力的确是很强的——毕竟在业内混了这么多年不是？在业内业外，他们的能量大到了简直可谓一呼百应的程度。我估计他们每次都向各大媒体和众多御用写手派发了不少红包的，之后，众多媒体的版面上就一齐开始狂轰滥炸，一篇又一篇经过事先精心策划的文章乃此起彼伏地粉墨登场，铆着劲地赛着看谁吹得更有水准，捧得更能叫读者相信。如此这般，我们就见到了"80后"们冉冉升起的热闹景象，仿佛"80后"们和演艺圈当中那些年龄相仿的娱乐明星们也有得一拼呢。

没错，出版商为了赚钱，是不惜把"80后"的小年轻们包装成"明星"的，他们选择出版对象的条件不外乎是年龄要小，相貌要帅，要敢于口吐狂言，气质上要能够吸引同龄人的目光，等等，再加上能写出些比同龄人也许要多一点、高一点的文字，如此而已。我想说的是，写作和娱乐圈终归是有区别的。事实上，作为一个写作者，最重要的不会是别的任何东西，其根本的衡量标准只能是作品本身。

在可疑的炒作中，"80后"们固然出了名，出版商们固然挣着了钱，但老同志们却无须感到惭愧，仿佛小年轻们一上来就超过了大家——没有，绝对没有，小年轻们的分量还远远不够。我想，"80后"们是有必要把已经得到的一切看淡，并继续精神焕发地往前走，以便经得起理性的审视和时间的考验。

刊于《中国文化报》（2004年9月1日）。

韩寒的文学史焦虑

近日，缘于文学评论家白烨先生关于"'80后'作者和他们的作品，进入了市场，尚未进入文坛"等一段评论，韩寒在其博客上写了一篇回应文章，由此在网络上形成一个争论的热点。

韩寒的主要观点有两个，一是对文坛和文学期刊不满意；二是对"写手"与"80后"这样的称谓不满意。他希望大家在提到他的名字时，如果用什么定语就应当是"作家"一词而非别的什么。

韩寒的言说不无道理，有些意见甚至说得中肯。比如文坛的小圈子意识，一些文学编辑和文学评论家的职业道德问题，比如文学与市场、畅销书与纯文学的关系问题等等，应该说这些并不是空穴来风，还是很值得文学界正视的。

韩寒对文坛的各种弊病和不良现象有怒气可以理解，其探讨问题的勇气也是可贵的，只要能够促进事物向着好的方向走，尖锐一点未尝不好。但在探讨问题时，可以有不同见解，但过于随机地把矛头对准某一位具体的评论家也难说妥当，因为这是存在于整个文坛的问题而非某一个人的问题，白烨先生自有权利对"80后"做出属于他自己的描述与评价。

在我看来，成名多年的韩寒业已有一点"文学史焦虑"了，韩寒似乎是有点为自己的文学史地位而着急了，因为作为文学评论家白烨对他的评价并不高。但任何一段文学史都有一个沉淀的过程，都需要经过相当长时间的累积、验证才能够渐渐成形。韩寒似乎担心"80后"这顶帽子会使自己的写作个性被淹没在这个概念之下而显露不出来。

毫无疑问，每一个作家都是独特的，任何概念都不足以覆盖其自身的个性与特色。虽然按出生年代来划分作家群有它欠科学的地方，但总得有一个相应概念来指代某一特定的群体，以便宏观地探讨当前的写作现象。文学史上的概念有很多，比如"唐宋八大家""寻根派""迷惘的一代""魔幻现实主义"等，每个概念、每面旗帜下都聚集了一大批作家，这些概念使许多作家的名字得以载入文学史，其中的代表作家更是名声响亮，比如柳宗元、海明威、马尔克斯等。只要自己的作品扎实、过硬，又何虑之有，又何愁文学史上没有自己的一席之地。况且"70后""80后"这样的概念，最终能否被写进当代文学史，也还是个未知数。

当下的文坛有一些方面令人失望，但只要自己拿出的作品有分量、有影响，终究会得到文学界和文学史的公正对待。韩寒的书如此畅销，展现在他眼前的生活是如此美好，脚下的道路又是这么平坦，他实在是犯不着为"文学史"焦虑的。

刊于《中国文化报》（2006年3月22日）。

新生代写作的优势和局限

闪亮登场的新锐

70 年代出生的作家群随着新世纪在地平线上的破土，已日渐成长起来，不仅仅是长大成人，而且是闪亮登场，他们青春的脸庞和英姿像一支精锐之师跃入战场一样凸现在社会生活的各个方面。

杀入文坛的这一团队，锐不可当。这一代人中，已经涌现出了一批给大家留下了或深或浅印象的作家和作品：电视节目主持人姜丰已经出版了多本文学作品集子，她的小说作品主要有《爱情错觉》《相爱到分手》等，其作品主要发表于 90 年代中期。阿美本名赵君瑞，是一位在 2000 年春才走进文坛的新人，但她马上就引起了人们的注意，她 2000 年在《芙蓉》杂志一口气发表了三篇小说，如《我的春天》《唯有阳光是免费的》《爱情是怎么死的》等。周洁茹是其中年龄比较小的（1976 年生），可她的成果却绝对是比较多的，出版了长篇小说《小妖的网》，以及小说集《我们干点什么吧》《长袖善舞》《我知道是你》《你疼吗》，随笔集《天使有了欲望》等。至于赵波、金仁顺、朱文颖、魏微几位，则是 90 年代后期起家的，赵波著有小说集《情色物语》《烟男》两种，朱文颖著有小说集《迷花园》《两个人的战争》《风情上海》三本，金仁顺的小说则结集为《爱情冷气流》，魏微的小说集名为《情感一种》。新锐文学期刊《芙蓉》杂志这两年猛推70年代生作家群，并且也确实推出了一批人，比如写科幻作品出身的文学博士童月，比如北大毕业后又去法国学过电影的尹丽川，比如在军艺攻读文学硕士的侯蓓，比如硕士毕业后任教清华大学的刘瑜等等。还有写电影剧本出身、出版过电影小说集《我妈妈的男朋友是谁》的郭小橹，22岁就出版了长篇小说《言情故事》的钟琨，从事现代艺术的冯晓颖等等。我们还注意到另外的四位作家，比如著有长篇小说《织千千个网》、小说集《听说爱情回来过》《只爱陌生人》的严虹，以及陶思璇、洛艺嘉等，也算得上是文学的一个市场化现象吧。

至于在文坛比较受冷落的新一代的男同胞们，在奋力的打拼中，也冒出了几位作家，比如1972年出生的陈家桥，已经出版了长篇小说《坍塌》《别动》等六部，另有中短篇小说40多篇，可谓硕果累累。前期写诗，1996年开始写小说的王艾，经努力，现已出版了小说集《摄氏五十度》。还有比较受呵护的北京男孩丁天，自90年代中后期走上文坛以来，发表了不少短篇小说，2000年还出版了两部长篇《玩偶青春》《脸》，可谓勤奋。而来自湖南的后起之秀亚虎，则于2000年一口气在《青年文学》杂志发表了《有谁比我更爱你》《像你一样纯洁》《长城小站》等几篇小说，由此走进文坛。风劲的路相对来说则不是很顺，90年代前期就写过《持枪逃离靶面》等水平较高的中篇小说，他新写的小说有《彷徨青春》等等，好在来日方长。值得一提的还有陈卫、李红旗以及出生于1969年的田柯、彭希曦、楚尘等人。就是这些人，以他们的写作为我们构建了中国文坛的新景观。

他们的视野与境界

如果说70年代生青年作家群有一位先锋的话，此人当指姜丰，这位成名于 1993 年新加坡国际大专辩论会的才女，现已是中央电视台一文化节目的著名主持人。其实，她起步最早的行当既非辩论，也非电视，而是写作。姜丰的小说似乎有些自传的色彩，当中的女主角和作者的年龄相当，经历类似，性情也差不多，整个小说都流露着淡淡的对青春流逝的伤感。在作者的叙述间，我们既能读到对纯真爱情的怀念，又能看到女主角在寻找爱情过程中的困惑和焦虑，以及女性在物质诱惑面前心甘情愿举手投降的心态。也许，这就是 70 年代出生的这一代人的真实形象。她们的某些写作是令人遗憾的。而阿美的小说却不是这样，阿美的小说奔放、激情，是好看的，女主角虽然也曾困惑、迷失，但最终却还是能把握好自己，她总也能扬起脸来重新面对窗外那轮新的太阳。至于周洁茹，更多的是关注于女性自身在情爱历程中的生理和心理的感受，比如在《你疼吗》一篇中的"我"，就总在打破砂锅问到底地探求着那特定的"疼痛"问题。王天翔、严虹等人的爱情小说无疑是好读的，比如《One》《听说爱情回来过》之类，或者是为优裕生活中的情感而迷离，或者是为了选择爱而煞费苦心……

至于赵波、金仁顺、朱文颖、魏微几位，文笔则相对地冷一些，远一些，没有那么投入，也许这和作者的个人生活有关，也许是平静温和的现实生活使她们的文字变得内敛了吧。童月的《他的闹钟》、郭小橹的《精神濒临崩溃的男人》、尹丽川的《仇恨》、钟琨的《头发的故事》则已不是单纯的爱情故事，而更可能是借男女双方的在场构成的环境和背景，表达一些人性的、潜意识的、不可言说的东西。

至于男作家们，出道的还不多，但实力却不逊色，比之同代的女作家而言，潜力似乎也更大。王艾的小说应该说是有特色的，他笔下的人物，大体就是一些画家、行为艺术家、音乐人、诗人……从他的作品如《昆蛋》《活无住身之地》等之中，我们读到了边缘人的追求，以及更多的窘迫和迷茫。丁天生于北京，是在部队大院成长起来的，他的小说所提供的也正是这样一个背景，但他善于在其中安排一些戏剧性的东西，并试图给读者造成一些冲击，比如他的短篇小说《幼儿园》《你爱穿红马甲吗》之类。陈家桥大学毕业后偏居昆明，他的写作也就注定了在小说题材和背景上的游离性（相对同代作家而言），但这也未尝不是好事，他因此能置身"染缸"之外，走自己的路。风劲的代表作应该数他1994年创作的中篇小说《持枪逃离靶面》，这部小说从4个人物的角度轮流叙述，故事性不弱，结构上也挺有意思，该小说语言上虽有模仿莫言的迹象，但湖南特色的地理环境和景致又将这种模仿的痕迹冲淡了，而小说的主题，也有值得我们玩味的地方。亚虎从南方来到北京的时间不算长，他的写作紧扣着同代人的疼痛——爱情这个主题，在男作家中，是与女同行们走得最近的一位，他的爱情小说比如《有谁比我更爱你》一篇，就写出了渴求、尴尬、失落、叹惋等多种心理，从而聚合出了这一代青年人的心灵的疼痛。

遗憾与缺陷

虽然他们笔下的世界是这样绮丽奢华，时时上演着城市生活的声色醉梦；虽然他们笔下的人物都在物质的荦光里泰然自若乃至如鱼得水；虽然他们笔下的世界里有享受，有麻木，有放纵，有幽怨深深、自怜自恋，有游戏青春、自暴自弃，还有花颜萎谢，有颓废年华……但细细品咂间，又何尝没有笑脸背后的泪水，何尝没有唇齿间的叹惋，又何尝没有永存心间的红枫……他们像李金发一样把生命看作是"死神唇边的笑"，也许只有在旋转的夜色中，他们才能真正体会到亮光与火把。

在我看来，他们的成绩是醒目的，但他们存在的缺陷也是显而易见的。这个时代有着太多的社会的、生活的层面，可写的东西实在很多；但70年代生作家群的视线和注意力都过于集中，他们的题材有明显的局限性。他们的叙述津津乐道于都市的繁华与歌舞，他们用文字尽情地表达着情爱的欢愉，以致对更多事物视而不见、视若无睹。因此我们看不到他们当中有马克·吐温和杰克·伦敦的身形，更没有发现他们当中有马尔克斯和福克纳的气度，卡夫卡、加缪、博尔赫斯所代表的现代性、后现代性也未能被他们在本土化的基础上抽离出现实的罂粟；在他们的作品中，我们看不见路遥、高晓声和刘醒龙的乡村，我们读不到莫言的《红高粱》一般的绚烂文字，也没有沈从文的边城一样的清新和淳朴，等等。这一切在这一群作家的笔下都难得一见，最多也是很偶然地在叙述中让我们见到些模糊的侧影。这不能不让我们感到遗憾。

本文刊于《北京日报》（2000 年 11 月 29 日），本文原标题为《一代人的崛起》，《作家文摘》报曾转载。该文全文以类似于序言的方式收在由本书作者主编的《玫瑰深处的城市》（2001 年 4 月由海南出版社推出）一书中。

"70后"能打破沉默吗

"70后"的集体沉默，仅从该群体近几年出版专著和在文学刊物发表作品的稀少就可以看得出来。"70后"为什么集体沉默？这自然是有原因的，比如他们确有创作上准备不足之类的问题，比如他们正处在养家糊口忙于生计的阶段，比如他们在"闭关修炼"以期再度出山时有更迷人的表现，比如"70后"具有较好的超脱精神或对前辈与晚辈都非常谦让，比如他们中的一些人已打算退出文坛江湖金盆洗手了，或者本来就只是想玩一把票而已。但实际上，"70后"很有可能是被文坛晾在一边高高挂起被迫"沉默"了。且不说"70后"处于一种前有"60后"盘踞、后有"80后"追击的窘境之中，光是那文学刊物的冷落、出版界的婉拒、大众传媒的回避就够"70后"心灰意冷的了。

"70后"沉默的社会学原因

20世纪80年代是中国当代文学努力开拓、探索和爆发的一个黄金时期，其间涌现了一大批优秀的作品和一大批很有成就的作家。到20世纪90年代，由于社会形态向市场化急剧转型，中国当代文学乃被动地陷入窘迫之境，整个文学界也受到相应之冲击，几乎所有的人都在琢磨怎样才能发财，怎样才能多赚钱多获利多消费，包括写东西的人在内，内心的浮躁已使他们无法真正安坐了。

赶上这样一个年代，20 世纪 70 年代出生的人真可谓生不逢时，各方面的压力，包括生存的压力，都空前地大。而"70 后"当中的一些所谓美女，别无出路，就只能倚靠写作来求生存、求发展了。这些年轻女性把自己看到的或亲身经历的光怪陆离的都市生活写了出来，同时她们有着这个时代社会各层面所需要的消费性，这是她们进入文坛的一个优势，而她们也懂得应该发挥这个优势。

与此同时，许多刊物和出版社也正在寻找新人群的代言人。双方一拍即合，但一旦生存问题和对安稳的需求借文学获得的回报得以解决，这些女作家就难免有一部分"沉默"了，因为在她们这里，文学不是目标，而是手段。当然，其中那些有实力且矢志不移的，最终还是有少数人通过各种各样的渠道冒了出来。在我看来，这大概应该是"70 后"之所以阴盛阳衰和后劲不足以致大多"沉默"了的一个社会学原因。

"70 后"作家的总体态势

无论怎样，对正当青壮之年的"70 后"来说，沉默总归不是一件好事，无论怎样，"70 后"都应该努力打破这种沉默，就像当初的奋力突围一样。在探讨"70 后"该怎样打破这种尴尬的沉默之前，我觉得有必要就"70 后"作家们现有的创作谈一谈自己的总体认识。

"70 后"作家人数众多，我们在此不妨罗列一个名单（当然只是部分而已），这些名字有：陈家桥、朱家雄、丁天、李师江、宁财神、慕容雪村、邢郁森、王艾、冯唐、徐东、李寻欢以及姜丰、安妮宝贝、棉棉、阿美、魏微、朱文颖、水果、盛可以、尹丽川、金仁顺、郭小橹、童月、钟琨、曾炜、赵赵、庄羽、冯晓颖、周洁茹、陆离、赵波、王丽丽、戴来、洛艺嘉、陈薇、权玲等等。这些人中，出道的门路大致有这么几类。一是得文学刊物栽培出来的，如丁天、陈家桥、魏微、周洁茹、朱文颖等人；二是借助图书出版出道的，比如朱家雄、郭小橹、水果、盛可以、钟琨、陈薇、王丽丽、庄羽等人；三是从网络上崛起的，比如安妮宝贝、宁财神、慕容雪村、李寻欢、邢郁森等人。在我看来，在这样一个多元化色彩日益浓烈的时代，多一些渠道显然是好事，毕竟，在评价作家的时候，是以其作品为基础而不是以其出身来论长短的。当然，因为渠道多，涌现出来的人也不可避免地要多一些，甚至彼此间的水平也会出现较大的悬殊。没关系，时间自会做出合乎自然的淘汰。

尽管直到目前为止，我们所知道的，"70后"群体中仍然是女作家远多于男作家，但也绝不能以此作为判断"文学她世纪"到来的依据。女性写作虽然有她的优势，但显然也有其局限，并且这些女性作家中，究竟有多少人能够长期坚持直到永远，我觉得恐怕是并不能太乐观的，到最后，能有几位以其成就留在文学史上就算不错。男作家呢，冒出来的人虽然不是很多，但我相信当中会有几位在将来取得比同代女作家们显然要高的成就，几十年后，从中诞生出可以代表一个时代的文学大师也不是没有可能。

至于说到他们的写作特色，我以为其实是比较多样、驳杂、斑斓的。部分作家非但不是没有特征，相反，倒很可能是个性鲜明的，比如李师江、陈家桥、安妮宝贝、阿美等人的叙述风格就格外有特点，一看作品差不多就能猜出是谁写的；在题材方面也有在同代作家中相对独特的，比如朱家雄的综合了个体经验与集体记忆的非另类的校园小说，比如盛可以的以挣扎在社会底层的打工妹为主人公的社会小说，姜丰的表达了热爱美好生活之信念的都市情感小说，等等。基于此，我以为"美女作家"和"身体写作"在"70后"写作的整体格局中其实已经是很边缘的东西了，"70后"写作的多样性完全可以很坦然地展开了。

　　总之，就目前我所能见到的作品而言，我不敢说"70 后"这些人已经取得了多么高的成就，但却必须承认，其总体的风貌和创作潜力还是非常喜人的。只是，如果眼前就要排列出一份优秀作品名单来的话，则现在恐怕就还不是时候。并且，更有分量的作品的诞生恐怕确实还需要我们耐心地等待。

　　本文刊于《中国图书商报》（2006 年 9 月 12 日）。

关注"70后"

今年的文坛似乎颇不平静，给人印象最深的就是"口水泛滥"。文学界各层面的各类纷争可谓层出不穷，"战火"连绵间，广大观众只看得云里雾里、眼花缭乱，而文坛的混乱、无序与多元、自由也似乎更甚了。但是，从媒体关注的焦点来看，韩白之争也好，《兄弟》事件也好，"80后"内战也好……所有这些热闹似乎都与"70后"无关，"70后"仿佛在有意无意地被回避着。

对于一门心思干正事的人来说，置身这些口水事件之外，不搅和进去，当然是一件好事。其实关于"70后"的正面新闻一直就有，比如安妮宝贝的《莲花》大卖，宁财神担任编剧的《武林外传》热播等等，但这并不能掩盖"70后"作家群体近几年来一直都处于一种总体"沉默"的状态。这一点，仅从该群体近几年出版专著和在文学刊物发表作品的稀少就可看得出来。

谈到"70后"的沉默，就不能不提到"80后"非常突然的爆发。因为有"新概念"作文大赛为"80后"铺垫的市场基础，再加上其间无数媒体对"80后"的广泛关注和大肆炒作，"80后"的崛起和爆发变得不可阻挡，尽管"成名要趁早"这一普遍心理和焦虑使"80后"们的写作在扎实和丰厚方面显露出了某些不足。而年轻人特别是新时代的年轻人，似乎天生就是属于舞台的，他们需要表演，需要放射光芒，需要发出自己的声音。此时，新的文化消费需求和新的文化消费群体也向"80后"敞开了怀抱——这大概就是"80后"之所以风起云涌的原因。

应该说，"70后"也有过这样的崛起和爆发，前些年，"70后"虽然在市场上没有获得如"80后"代表人物那样的巨大收益，但也曾红红火火，风光一时。可惜的是，"70后"似乎还没有完全展开，就被"80后"给掩盖甚至淹没了，而且，被"身体写作"与"美女作家"指代的"70后"，还颇有被妖魔化的嫌疑。总之，无论是"70后"还是"80后"，被人们高度聚焦的时间已经被缩短到了两三年左右，而且地位并不稳固，远不比从前的那些大一两辈乃至三四辈的作家了。其实这对正在寻求更大发展的年轻作家们来说似乎有些不够公正。

尽管"70后"主体是色彩斑斓、丰富而清新的，可"70后"在文坛的夹缝中还是集体地沉默了——从客观环境方面来说，前有已然成名的"60后"之类，后有后来居上的"80后"，甚至四周还有各种的挑剔和拦阻。虽然在这沉默中也还是有些人坚持在写，甚至其中还有几位大浪淘沙之后显露出来的实力派作家正处在上升期。但"70后"要想打破沉默，仅靠单方面的努力还不够，还需要文学刊物、出版界、媒体的有力支持。比如文学刊物加大推介有实力的"70后"作家，出版界推出"70后"作品的图书系列，媒体加大对处在上升期70后作家的报道力度等等。

对文学作品的判断并没有一个数字化、公式化的标准。许多名家、大家，在成名前所写的一些作品，投稿时曾屡遭冷落，但随着时光流逝，当他们坚持不懈，同样是这些作品，最终还是会遇到伯乐，不但发表，并且广受好评，受到读者的喜爱和欢迎，甚至成为文学史上的名篇，奠定了作家的声誉。正因如此，对于"70后"作家，文学刊物、出版社，应多给他们一些机会，让他们的作品浮出水面，接受更多读者的品评以及时间的检验。相信随着他们创作成绩和能力的积淀，"70后"作家一定能够创作出有分量的大部头的力作来。

本文刊于《中国文化报》（2006年10月11日）。

"70后"：期待迟到的荣誉和市场

近年来"70后"的尴尬与窘迫有目共睹——整整一代人，努力奋斗了这么多年，却似乎没有谁已然被公认为文坛大腕——既在图书市场上风光无限，又在专业范围内享有盛誉。比起他们的前辈王朔、余华、苏童等人当年的得志来，"70后"的境遇可谓失落！同时，也与"暴发户"一般，在很短时间内获得某种巨大成功的"80后"构成了一种鲜明的反衬，甚至是嘲讽。

因为有"新概念"作文大赛铺垫的市场基础，再加上无数媒体对"80后"的广泛关注和大肆炒作，近几年来，"大红大紫"的"80后"简直狂傲到了顶点，而谦让有加的"70后"前辈们则备受冷落，甚至有被罚出了场外的嫌疑——对"70后"来说，这显然是不公正的。"70后"其实也是有过这样的崛起和爆发的，就在之前的那两年，也曾红红火火，风光一时。但"70后"似乎还没有完全展开，就被"80后"掩盖甚至淹没了。

要说我与"70后"的关系，除了自己也是其中一员之外，很重要的就是因为我曾做过选编"70后"小说选这类的事，并因之读过一些

"70后"的作品，乃至认识他们中的好些人。我之所以有再次叙述、梳理、评说"70后"的冲动，乃是因为"70后"业已取得了让人欣悦的创作成果——在我看来，几乎被雪藏了好几年的"70后"是该重见天日、再出江湖了！"70后"们也应该放下包袱轻装前进，奋勇地奔上去拥抱本该属于自己但却迟到了的荣誉和市场！

在试图对"70后"做出总体描述的时候，按照时间的线索来书写或许能使我们的观察更为清晰。需要说明的是，被文坛承认和接纳的早晚与作家的重要性显然是两回事——每个作家的文学史地位毫无疑问都取决于他的创作成绩，取决于他的作品的质地和分量。

在我看来，丁天和姜丰以及陈家桥等人，应当是形成了"70后"迈向文坛的第一道冲击波；第二波次大约是卫慧、棉棉、周洁茹、赵波、魏微、金仁顺、朱文颖等人吧；之后几年就是更多的人包括一些网络作家在内陆续崛起所形成的整体上的"大爆发"了吧。从人数上来看，是一拨更比一拨人多，越往后涌现的人越多；从气势上来看，是后浪推前浪，一波更比一波恢宏、壮阔。

就构成第一道冲击波的几位而言，应该说，丁天在小说上是早慧的，并且他运气很好，20来岁就被文学刊物选中并施以栽培，一点弯路也没走。应该说，如果姜丰没有在新加坡因辩论而出名的话，那么，即使她在文学上再有悟性，她的那些作品或许就不会那么早就得以面世。应该说，陈家桥如果没有在大学刚毕业的时候就到文学刊物做了编辑，那他发表小说的时间，恐怕就难免要往后推了。还应该说，与他们同代的许多人这个时候也正在勤奋练笔，但因为种种原因，这些人并没有如愿成为最早的幸运者。

再往后，就是被冠以了"美女作家""文学靓女组合"之类标签的这一批人。大约在1998年、1999年，她们逐渐为圈内人士所知，并经由媒体的炒作而逐渐在人群中扩大了影响。应该说，20世纪90年代后期的中国社会，其发展、变化和转型的力度比起前期来都显然要大，酒吧、迪厅等新兴的休闲场所迅速在城市中蔓延，高档写字楼里年轻靓丽的女性神情优美而匆忙，而新的生活方式和消费趣味也在年轻一代中攻城夺寨，成为引领潮流的时髦旗帜。应该说，构成第二道冲击波的这部分"70后"，她们笔下的重心在于"写什么"，她们的好些作品可谓凸现了新潮人群或另类或时尚的生活状态。而她们提供的都市新景观，显然吸引了文坛的目光。但与此同时，她们的崛起也在无形中遮蔽了大多数同代人的常规生活，因此也就具有了某种说不太清楚的爆破力甚至破坏性。

再往后，我们要面对的则是一些文学刊物陆续推出的阿美、尹丽川、童月、戴来、陆离、李师江等人以及于网络间成名的安妮宝贝、王猫猫、邢郁森、李寻欢、宁财神等人，以及由图书出版而出现在人们面前的钟琨、郭小橹、陈薇、庄羽、曾炜、王艾、朱家雄等人了。这一波次延绵数年，人数众多，乃至直到现在也仍在陆陆续续地从各个角落冒将出来……如此，"70后"的阵容就可谓空前庞大了，其面貌、品质也充分多样化了。这一大批人显然成分比较杂，他们来自生活的各个角落，所写的东西也相应地宽泛了许多，这就使得"70后"的质地更为坚实。虽然之中很可能是泥沙俱下，但陪衬终归是陪衬，而"70后"的主将人物也很可能出自这长久的打磨中。

当然，从网络间崛起的若干位也许不是这样——新的科技平台很可能为他们提供了难得一遇的历史机遇。因为整天晃荡在虚拟的网络世界和精彩的现实生活中，于是他们的笔下充满了很明显的网络表情和神态——这似乎是做到了与时代同步。但连他们自己也没有想到，正因如此，他们才受到了众多网友的认可，从而和所有的"70后"作家一样，可以长久地走在文学的道路上。

本文刊于《出版人》（2007年1月）。

附 录
媒体专访

朱家雄：随笔应是优势文体

《北京晨报》记者　周怀宗

近日，一套由张颐武、解玺璋、谢有顺、李少君、谭旭东、朱家雄等人所著的随笔文丛出版，并且迅速成为网络书店中的热销书籍，引起许多读者的关注。

据了解，这套丛书包括 6 位不同领域的知名学者、评论家、作家、诗人等各自的随笔，每人一本，合成一套名为《品尚书系》的随笔文丛：北大教授张颐武所著的《中国梦的世纪》、评论家解玺璋所著的《五味书》、评论家谢有顺所著的《消夏集》、诗人李少君所著的《文化的附加值》、儿童文学作家谭旭东所著的《我的书生活》、"70 后"作家朱家雄所著的《未名湖畔的青春》。据本书系的主编也是作者之一的朱家雄介绍，6 位作者虽然处于不同领域，但他们都是多年从事文学、文化等相关的工作和研究，并且他们的年龄段涵盖了"50 后""60 后""70 后"，他们的随笔几乎可以看作是一部近二十年文化发展的历史，他们对于文化、对于文学等的感悟和体验，其实也是过去数十年留给我们的经验和财富。

一套横跨二十年的书

北京晨报：为什么想出版这样一套丛书，初衷是什么？

朱家雄：其实一开始我也没有这么大的雄心要出版这样一套丛书，当初安徽教育出版社的编辑通过网络找到我约稿，我的初衷只不过是想把自己从文20年以来的随笔精选集《未名湖畔的青春》出版而已。但是在此过程中逐渐觉得其实随笔应该是一个很适合现代快速阅读和碎片化阅读的体裁，因此有了更多的想法，出版社也有相同的意愿，即出一套丛书，所以就接受他们的委托来组织这样一套丛书。

文学的梦想中人

北京晨报：这套丛书的作者横跨多个领域，有作家、评论家、学者等等，如何把他们的作品编成一套丛书呢？

朱家雄：各位作者的专业定位虽然有区别，但其实也颇有交集，不少人都兼具其中的多个身份，比如张颐武、解玺璋、谢有顺既是评论家，也是学者，比如李少君、谭旭东和我，就都在诗歌方面颇有心得，也都写过些评论、文艺随笔之类，当然，李少君最主要的身份是诗人，谭旭东最主要的身份是评论家。之所以把他们的作品编在一起，固然是因为书系选择了兼容并包、兼收并蓄的立场，但更主要的是，我觉得他们在文学上都有很深的造诣，都是一流的文学家。事实上，他们都已具备相当的知名度和影响力，并且在写作上很勤奋、很执着，很善于思考。比如张颐武这样的文化名人，我觉得其实已经可以视为我们时代的一个思想家了。比如解玺璋老师，始终坚持独立的价值判断，维护着评论的高质量。而谢有顺呢，显然是当代最重要的文学评论家中最年轻的一位。

北京晨报：这套丛书有什么共同的东西吗？

朱家雄：我觉得大家都跟文学有关，丛书的每位作者都跟文学有着很多年头的极为密切的关系。可以说，文学是他们每一个人精神生活的核心部分，甚至是他们生命中最重要的梦想。正是因为这种共同的身份和志趣，所以他们所写的文字也就有了一种共同的东西，那就是对文学、文化的不懈思考和探索。

随笔在现代的优势

北京晨报：随笔在这个时代并不是一个受市场欢迎的类型，也可以说很难成为畅销书，你怎么看这种现象？随笔的重要性是什么？

朱家雄：随笔的篇幅相对短小，阅读起来相对轻松，在这个压力巨大的时代，其实是有优势的文体。生活中那些零零碎碎的时间，我们就可以用来品读随笔，当年梁实秋等人的随笔小品曾给了我们多么惬意的阅读体验啊。

北京晨报：但是随笔的市场似乎并不大，为什么会如此？

朱家雄：新世纪以来出版的随笔集确实鲜有畅销之作，我想，或许作者和读者两方面都是有责任的，而且和我们眼前的这个时代的态势也有关系。随笔这种文体，从字面上的意思看，似乎是随手写下的文字。但如果谁真的用很随意的、漫不经心的写作态度来应付随笔，那这随笔就难免要沦为文字垃圾了。其实把随笔写精彩了是很不容易的，需要很深的功力，除了要有一流的文字功底外，还要有扎实的学问和广博的见识，在当前时代，恐怕还须有直面现实的勇气，以及敏锐的洞察力和深刻的思想。遗憾的是，许多随笔作者在多个方面的准备都不够充足，这就必然会使读者失望。

文化的时代精神

北京晨报：你觉得应该怎样改变短篇写作这种弱势地位呢？

朱家雄：谁都知道多年来图书市场上销量最好的文学类图书是长篇小说。从出版的角度来说，我相信大多数作者都有体会，那就是诗集很难获得出版机会，即使出版了，也大多是自费出版，小说集、随笔集也不怎么好出，有不少都是入选了政府或各级作协的专项出版工程才得以面世。之所以这样，当然是出版社感觉到这类书在市场上不好卖，赚不到钱。其实随笔、诗歌、短篇小说这类的集子也是有过好的销售纪录的，比如余秋雨的文化随笔，王朔的小说集，又比如席慕蓉、汪国真、海子等人的诗集，但这些作者的书之所以畅销一时，大多是因为他们已经成为一种被社会广泛关注的文化现象。对于绝大多数作者来说，被社会关注到这个程度的概率是非常小的。

北京晨报：什么样的条件可以出现真正受市场和读者欢迎的短篇文学呢？

朱家雄：短篇文学作品在当前要想改变在图书市场中的弱势地位我觉得挺难的，出版社要有眼光，媒体要高度关注，即使是最优秀的作者，也需要努力把准时代的脉搏，选择好写作的角度。当然，在各方面有利条件都产生交集、聚焦的情况下，也是随时有可能闪现少数的精彩表现的。我倒是很期待早日见到这样的场景。

本文刊于《北京晨报》（2013 年 9 月 29 日）。

朱家雄：文学是我一生追求的梦想

《新华书目报》记者　繁星

朱家雄，20世纪70年代生于湘中，优秀的青年作家、诗人，中国作家协会会员。出版有长篇小说《校花们》、小说集《毕业前后》。在各类报纸杂志发表小说、诗歌、评论、随笔等一百多万字。主编《北大情事》《北大情书》《北大情诗》等及"70后"作家群小说选《玫瑰深处的城市》《旋转在内心的月亮》等校园类、文学类图书十多本。

朱家雄是"70后"作家的代表人物之一。在众多"70后"作家中，他是比较独特的一位：他对北大有着难以割舍的情结，其创作或出版的作品多系大学生活题材，他通过这些作品表达着对北大的敬意与热爱；同时，他又是一位对"70后"作家群体高度关注的作家。著名作家邱华栋这样评价朱家雄："作为'70后'小说家中的重要一员，朱家雄或许有个同代作家无法攀比的独特之处，那就是他主编过好几本'70后'作家的小说选，而这或许也是他多年来始终用心注视着同代作家发展的一个重要原因。"近日，朱家雄主编的名家随笔文丛"品尚书系"

由安徽教育出版社推出，书系汇集了张颐武、解玺璋、谢有顺、李少君、谭旭东等人的作品。其中《未名湖畔的青春》一书由朱家雄创作，这既是对他所热爱的文学长期实践、观察和思考的各类文章的一个精选集，也是他 20 年文学求索之旅的一个青春总结，更是中国当代文学近 20 年来蓬勃发展的一份独特而宝贵的个性化见证和记录。借新书出版之际，本报采访了朱家雄。

记者：您主编的"品尚书系"从酝酿、组稿到编审、出版整个过程几近两年。您为什么想出版这样一套丛书？此书系的作者横跨多个领域，为何选择将他们的作品编成一套丛书呢？

朱家雄：2011 年夏，安徽教育出版社的张利编辑联系我跟我约稿时，我只是想把我自己的随笔集《未名湖畔的青春》交出去并希望能出版。编辑看好我这本书，但出版社选题会给出的答复是：这本书的确不错，但不如再找几本书来一起出。难得出版社有这么大的气魄来推丛书，所以我就接受委托来主编这样一套随笔文丛。"品尚书系"的定位是名家随笔，所以我就联系了一些作者，组织出来这样一套书。我想，各位作者之所以走到一起来，最主要的就是在文学方面有最大的交集。

记者：您的小说《校花们》《毕业前后》是以青春校园题材为主，新书也聚焦"校园"和"青春"，是否可以说您有着"校园情结"？新书与您之前出版的校园题材作品有何不同？

朱家雄：我承认，我的确有校园情结，而且是比较强烈的校园情结，这从我主编《北大情事》《北大情书》等书中就能看得出来。我写的小说，正如您所提到的，也是打的青春校园牌。也许是因为我们的时代和社会太喧嚣太紧绷了，唯有校园还比较清静，比较淡泊，也相对纯净，相对放松，让我一直比较怀念和向往。

记者：您原来是一位诗人，如今又成为了一位知名的小说作家，当初为何选择改行写起了小说？诗歌创作的经历，对您创作小说有哪些影响？

朱家雄：我的诗歌作品主要是在 20 世纪 90 年代前期所作，这些"产品"一直到现在也还有多数没有发表。之所以这样，也跟我后来改行写了小说有关系。上学的时候，我在学校图书馆里看得最多的就是文学书，头一两年，看得最多的是古今中外各种诗歌作品，不过后来慢慢把阅读的重心转移到了小说方面，在大量阅读小说作品的过程中，我觉得自己对小说的理解越来越清晰，而且我觉得小说带给我的快乐明显区别于诗歌，小说更具体，更直接，与我们置身的时代现实有着更为密切的关联。特别是生活中的一些戏剧化遭遇，人生道路上各种或大或小的偶然性的转折，尤其使我产生了想用小说表达对生活与命运的思考的愿望，而我也已经感觉到诗歌在表达方式和表达效果上的相对局限性。

诗歌创作的经历对小说写作的影响或许是只可意会不可言传的，或许是潜移默化不知不觉的，但我想，这至少使我在小说语言运用的准确性和贴切性方面获得提高。当我写小说时，我可以感觉到由诗歌积累的能量在为我加油鼓劲，我因此可以使小说中一些必要的描述表达得更具文学性，有的地方还可以运用到诗歌所特有的那种跳跃性和抽象性。

记者：曹文轩评价《未名湖畔的青春》佐证了您的步履"在'70后'作家中的扎实、坚韧和醒目"，是什么让您坚持进行文学创作的？对您来说，文学是什么？

朱家雄：每个人的天赋各不相同，就我对自己的了解而言，我在文学方面的天赋相对自己其他各个方面来说似乎是最明显的。当然，这也需要一点运气，幸运的是，当我还是一个少年的时候，就有幸与文学相遇了。因为这一相遇，我才得以发现自己对文学有着发自内心的兴趣，很乐意去为之钻研，所以就一直兴致勃勃地坚持了下来。对我来说，文学是最可以让自己获得愉悦、满足和成就感的东西，不管是贫穷和富有，我想我都找不到放弃的理由。我把文学视为自己要用一生去追寻的梦想和永无止境的事业。

记者：人到中年，您对文学的认识有怎样的变化？

朱家雄：年少时，文学更多的是一种陶冶心灵的兴趣与爱好，喜欢读一读文辞优美的篇章，觉得那是一种精神上的享受，当自己竟然也写出了第一首诗、第一篇小说的时候，那种暖洋洋的兴奋和喜悦，我想是每一个文学青年都曾有过的体会。人到中年，对人性，对生活，对社会，对我们的时代，有了更全面、更丰富甚至更深刻的认知，或许是因为感触良多，所以我更加重视文学的社会属性，虽然文学对现实没有实际的干预能力，但文学有它的作用，它可以安抚我们的内心，可以让失衡的我们去接近平衡，它更可以表达我们对人生、对世界的感受和看法，包括对一些事物的斥责与鞭挞，而且还可以把我们所经历的社会现实记录下来。当然，必须是用文学自己的方式，必须是细节丰富、富有质感、真实而又生动的那种记录。

记者：您在作品中曾多次提到对"70后"作家困境的看法。与"50后""60后""80后"，甚至"90后"相比，"70后"在创作上有哪些优势和劣势？

朱家雄："50后""60后"作家很多都已是功成名就、著作等身，他们的社会关系、所处的位置、所占据的资源，都不是"70后"作家所能比的。所幸，与他们相比，"70后"作家还有更多的时间、更多的愿景、更充沛的精力和更良好的体力，还有奋起赶超的机会与可能。与"80后"甚至"90后"相比，"70后"作家的优势在于生活阅历更丰富，人生经验更充足，所遭遇的挫折也更多，对于写作者来说，这都是宝贵的财富。"80后"作家中固然有一些名利双收的新贵，但在文学成就上，比起先锋文学直接的继承者"70后"来说，应该还是有差距的。"90后"还太年轻，大多数作者还都在网络上充当"文学民工"。但"70后"作家的劣势也很明显，比如在图书市场上缺乏"80后"那样的号召力，在网络文学圈又没有"90后"那么积极奋进，那么漫山遍野。

"70后"作家都成长于计划经济时代，崛起于市场经济时代，他们内心中还留存有理想主义的印记，但都在商业社会物欲横流的大潮中深受伤害，不是他们不适应，而是当时的他们还太年轻。如果说这一代作家彼此间有什么不同的话，我觉得首先是各个作家写作风格或大或小的区别。"70后"作家中的许多人其实还在努力往上蹿，大局似乎还没有完全定格。但近些年有一个明显的变化，就是"70后"作家其实已被分化成两个比较大的阵营和阶段，其一是前半段的"北漂""海漂""南漂"作家群，可谓"前期'70后'"；其二是近几年越来越得到强化的作协体制内的地域性作家，可谓"后期'70后'"，这两大阵营的精神气质可谓差别巨大。

记者：在出版市场上，"70后"作家的作品并不算多。您认为是什么原因造成的？

朱家雄："70后"不像"80后"那样，很年轻的时候就赶上了新概念作文大赛这样的机遇以及随后的市场化的畅销书运作待遇。"70后"作家所走的大致是在报刊努力发表各类作品的传统道路，而报刊尤其文学刊物早已不具备在上世纪80年代那样的影响力。"70后"作家走上文坛之际，他们发表在各家文学刊物的小说已经把影响力收缩在一个小范围的文学圈当中了，所以"70后"作家在文学刊物上发表作品虽然很多，却也少有人可以在出版市场上叱咤风云。

记者：您不仅是一位作家，也是一位图书策划人，您对于这两个身份是如何定义的？

朱家雄：我策划、主编这些图书并促成其出版，或者是觉得这样的书有意义，比如我主编的"70后"作家小说选，或者是觉得这样的书有意思，比如北大题材的图书。不过说到底，我觉得真正的动机其实是冲着文学去的。我觉得自己的身份恐怕只有一个，那就是我许多年来一直孜孜以求的"作家"头衔。可实际上，我这个作家也是业余的，我从来没在作家协会拿到过创作津贴，更没有机会成为体制内的专业作家。但这一切或许都不重要，重要的是，你能从生命中挤出多少时间用于写作和思考：你这一生究竟能写出几部有分量的与我们时代紧密关联的优秀之作来？当你老了，你觉得自己是否无愧于"作家"这个非是一份正式职业的荣誉？

本文刊于《新华书目报》（2013年11月25日）。

朱家雄：用文学书写青春

《中华读书报》记者　鲁大智

朱家雄的名字总和北大联系在一起。这位曾主编过《北大情事》《北大情书》《北大情诗》《北大日记》《北大文章》等诸多北大题材的"70后"作家，小说创作也多为校园题材。在随笔文丛"品尚书系"中，他的《未名湖畔的青春》得到了作家曹文轩的高度评价，认为集中展现了朱家雄"多年来的种种努力和全面的文学才华"，也佐证了他的步履"在同代作家中的扎实、坚韧和醒目"。

在编著了一系列的校园题材之后，朱家雄还是没能绕开高校。作为"品尚书系"的主编，朱家雄可谓既是"裁判"又是"运动员"。对此，他的解释是，他担任的"主编"的角色并非"裁判"，其实只是个版权代理人的角色，"坦率地说，在作者和主编这两个角色中，前者的意义对我来说无疑要重要得多，毕竟这本书对我来说非常重要"。

记者：你主编的书多北大题材，你自己创作的两本小说《校花们》《毕业前后》也是大学校园题材，为什么这么专注于青春校园题材、北大题材？

朱家雄：我专注于青春校园题材、北大题材有一定的偶然性，但其实也有必然性。我主编的第一本书是出版于 2000 年 1 月的《北大情事》，这本书的策划就是一个偶然。当年在北大认识的一个研究生，这时已经是一家文化公司的经理，看到刚出版不久的《北大往事》很畅销，就拉我一起策划，出了《北大情事》这个点子。

但这期间我写的几个中短篇小说，包括 2003 年创作长篇小说《校花们》，以及后来的小说集《毕业前后》，还真是以青春校园为主。"70后"作家都在写什么呢？他们所写的往往是酒吧里的那些事，白领丽人和成功男人的那些事，我不熟悉他们所拥抱的这类生活，也没有兴趣去研究，所以就不自觉地书写起了自己熟悉的大学校园题材。我这次出版的《未名湖畔的青春》其实也是一个证明。这本书是我二十年来所发表的各种文章的一个精选集，这些文章可以说大体也是聚焦于校园、青春、成长和文学的，是我个人的生活积累的一个见证，或许也可以说是我所经历的年代的一个见证。

记者：你在第二辑《成长路上的感悟》中的文章中说自己成长于湘中的山沟里，是从小地方走到大地方来的。很多作家也是这样走过来的，但在他们的创作中，故乡往往是他们创作题材的一个重心，你为什么没有这样做？

朱家雄：以故乡作为自己文学作品中的故事发生地和背景，这样的作家有不少，中国的外国的都有，最著名的有福克纳、马尔克斯等，奈保尔的早期创作也如此，中国的作家似乎更多，比如鲁迅、老舍、沈从文、汪曾祺、莫言、陈忠实、贾平凹、曹文轩、陈建功等等，很多，可谓形成了一大传统。但实际上他们的创作也并不全都局限在故乡，而是以故乡作为重点和核心，他们也还有别的许多创作。事实上，生活中的大多数人都是有故乡情结的，作家中的大多数人也是如此，所以他们的作品里多多少少都会写到故乡，只是程度各有不同吧。但也有很多作家把写作的重心放置在旅途上，或者他生活工作时间较长的那个地方，比如那些可以被视为第二故乡的地方。比如马克·吐温、杰克·伦敦、海明威，又比如茅盾、巴金、钱钟书、丁玲、艾芜、三毛以及许多写都市生活、漂泊生活的"60后""70后"作家等等，这大概是因为个人生活经历的不同。我觉得这要看每个作家自己的具体经历和生命感受，越是给自己生命留下深刻印记的地方，就越容易成为作家笔下的重心。

我也有很深的故乡情结，比如我就写过《故乡》《望见故乡》等故乡题材的诗，早年我也曾写过以故乡发生的事情为素材的小说，可惜没有发表。而之后大学校园的生活积累和北京这个大都市的生活积累越来越丰富，留给我的印痕也越来越深切，到现在，我在北京生活的时间竟然比在家乡生活的时间都要长了，北京无疑已成为我生命中的第二故乡，而当中印记最深的校园生活自然也就成为我笔下的重心了。不过我也还是有创作故乡题材的想法和计划，比如写一本散文集《湘中往事》，比如我正在写的一本以故乡民营煤矿的那些事为题材的长篇小说。

记者：《未名湖畔的青春》第六辑《两代新锐的崛起》收入的是你前些年所发表的关于"70后""80后"两代作家的评论和随笔，你觉得自己对"80后"作家也算比较了解吗？能否谈谈你对"70后""80后"甚至"90后"各个代际在写作方面的看法？

朱家雄："80后"作家的创作和"70后"作家的创作有类似之处，比如个人化、个性化的叙述，又比如一定程度上的叛逆姿态。但这两代作家的区别也是明显的，比如前期"70后"作家作品中的那些有关先锋叙事、身体叙事、欲望叙事的各种表征和能指就给我以深刻印象，而"80后"作家作品中的那些流行文化、市场文化、消费文化的符号和元素显然要更加鲜明。

本文刊于《中华读书报》（2014年2月12日）。

后 记

不忘初心，追梦文学

从 20 世纪 90 年代初，到 2021 的今天，漫长的 30 年时光，竟然像翻一本书，转眼之间，说合就合上了。我不能相信，一个人最为宝贵的成长岁月，最为美好的青春年华，竟已悉数封存在文学道路上，竟已云烟一般飘逝在身后了。但这却是事实，过去的光阴已经化成永远的记忆，且渐行渐远了。

我是在北京度过我的青春年代的——如果说出生于 20 世纪 70 年代的这一代人，身体和生理方面的成长基本是在 20 世纪 80 年代完成的，那么，精神和思想层面的成长，则主要是在 20 世纪 90 年代完成的。至于 21 世纪的这些年，那却是各有各的精彩，各有各的失意——作为其中之一员的我，自然也不例外。总之，我的青壮年时代在我个体的生命中留下的印迹是至为深切的。

青年时代无疑是人生中具有特殊意义的阶段，五四时期青年人之卓越导师陈独秀曾在他的一篇题为《新青年》的文章里写道："一切未来之责任，毕生之光荣，又皆于此数十寒暑中之青年时代十数寒暑间植其大本。"读到这话，又联想到自己这许多年来的种种境况，我心里竟情不自禁要生出许多惭愧来。曾经以"默而识之，学而不厌""博学于文，约之以礼"一类的话来激励自己好好学习、天天上进,也曾经希望自己以"笨鸟先飞早入林"的姿态搏一个早日登堂入室,但实际的结果却非是勤能补拙,而是像大多数"70后"作家那样,虽然付出了很多,但处境却多少有些尴尬。感慨之余,我也想照《道德经》所说的"见素抱朴,少私寡欲,绝学无忧"去做,但我又做不到,"至虚极,守静笃"可不是闹着玩的。

儒家的入世和道家的出世,我都不能成功践行,惭愧之余,觉得就只剩下回顾和整理这一个亡羊补牢的法子了,如果能借机把近30年来所写的多少反映了一点自己各个阶段的状态的部分文章结集出版,则我的总结青春之举大约就能取得较好的效果了。坦率地说,这本名为《穿过北大校园的漫长青春》文章集子,其实是当初我的《未名湖畔的青春》一书的再版增订本,是在该书的基础上增加了近些年来所发表的若干篇新作而形成的。在此,我要感谢著名作家、中国作协书记处书记邱华栋兄于百忙中抽暇为本书撰写了序言,谢谢他的夸奖、支持和鼓励!我要感谢著名作家、中国作协原副主席何建明老师,著名作家、学者曹文轩老师,著名作家、学者孔庆东先生于百忙中抽暇为本书撰写了精彩的推荐语,感谢著名作家、学者解玺璋老师、谭旭东先生对这本书的大力推荐,谢谢他们5位名家对我在文学上所做努力的肯定、支持和勉励!在此,我还要感谢推荐我加入中国作协的著名作家、中国作协原副主席陈建功老师和已经去世的著名作家、中国作协原书记处书记张胜友老师。当然,我在此还要感谢《中华读书报》原总编辑梁刚建老师、《农村青年》原主编李军老师以及历年来刊发过我各类文字的各家报刊、媒体的各位领导、老师、编辑、记者,尽管当中有许多人一直也未曾谋面。

没错,已经过去的这许多年,说是难忘的旅程也罢,说是漫长的跋涉也罢,注定了都是我生命中不可替代的一大段艰难岁月。恰恰是在这些年间,我不知不觉就从一个也还有些朝气的文学小青年变成了一个竟已抵知天命之年的中年人。此时此刻，当我回首来时路，想到曾经留下的那些足迹与洒下的汗水，想到曾经遭遇的无数曲折与坎坷，想到灯下桌前的许多勤奋，想到恍惚间虚度的无限光阴，心里便不免生发出多达 N 种的复杂感慨。但感慨归感慨，生活却还是毫不怜悯、毫无停歇地在向前奔腾着。也许世界上的许多梦想都是这样的别无选择。

　　墨翟先生不是说过吗？"为其所难者，必得其所欲焉"，意思就是成功很难，但坚持就是胜利！我只能叮嘱自己，无论如何，都不能半途而废，而应当继续在这长征般的文学道路上一直走下去！并且我又适时地从《论语》上找到了慰藉自己的名言："士不可以不弘毅，任重而道远"——哪怕实际上自己并不能做到，但以此来鼓励鼓励自己总还是可以的吧？

朱家雄